格林法則
單字記憶法 [修訂版]

音相近、義相連，用轉音六大模式
快速提升 6000 單字學習力

忻愛莉、楊智民、蘇秦◎著

掃描 QR Code 立即播放全書 MP3 雲端音檔，使用電腦即可下載
https://video.morningstar.com.tw/0170005/0170005-mp3.html

Contents

【作　者　序】 ……………………………………………………………… 006
【使 用 說 明】 ……………………………………………………………… 009
【緒　　　論】讀懂本書所需知道的六個事實 ………………………… 011

Unit 1　b / p / m / f / v 互換

1-1　單字對單字
　　轉音例字 …………………………………………………………… 018
　　歷屆試題看這裡！ ………………………………………………… 021
　　名字裡的世界：Lucy（露西） …………………………………… 022

1-2　單字對字根首尾
　　轉音例字 …………………………………………………………… 023
　　歷屆試題看這裡！ ………………………………………………… 036

1-3　字根首尾對字根首尾
　　轉音例字 …………………………………………………………… 037
　　歷屆試題看這裡！ ………………………………………………… 039

Unit 2　d / t / n / l / r / z / s / ʒ / ʃ / θ / ð 互換

2-1　單字對單字
　　轉音例字 …………………………………………………………… 042
　　歷屆試題看這裡！ ………………………………………………… 047
　　名字裡的世界：Natalie（娜塔莉） ……………………………… 048

2-2　單字對字根首尾
　　轉音例字 …………………………………………………………… 049
　　歷屆試題看這裡！ ………………………………………………… 074
　　名字裡的世界：Amy（愛咪） …………………………………… 075

2-3　字根首尾對字根首尾
　　轉音例字 …………………………………………………………… 076
　　歷屆試題看這裡！ ………………………………………………… 095
　　名字裡的世界：Peter（彼得） …………………………………… 096

Unit 3　g / k / h / dʒ / tʃ / ŋ / j 互換

3-1 單字對單字
轉音例字 …………………………………………………… 098
歷屆試題看這裡！………………………………………… 106
名字裡的世界：Philip（菲利普）………………………… 107

3-2 單字對字根首尾
轉音例字 …………………………………………………… 108
名字裡的世界：Eugene（尤金）………………………… 113
歷屆試題看這裡！………………………………………… 130
名字裡的世界：Stella（史黛拉）………………………… 130

3-3 字根首尾對字根首尾
轉音例字 …………………………………………………… 131
歷屆試題看這裡！………………………………………… 138

Unit 4　字母 u / v / w 對應

4-1 單字對單字
轉音例字 …………………………………………………… 140
歷屆試題看這裡！………………………………………… 141
名字裡的世界：Andrew（安德魯）、Alexander（亞歷山大）142

4-2 單字對字根首尾
轉音例字 …………………………………………………… 143
歷屆試題看這裡！………………………………………… 150

4-3 字根首尾對字根首尾
轉音例字 …………………………………………………… 151
歷屆試題看這裡！………………………………………… 154
名字裡的世界：Vincent（文森）、Victor（維克特）…… 155

Unit 5　字母 h / s 對應
（希臘語字母「h」對應拉丁語、英語字母「s」）

5-1 單字對單字
　　轉音例字··158

5-2 單字對字根首尾
　　轉音例字··159

5-3 字根首尾對字根首尾
　　轉音例字··160
　　歷屆試題看這裡！···161
　　名字裡的世界：George（喬治）···162

Unit 6　母音轉換（含少數母音相同的同源詞素／單字）

6-1 單字對單字
　　轉音例字··164
　　歷屆試題看這裡！···203

6-2 單字對字根首尾
　　轉音例字··204
　　名字裡的世界：Claire（克萊兒）、Clara（克拉拉）···············207
　　名字裡的世界：Flora（芙蘿拉）···211
　　歷屆試題看這裡！···238
　　名字裡的世界：Valerie（瓦萊麗）···239

6-3 字根首尾對字根首尾
　　轉音例字··240
　　歷屆試題看這裡！···257
　　名字裡的世界：Vivian（薇薇安）···257
　　名字裡的世界：Sophia（蘇菲亞）、Sophie（蘇菲）···············258

【附錄】
　歷屆試題雲端題庫解答··260
　同源字表··264
　全書單字索引··270

作者序

　　英文單字之間存在諸多構詞、語音或是語意的關聯性，例如 national 是 nation 的衍生字，international 是 national 的衍生字，而 edit 是 editor 略去字尾 or 的逆向構詞；sell 與 cell 互為同音異義字；fast 與 slow 互為程度反義字，而 accurate 與 precise 常視為同義字；color 是 blue、green、yellow 的上層字，反之則是下層字；chair 常與 table、desk、sofa 等字構成類別語意。這些單字關聯性具有推演或歸納單字的效果，常作為統整單字，增進單字記憶的技巧。

　　從字彙的形成而言，英文單字中只有 25% 是本族語，大多是簡單的生活用語，例如 foot、heart、tooth 等，其他約有 75% 是外來借字，大多是工作或專業字彙，例如 podiatrist（足科醫生）、cardiology（心臟病學）、dentist（牙醫師）等。

　　一些英文的本族語與外來借字都源自印歐語，二者同源，唸音與拼字對應，例如 [p] 和 [f]、[k] 和 [h]、[t] 和 [d] 等，這些同源字的唸音對應模式就是「格林法則」。當然，字源上的唸音對應也是一種單字關聯性，同樣有助於單字記憶。

　　字源上的唸音對應，也就是「轉音」，對於單字記憶有什麼助益呢？

　　字源的軌跡呈現於詞素，而詞素又是構詞的要素、字義的主要依據，知曉詞素便能辨識字義、預測唸音及拼寫、洞悉構詞衍生脈絡，可說是單字學習的利器。若能從簡單的單字，藉由轉音關聯來辨識詞素，便能由構詞解析提升單字學習效能，例如 [p] 和 [f] 轉音，foot 與詞素 ped 同源，以 foot 辨識 ped，進而掌握 pedestrian 是行人的意思，就能輕鬆學會長難單字。

　　另外，詞素若是同源，語意必然相近，轉音關聯明顯，因此理解格林法則轉音，將有助於統整語意相近的詞素，破除學習詞素的障礙，大幅增強單字記憶的力度，例如 ped 與 pod、pus 同源，podium（講

台)、platypus（鴨嘴獸）等單字都與 foot 有關。

　　詞素能夠解決，記單字便輕而易舉——格林法則轉音連結「簡單字」與「困難字」，達到用簡單字聯想困難字、征服困難字的效益，例如 foot 與 fetch（去拿回來）、fetter（腳鐐）同源，以 foot 聯想 fetch、fetter，大大降低二字學習困難。

　　《格林法則單字記憶法—修訂版》一書乃以大考中心公告的「高中英文參考詞彙表（111 學年度起適用）」的單字為語料範疇，依據構詞學理及英語歷史語言學中關乎日耳曼語子音的鏈變現象——格林法則論述所提出的創新單字教材教法，由於具有以下特性，該書適足以拓展單字教學底蘊、強化單字學習效能、活化英語字彙思維：

　　一、展露歷史語言視角，啟迪語言人文素養
　　二、章節編排錯落有致，鋪陳字源記憶圖騰
　　三、字源考據精確詳實，字義聯想解說精闢
　　四、完整羅列同源例字，清楚標示對應字母
　　五、例句中譯質量俱佳，題材多元可讀性高
　　六、搭配雲端詞彙試題，增強單字學習成效

　　《格林法則單字記憶法—修訂版》是一本以英語語言歷史為內涵、格林法則轉音為架構，詳實考據字源的單字學習書，學習者將因本書而增強單字學習力度，提升學習效能；教學者則將因本書而開啟一扇單字教學的新視窗，循著字源找到單字教學的新路。然而，高中生階段正面臨考試壓力，在考試領導教學，成績現實考量之下，對於單字學習，仍是不求統整方法，只有逐字背誦，對於合乎學理、效益顯著的格林法則轉音單字學習法，或許仍需一段時日的摸索、適應。

本書修訂版特闢一個名為「名字裡的世界：字源探索之旅」的新專欄，旨在協助讀者透過熟悉的人名學習單字。此外，本書也根據大學入學考試中心公告的「高中英文參考詞彙表（111學年度起適用）」增添了例字，並在雲端題庫廣泛收錄學測、指考、統測等考試的歷屆詞彙測驗題，以期學習者能夠將所學知識應用於實際解題，如果讀者想進一步了解快狠準的解題方法，也歡迎參考莫建清、楊智民、陳冠名所著的《英語詞彙語意邏輯解題法》。華人社會若能因《格林法則單字記憶法—修訂版》的問世，而激起字彙探討的新動能、掀起語言學習的新風貌，則善莫大焉。

忻愛莉
楊智民
蘇秦

• 使用說明 •

如何使用本書？

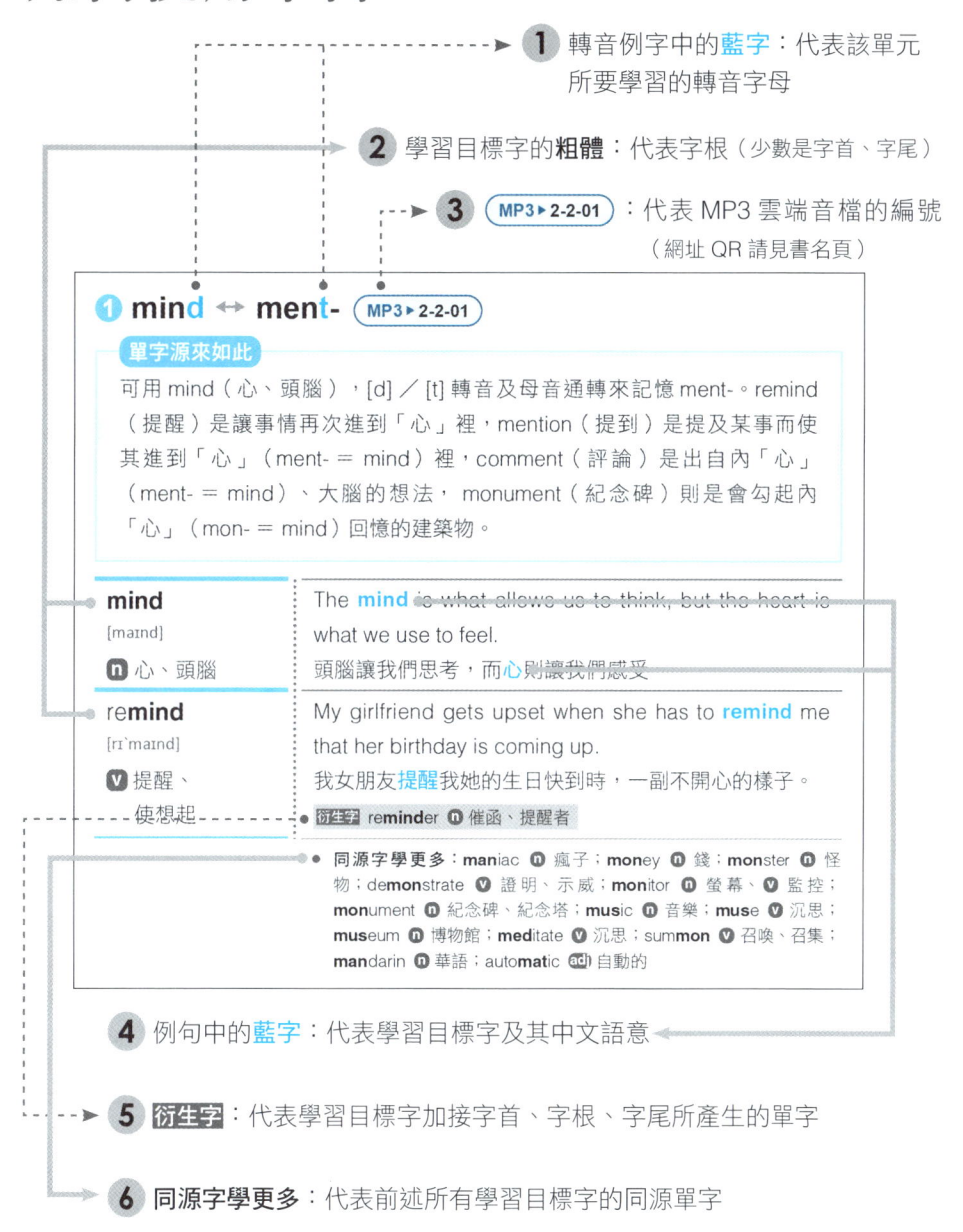

① 轉音例字中的藍字：代表該單元所要學習的轉音字母

② 學習目標字的粗體：代表字根（少數是字首、字尾）

③ MP3▶2-2-01 ：代表 MP3 雲端音檔的編號
（網址 QR 請見書名頁）

---

① mind ↔ ment- （MP3▶2-2-01）

單字源來如此

可用 mind（心、頭腦），[d]／[t] 轉音及母音通轉來記憶 ment-。remind（提醒）是讓事情再次進到「心」裡，mention（提到）是提及某事而使其進到「心」（ment- = mind）裡，comment（評論）是出自內「心」（ment- = mind）、大腦的想法，monument（紀念碑）則是會勾起內「心」（mon- = mind）回憶的建築物。

mind [maɪnd] **n** 心、頭腦	The **mind** is what allows us to think, but the heart is what we use to feel. 頭腦讓我們思考，而心則讓我們感受
re**mind** [rɪˋmaɪnd] **v** 提醒、使想起	My girlfriend gets upset when she has to **remind** me that her birthday is coming up. 我女朋友提醒我她的生日快到時，一副不開心的樣子。 ● 衍生字 re**mind**er **n** 催函、提醒者

● 同源字學更多：**man**iac **n** 瘋子；**mon**ey **n** 錢；**mon**ster **n** 怪物；de**mon**strate **v** 證明、示威；**mon**itor **n** 螢幕、**v** 監控；**mon**ument **n** 紀念碑、紀念塔；**mus**ic **n** 音樂；**mus**e **v** 沉思；**mus**eum **n** 博物館；**med**itate **v** 沉思；sum**mon** **v** 召喚、召集；**man**darin **n** 華語；auto**mat**ic **adj** 自動的

---

④ 例句中的藍字：代表學習目標字及其中文語意

⑤ 衍生字：代表學習目標字加接字首、字根、字尾所產生的單字

⑥ 同源字學更多：代表前述所有學習目標字的同源單字

如何使用雲端題庫？

個別進入單元題庫

1. 有題庫的單元最後面皆附 QR Code 及網址

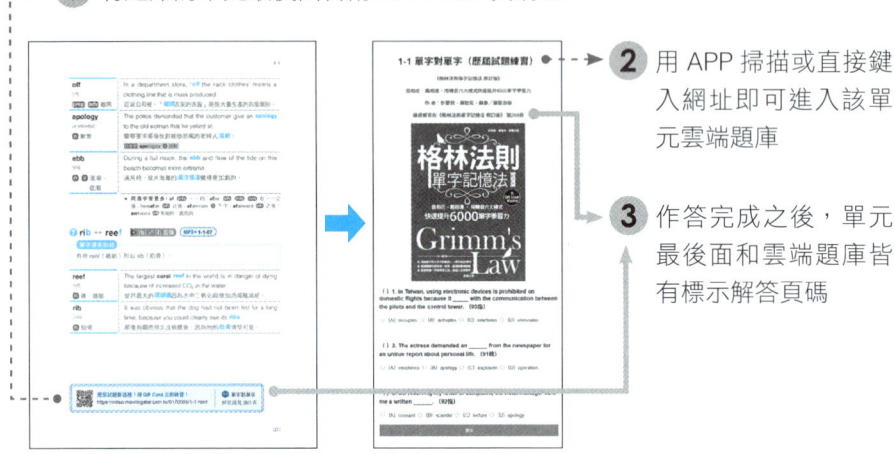

2. 用 APP 掃描或直接鍵入網址即可進入該單元雲端題庫

3. 作答完成之後，單元最後面和雲端題庫皆有標示解答頁碼

直接進入題庫首頁

1. 翻開第 260 頁掃描 QR Code 或直接鍵入網址：
https://video.morningstar.com.tw/0170005/0170005-test.html

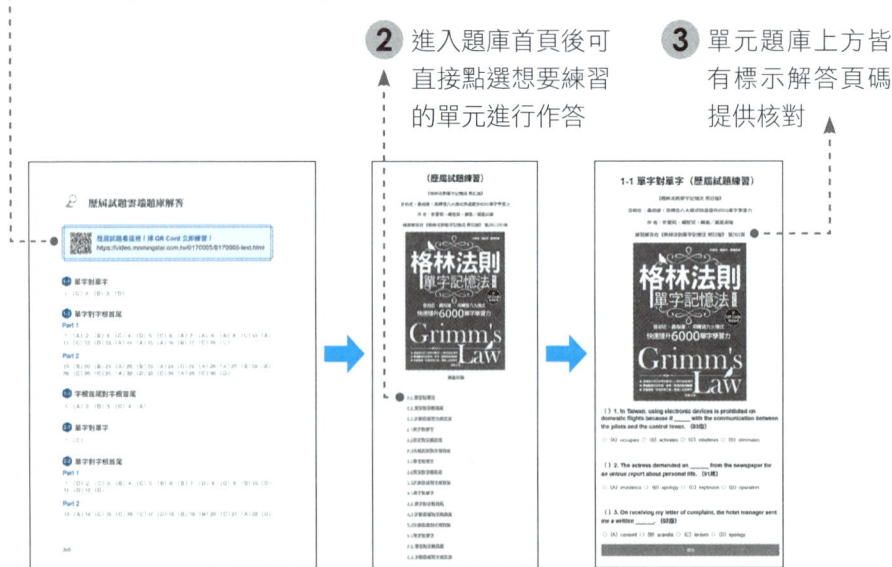

2. 進入題庫首頁後可直接點選想要練習的單元進行作答

3. 單元題庫上方皆有標示解答頁碼提供核對

- 緒　論 -

讀懂本書所需知道的六個事實

> **事實一**
> 英語屬於日耳曼語系（Germanic languages）家族，也屬於印歐語系（Indo-European languages）這個大家族。

　　印歐語系包含拉丁語系、希臘語系、斯拉夫語系、日耳曼語系等，歐洲、美洲、南亞、大洋洲諸多國家都使用印歐語，算是世界上分布最廣的語系之一。**日耳曼語是廣泛印歐語系的一支，也是英語的老祖宗**，知曉**英語屬於日耳曼語**將有助於理解本書所述的「格林法則」轉音（sound switching）現象。

> **事實二**
> 英語借字繁多，約佔 3/4，本族語佔 1/4，較難記憶的大多是外來借字。

　　英語的借字大多來自拉丁語（29%）、法語（29%）或希臘語（6%），而來自古英語、北歐語、荷蘭語等日耳曼語的單字約佔四分之一（26%）。本族語的單字，例如 water、heart、fire、tooth、foot、fish、father、mother、thin 等，大多是單音節或雙音節的簡單生活字彙；外來借字，例如 aquarium、cardiac、cardiology、pyromania、dentist、pedestrian、pisces、patron、maternity、attenuate 等，大多是

工作或專業用字,音節較多,不易記憶,而「格林法則」(Grimm's Law)正是克服這些單字的一套工法。

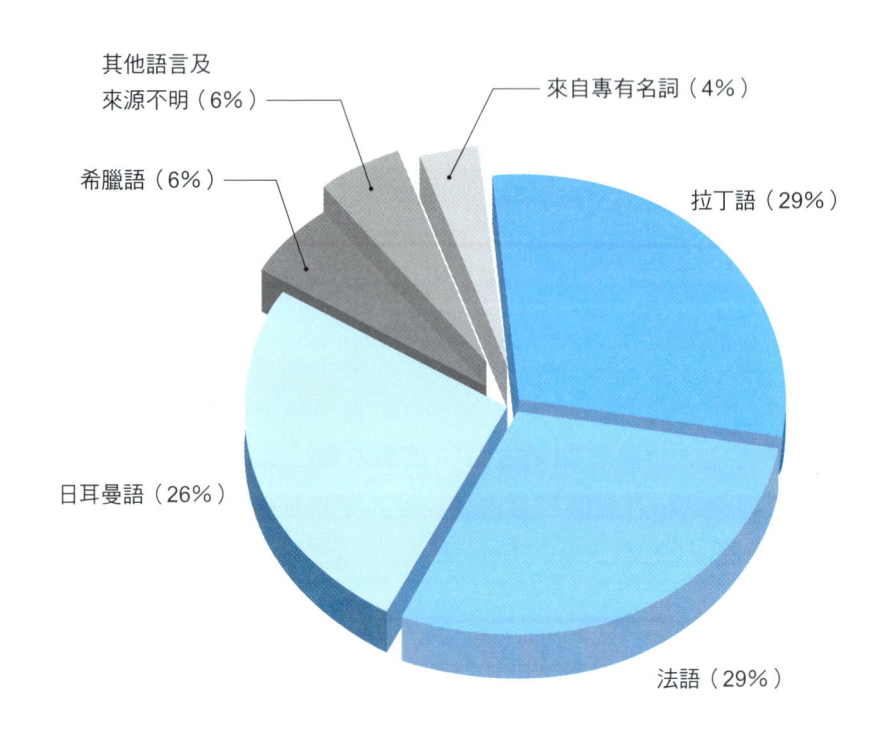

其他語言及來源不明(6%)
來自專有名詞(4%)
希臘語(6%)
拉丁語(29%)
日耳曼語(26%)
法語(29%)

> **事實三**
> 「格林法則」闡述日耳曼語子音的鏈變現象,掌握轉音原則直擊長難單字。

格林童話創作者之一的雅各布・格林(Jacob Grimm)所提出的「格林法則」又稱「第一次日耳曼語子音推移」,闡述日耳曼語子音的鏈變現象,共分三大組,如下頁圖:

```
     p                    t                    k
    ↗↘                   ↗↘                   ↗↘
   b ← bh              d ← dh              g ← kh
      f                    θ                    x
    (A)                  (B)                  (C) x 類似 h 的音。
```

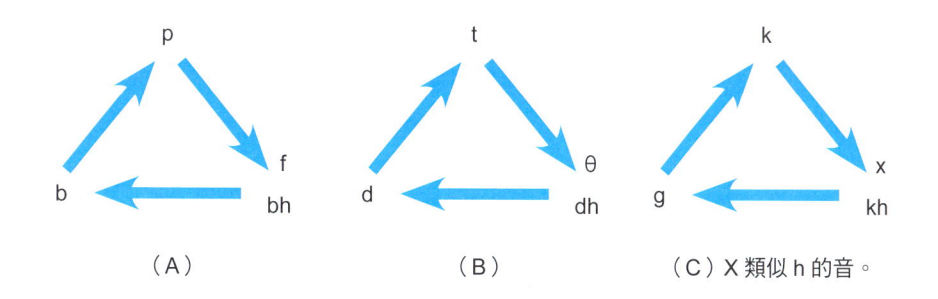

　　大約 600 B.C. 到 100 B.C. 之間，日耳曼語產生子音鏈變現象，這些子音的變化現象又常見於現代英語，例如，fish（魚）、tooth（牙齒）、heart（心臟）等是日耳曼語音變而出現的，若是沒有音變，這些單字會與其他印歐語一樣，分別拼寫為「*pisk-」、「*dent-」、「*kerd-」。明顯地，這三組字的首子音分別是：

　　p 變成 f，對應上方（A）圖
　　d 變成 t，對應上方（B）圖
　　k 變成 h，對應上方（C）圖

　　這樣的音變就稱為「格林法則」。以上源自英語本族語的單字簡單易記，但是源自拉丁語的外來借字 pisces（雙魚座）、dentist（牙醫）、cardiac（心臟的）就大不易了。另外，這三字和印歐語「*pisk-」、「*dent-」、「*kerd-」拼寫相似，因為源自拉丁語的這三字保有原始印歐語的蹤跡，而英語本族語 fish（魚）、tooth（牙齒）、heart（心臟）因為轉音而拼寫改變。

日耳曼本族語	外來借字（拉丁語、希臘語、法語）
father	**p**aternal
foot	**p**edestrian
three	**tr**ilogy
thin	**te**nacity
hundred	**c**entury

> **事實四**
>
> 英語、拉丁語、希臘語同屬印歐語系,系出「同源」。

拉丁語、希臘語、斯拉夫語、日耳曼語(英語是其中一支)同屬印歐語,例如源自日耳曼語的 father、foot、three、thin、hundred 與源自拉丁語、希臘語、法語的 paternal、pedestrian、trilogy、tenacity、century 等字同屬該語系,因此 father／paternal、foot／pedestrian、three／trilogy、thin／tenacity、hundred／century 這些對應字組是「同源字」——同一字源的詞彙,shirt 和 skirt 都源自印歐語的詞彙「*sker-」,彼此同源。另外,不同語言會有同源詞彙,例如英語 night 和德語的「Nacht」都源自印歐語 *nókʷts。同源字的唸音及語意可能不同,例如 cow／beef、cook／kitchen、chef／chief 都是同源字,但是唸音不同。

儘管如此,以現代英文而言,同源字仍是字彙關聯中重要的一環,其模式與學習效益如下:

1. 單字對單字

同源字的拼寫相近,尤其是首子音字母幾乎相同,因此容易從拼字聯想二字關聯,達到簡單字聯想困難字的單字記憶效果,例如 bomb／boom、shell／shelter／shield 等。另外,不規則動詞三態都是同源字,名詞若也同源,四個字一起記,效果大,例如:

現在式	過去式	過去分詞	名詞
sing	sang	sung	song
feed	fed	fed	food
do	did	done	deed

2. 單字對字根(首尾)

不可獨立字根的語意字若與該單字同源,則能達到以單字辨識不可獨立字根的效果,例如 mind 是 ment- 的語意字,二者又是同源,若以 mind 辨識 ment-,將有助於學習 mental、amentia 等 ment- 的衍生單字。

3. 字根對字根

同源不可獨立字根能藉由唸音相近的同源特性予以統整，則能解決同義字根拼字不一的學習困境，例如 ped-、pod-、pus- 等。

> **事實五**
> 「轉音六大模式」是完整的轉音系統，涵蓋大量 6000 單字。

本書依據「格林法則」的精神，提出「轉音六大模式」，而注音符號可作為建構概念的輔助：

1.	/b/	/p/	/m/	/f/	/v/				
	ㄅ	ㄆ	ㄇ	ㄈ					
2.	/d/	/t/	/n/	/l/	/r/	/z/	/s/	/ʒ/	/ʃ/	/θ/	/ð/
	ㄉ	ㄊ	ㄋ	ㄌ	ㄖ	ㄓ	ㄙ			
3.	/g/	/k/	/h/	/dʒ/	/tʃ/	/ŋ/	/j/			
	ㄍ	ㄎ	ㄏ	ㄐ	ㄑ	ㄥ	ㄧ			
4.	u	v	w							
	（字母對應）									
5.	h	s								
	（希臘語和拉丁語、英語之間的字母對應，如：hyper-/super-）									
6.	母音轉換									
	（同源字之間的母音轉換在現代英語中無明顯規律，以不規則動詞三態而言，彼此同源，大多只有母音轉換，例如 swim、swam、swum）									

> **事實六**
> 本書架構是 6*3 模式，共 18 種分類。

本書以「轉音六大模式」為主軸，共分六大章節，每章節又有「單字對單字」、「單字對字根首尾」、「字根首尾對字根首尾」等轉音類型，了解本書的設計與鋪陳將有助於學習格林法則單字記憶技巧。

Unit 1

b / p / m / f / v
互換

Unit 1 b／p／m／f／v 互換

1-1 單字對單字

轉音例字

※ 全書 MP3 音檔 QR 請見書名頁

❶ belief ↔ believe　▶[f]／[v] 互換　MP3 ▶ 1-1-01

單字源來如此
這組單字的核心語意是「相信」，和 love（愛）同源。

belief [bɪˋlif] **n** 相信、信念	It is important for every leader to have the **belief** that they will succeed. 重要的是，每位領導者要有會成功的信念。 衍生字 dis**belief** **n** 不信
believe [bɪˋliv] **v** 相信、信任	Tim's parents **believed** that he would take care of them when they reached old age. 提姆的父母相信他們老年時，他會照顧他們。

● 同源字學更多：**love** **n** **v** 愛；be**lov**ed **adj** 親愛的

❷ bore ↔ interfere　▶[b]／[f] 互換　MP3 ▶ 1-1-02

單字源來如此
這組單字的核心語意是「鑽孔」（bore）和「穿透」（pierce），interfere（妨礙、介入）是指影響力「穿透」組織、活動等。

bore [bor] **v** 鑽孔 **n** （鑽成的）孔	The patient was afraid when the dentist used a drill to **bore** a hole in his decayed tooth. 牙醫師用電鑽在患者蛀掉的牙齒鑽洞時，那位患者很害怕。

| interfere
[ˌɪntəˈfɪr]
v 介入、干擾 | The teacher warned the student not to **interfere** with the other students' testing while they were taking exams.
老師警告那位同學不要**干擾**其他同學考試。
衍生字 inter**fer**ence **n** 阻礙、介入 |

❸ **p**lague ↔ **f**ling [p]／[f] 互換 MP3▸1-1-03

單字源來如此

這組單字的核心語意是「打」（hit）和「擊」（strike），衍生「投擲」的意思。plague（瘟疫）就是「疾病襲擊（某地）」。

| fling
[flɪŋ]
v **n** 扔、擲 | The police officer gave the taxi driver a ticket for **flinging** his bags of trash onto the side of the road.
警官開了張罰單給計程車司機，因為他把幾袋垃圾**丟**在路邊。 |
| plague
[pleg]
n 瘟疫
v 使染瘟疫 | There was great concern that the disease would become a **plague** that would affect the entire country.
大家非常擔心這種疾病會演變成**瘟疫**，影響整個國家。 |

● 同源字學更多：com**plain** **v** 抱怨、發牢騷

❹ **g**rie**f** ↔ **g**rie**v**e ↔ **g**ra**v**e [f]／[v] 互換 MP3▸1-1-04

單字源來如此

這組單字的核心語意是「重」（heavy），引申「沉重」、「悲傷」等意思。

| grief
[grif]
n 悲慟、悲傷 | It is hard to imagine a mother's **grief** when she loses one of her children.
母親失去自己其中一名孩子的**悲慟**是很難想像的。 |

Unit 1 b / p / m / f / v 互換

grieve [griv] **v** 使悲傷、使苦惱	Mrs. Lin is still **grieving** over her only daughter's accidental death. 林太太仍然**陷在**她的獨生女意外身亡的**傷痛**之中。
gra**v**e [grev] **adj** 嚴重的	There would certainly be **grave** consequences after secret agents were caught trying to kill the leader of the country. 意圖殺害國家元首的祕密特工被捕之後必然會引起**嚴重後果**。 衍生字 **grav**ity **n** 嚴重性

⑤ deli**b**erate ↔ le**v**el　▶ [b] ／ [v] 互換　MP3 ▶ 1-1-05

單字源來如此

這組單字的核心語意是「平的」，deliberate（深思熟慮的）即考量各種可能狀況，「平」衡各個層面。

level [ˋlɛvḷ] **adj** 水平的 **n** 水平線	The surface of the foundation was measured to make sure it was **level** before building the walls of the house. 在房屋築牆之前，要丈量地基表面確認為**水平**。
deliberate [dɪˋlɪbərɪt] **adj** 深思熟慮的、蓄意的、故意的	Sam believed that the report getting lost was a **deliberate** attempt by the intern to get him fired. 山姆相信報告遺失是實習生企圖讓他丟掉飯碗的**蓄意**舉動。

⑥ e**b**b ↔ a**p**ology ↔ o**f**f　▶ [b] ／ [p] ／ [f] 互換　MP3 ▶ 1-1-06

單字源來如此

這組單字的核心語意是「離開」（away）。apology（道歉）就是把話說「開」，為自己的錯誤「開」脫；ebb（退潮）就是海水悄然退去、「離開」（away）。

off
[ɔf]
prep **adv** 離開

In a department store, "**off** the rack clothes" means a clothing line that is mass produced.
百貨公司裡，「離開衣架的衣服」是指大量生產的衣服類別。

apology
[əˋpɑlədʒɪ]
n 歉意

The police demanded that the customer give an **apology** to the old woman that he yelled at.
警察要求那傢伙對被他怒罵的老婦人道歉。

衍生字 **apo**logize **v** 道歉

ebb
[ɛb]
n **v** 落潮、退潮

During a full moon, the **ebb** and flow of the tide on this beach becomes more extreme.
滿月時，這片海灘的潮汐漲落變得更加劇烈。

- 同源字學更多：of **prep** ……的；after **adv** **prep** **conj** 在……之後；here**after** **adv** 此後；**after**noon **n** 下午；**after**ward **adv** 之後；**aw**kward **adj** 笨拙的、尷尬的

7 rib ↔ reef   [b]／[f] 互換   MP3 ▶ 1-1-07

單字源來如此

有些 reef（礁脈）形似 rib（肋骨）。

reef
[rif]
n 礁、礁脈

The largest coral **reef** in the world is in danger of dying because of increased CO_2 in the water.
世界最大的珊瑚礁因為水中二氧化碳增加而瀕臨滅絕。

rib
[rɪb]
n 肋骨

It was obvious that the dog had not been fed for a long time, because you could clearly see its **ribs**.
那隻狗顯然很久沒被餵食，因為牠的肋骨清楚可見。

歷屆試題看這裡！掃 QR Cord 立即練習！
https://video.morningstar.com.tw/0170005/1-1.html

1-1 單字對單字
解答請見 260 頁

名字裡的世界：字源探索之旅

Lucy（露西）

名字的歷史和文化意蘊

Lucy（露西）源自於拉丁語的 *Lucia*，自中世紀起就開始使用，其含義為「光亮的」，象徵著光明和希望。這個名字源自於拉丁詞根 *lux*（光），隨著時間的流逝，這個名字在不同的文化和語言中演變，形成了多種拼寫和變體，如 Lucie、Luciana、Lucinda 等。Lucy 和 Lucia 曾被用來為黎明時分出生的女孩命名，這一個傳統體現了這些名字「光亮的」或「出生於黎明」的原始含義，象徵著新的開始和無限的希望。Lucy 既是聖人的名字，也是許多偉大小說中的女主角名字，成為了以 L 開頭的女孩名字中最受歡迎的選擇之一。最初在英格蘭和威爾斯流行起來的 Lucy，如今在美國也極為受歡迎。

英語詞彙探幽

Lucy 字裡頭藏著字根 *luc*（光）。以 *luc* 為基礎，我們可以學到一系列單字：

1. **luc**id，本指「放光芒的」（shining），散發出光芒，表示清晰易見的，引申為「表達清楚的」、「易懂的」。
2. e**luc**idate 是「使之光明或清晰」，即「闡明」、「解釋」。
3. trans**luc**ent 的意思是「光線穿透的」，引申為「半透明的」（allowing light to pass through but not transparent），用以描述一種允許光線穿過但不完全透明，使物體部分隱約可見的特質。

1-2 單字對字根首尾

轉音例字

❶ food ↔ pan- (MP3 ▶ 1-2-01)

單字源來如此

可用 food，[f]／[p]、[d]／[n] 轉音及母音通轉來記憶 pan-，「食物」的意思。companion（同伴）是一起進「食」的飯友，company（公司）是大家一起混口「飯」吃的地方。

com**pan**y [`kʌmpənɪ] **n** 公司、商號	Henrietta inherited her father's **company** and worried that she would not be able to be as successful as he was. 漢瑞亞拉繼承了父親公司，卻擔心自己沒辦法像父親一樣成功。 衍生字 accom**pan**y **v** 陪同、伴隨
com**pan**ion [kəm`pænjən] **n** 同伴、朋友	A Labrador retriever makes a good **companion** for someone who has a large home with a back yard. 對於房子大又有後院的人來說，拉不拉多犬是很好的陪伴。

● 同源字學更多：**food n** 食物；**feed v** 餵養；**feed**back **n** 回饋

❷ flat ↔ plat- (MP3 ▶ 1-2-02)

單字源來如此

可用 flat，[f]／[p] 轉音來記憶 plat-，「平的」、「平坦的」的意思。plate（盤子）的底部是「平的」。

plate [plet] **n** 盤子、碟	The talented chef decorated the **plate** with colorful, sweet sauces before placing the dessert on it. 把甜點裝盤之前，聰明的廚師用繽紛香甜的醬料來裝飾盤子。

023

Unit 1　b／p／m／f／v 互換

platform [ˈplæt͵fɔrm] **n** 平台	At the train station, William waited for an hour on the **platform** for his train to arrive. 威廉在火車站月台等火車等了一個小時。
	● 同源字學更多：**plain** **adj** 簡樸的、樸素的

❸ father ↔ patr-　MP3▶1-2-03

單字源來如此

可用 father，[f]／[p]、[ð]／[t] 轉音及母音通轉來記憶 patr-，「父親」的意思。patriot（愛國者）表示愛「父親」之國，patron（贊助者）是像「父親」一樣提供資助的人。

patriot [ˈpetrɪət] **n** 愛國者	The dead soldier was honored as a hero and **patriot** during his funeral by the President. 總統在死去士兵的喪禮上讚頌其為英雄和愛國人士。 **衍生字** **patr**iotic **adj** 愛國的
patron [ˈpetrən] **n** 贊助者、 資助者	The artist became famous and successful, thanks to a wealthy **patron** who funded all of his projects. 幸好一位富有的贊助人贊助這位藝術家所有計畫，讓他越來越有名和成功。

❹ foot ↔ ped-、pod-、pus-　MP3▶1-2-04

單字源來如此

可用 foot，[f]／[p]、[t]／[d]／[s] 轉音及母音通轉來記憶 ped-、pod-、pus-，「腳」的意思。pedestrian（行人）是以「腳」走路的人，expedition（遠征）表示用「腳」踏出家門、國門進行探險，octopus（章魚）字面的意思是八「爪（腳）」章魚。

pedal [ˈpɛdl] **n** 踏板、腳蹬	There were straps on the bicycle **pedals** that kept the shoes securely fastened to them. 腳踏車的踏板上有帶子可以安全地固定鞋子。

pedestrian [pəˋdɛstrɪən] **n** 行人	Drivers are taught that they must yield to **pedestrians** who are trying to cross the street. 司機們被教育要禮讓穿越街道的行人。
ex**ped**ition [ˌɛkspɪˋdɪʃən] **n** 遠征、探險	The rescue workers formed a team to search the canyon for lost hikers from a previous **expedition**. 搜救人員組成一隊人馬到峽谷搜尋之前探險失蹤的健行者們。
octo**pus** [ˋɑktəpəs] **n** 章魚	The **octopus** is a very intelligent sea creature that has been known to use tools to catch its food. 章魚是非常聰明的海洋生物，牠們以使用工具捕食而為人所知。

- 同源字學更多：bare**foot** **adj** 赤腳的

❺ **b**reak ↔ **f**ract-、**f**rag- （MP3 ▶ 1-2-05）

單字源來如此

可用 break，[b]／[f]、[k]／[g] 轉音及母音通轉來記憶 fract-、frag-，「破裂」的意思。

fracture [ˋfræktʃɚ] **n** 斷裂、折斷	The x-ray showed a **fracture** in the young boy's arm, which occurred when he fell off his bicycle. X 光顯示了年輕男孩手臂上的骨折，那是他跌下腳踏車時造成的。
fraction [ˋfrækʃən] **n** 片段、碎片、極小的部分	The interviewer offered her a salary that was only a **fraction** of what she had expected, so she refused it. 面試官開的薪資只有她期望薪資的一小部分，所以她便拒絕了。
fragile [ˋfrædʒəl] **adj** 易碎的、精細的	Even though the package was marked as "**fragile**", its contents were broken when it was received. 雖然包裹上標示「易碎物」，但收到時裡面東西還是破了。

fragment
[ˋfrægmənt]
n 碎片、斷片

The **fragment** of pottery found on the beach led to the discovery of an ancient shipwreck.
海灘上發現陶器碎片揭露了一樁古老的船難事件。

- 同源字學更多：**brak**e **n** 煞車；**brick n** 磚塊；**brok**e **adj** 破產的；**break**down **n** 故障；**break**fast **n** 早餐；**break**through **n** 突破；**break**up **n** 失和、分離；day**break n** 黎明；out**break n** 爆發

❻ bear ↔ fer- （MP3 ▶ 1-2-06）

單字源來如此

可用 bear，[b] ／ [f] 轉音及母音通轉來記憶 fer-，「攜帶」的意思。prefer（更喜歡）是把喜愛的東西「帶」到前面，refer（歸因於）是「帶」到（溯及）背後的原因，confer（授予）是把東西一起「帶」過來給某人，differ（不同）本意是「帶」開來，因而產生差異。indifferent（冷漠的）可用「沒有差異的」來聯想，看什麼若都沒有差異，當然就是冷漠。infer（推論）是「帶」入條件、導出結論，suffer（遭受）原意是拿著東西、從下面「帶」上來，過程十分辛苦；fertile（肥沃的）是指可「帶」來豐厚產量的。

pre**fer**
[prɪˋfɝ]
v 寧願……
　　更喜歡

The customer said she **preferred** the car to be red, so it had to be ordered.
消費者說她比較喜歡這輛車的紅色款，所以就得用訂的了。

衍生字 pre**fer**ence **n** 偏愛；pre**fer**able **adj** 更好的；pre**fer**ably **adv** 可能的話

re**fer**
[rɪˋfɝ]
v 歸因於、
　　提及

The business owners kept their relationships with each other strong by **referring** customers to each other.
企業主藉由互相介紹客戶來使彼此的關係牢固。

衍生字 re**fer**ence **n** 提及、涉及；re**fer**ee **n** 裁判

con**fer**
[kənˋfɝ]
v 授予、
　　賦予、商議

Before the prisoner agreed to speak to the police, he demanded to **confer** with a lawyer.
在囚犯同意跟警方對話前，他要求與律師商量。

衍生字 con**fer**ence **n** 會議、討論會

differ [`dɪfɚ] **v** 不同、相異	A salamander may look like a lizard, but its living habits **differs** greatly. 蠑螈看起來可能很像蜥蜴，但生活習性卻有極大差異。 **衍生字** different **adj** 不同的；difference **n** 差異；differentiate **v** 區分；indifference **n** 漠不關心；indifferent **a** 不關心的、冷漠的
infer [ɪn`fɝ] **v** 推論、 意味著、 暗示	Nancy told the boy she was too tired to go out, **inferring** that she was not interested in him. 南西跟那男孩說她太累了不想出門，意味她對他沒興趣。 **衍生字** inference **n** 推論
offer [`ɔfɚ] **v** 給予、提供	The family **offered** the homeless man shelter and a hot meal during the cold winter night. 這戶人家在寒冷的冬夜提供那無家可歸的人一個遮風避雨的住所和熱食。 **衍生字** offering **n** 提供
suffer [`sʌfɚ] **v** 遭受、經歷	The cowboy didn't want his horse to **suffer** after it broke its leg, so he pulled out his gun. 牛仔不希望他的馬斷腳以後承受痛苦，所以掏出了槍。
transfer [træns`fɝ] **v** 轉換、調動	The student **transferred** to a different school on the other side of town because they offered a better education. 那個學生轉到鎮上另一頭的學校去，因為他們提供比較好的教育。
fertile [`fɝtl̩] **adj** 肥沃的、 多產的	The Nile River Delta is one of the most **fertile** regions on Earth. 尼羅河三角洲是地球上最肥沃多產的地區之一。 **衍生字** fertility **n** 肥沃；fertilizer **n** 肥料

- 同源字學更多：metaphor **n** 隱喻；birth **n** 出生；burden **n** 重擔、負擔；fortune **n** 巨款、機會；fortunate **adj** 幸運的

Unit 1 b / p / m / f / v 互換

❼ blow ↔ fla-、flu- (MP3▶1-2-07)

單字源來如此

可用 blow，[b]／[f] 轉音及母音通轉來記憶 fla-、flu-，「吹」的意思。inflation（通貨膨脹）原意是往內「吹」氣，產生膨脹；flute（長笛）是吹奏的樂器。

inflation [ɪn`fleʃən] **n** 通貨膨脹	In Venezuela, **inflation** has made it very difficult for the common people to buy the basic necessities. 在委內瑞拉，**通貨膨脹**使得一般人很難買得起基本必需品。 反義字 de**fla**tion **n** 通貨緊縮
flute [flut] **n** 長笛	The 6th grade students were taught to play a song on **flutes** for their graduation ceremony. 六年級學生學了一首**長笛**曲子，要在畢業典禮上演奏。

❽ move ↔ mob- (MP3▶1-2-08)

單字源來如此

可用 move，[v]／[b] 轉音及母音通轉來記憶 mob-，「移動」的意思，與 mot-（移動）同源。

re**mov**e [rɪ`muv] **v** 移動、除掉	Phil went to the hospital for minor surgery to **remove** a small mole from his face. 菲爾去醫院做了個小手術**除掉**他臉上的一顆小痣。
mobile [`mobɪl] **adj** 可動的、 移動式的	In 1981, the Osborne 1 was the first laptop created, giving people the first truly **mobile** computer. 1981 年，奧斯本一代是第一部筆電，讓人們有了真正的**移動式**電腦。 衍生字 **mob**ilize **v** 動員、調動；auto**mob**ile **n** 汽車

● **同源字學更多**：**mot**ion **n** 運動；**mot**or **n** 汽車、馬達；**mot**orcycle **n** 摩托車；**mot**el **n** 汽車旅館；e**mot**ion **n** 情感；e**mot**ional **adj** 感情上的；pro**mot**e **v** 晉升、促進；pro**mot**ion **n** 促進；**mot**ive **n** 動機；**mot**ivate **v** 激發；**mot**ivation **n** 刺激；re**mot**e **adj** 遙遠的；loco**mot**ive **n** 火車頭、**adj** 活動的

❾ full、fill ↔ ple-、pli-、ply- (MP3▶ 1-2-09)

單字源來如此

可用 full、fill，[f]／[p] 轉音及母音通轉來記憶 ple-、pli-、ply-，「滿」的意思。plentiful（充足的）由 ple- 和 -ful 這二個表示「滿」的詞素所組成；complete（完成）是填「滿」的引申義，填「滿」表示完成；compliment（恭維）即「滿」足人的虛榮心；implement（執行）的本意是填「滿」。

plenty [ˋplɛntɪ] **n** 充足、大量	This year was a time of **plenty**, as there was enough spring rain to ensure a bountiful harvest. 今年是個豐收年，因為足夠的春雨帶來富足的豐收。 衍生字 **ple**ntiful **adj** 豐富的、充足的
com**ple**te [kəmˋplit] **adj** 完整的、全部的 **v** 完成	The unsuccessful fundraising event wasn't a **complete** failure, since it allowed the school to attract more attention in the news. 不算成功的募款活動並非完全失敗，因為讓學校藉此在媒體上吸引了更多注意。
com**pli**ment [ˋkɑmpləmənt] **n** 讚美的話、恭維	Not knowing what to say after receiving the **compliment**, Mary just looked down and walked out of the room. 瑪莉得到稱讚後不知道該說什麼，只是低頭走出了房間。
com**ple**ment [ˋkɑmpləmənt] **n** 補充物、全數、整套	The king left his castle with a full **complement** of soldiers to face the dragon that was terrorizing his people. 國王帶了全數武士離開城堡迎擊子民們害怕的火龍。
accom**pli**shment [əˋkɑmplɪʃmənt] **n** 完成、成就	Steve and Barbie will celebrate forty years of marriage together, which is quite an **accomplishment** these days. 史提夫和芭比將要一起慶祝結婚四十週年，這在這個時代是件了不起的成就。

Unit 1　b / p / m / f / v 互換

im**ple**ment [ˈɪmpləmənt] **v** 實施、執行	The students asked the principal to **implement** a new policy allowing them to wear what they want on Fridays. 學生們要求校長實施新政策，讓他們在星期五可以穿自己想穿的衣服。
sup**ply** [səˈplaɪ] **v** 供給、供應	A well-known company from the Middle East was chosen to **supply** oil to the new nation. 新國家選擇中東一家知名廠商供應原油。 衍生字 sup**ple**ment **n** 補充

● 同源字學更多：ful**fill v** 實現、滿足；ful**fill**ment **n** 完成、滿足

⑩ **b**ottom ↔ **f**und-　(MP3▶1-2-10)

單字源來如此

可用 bottom，[b]／[f]、[t]／[n]、[t]／[d] 轉音及母音通轉來記憶 fund-，「底部」的意思。found（建立）可用打「基底」來聯想；fundamental（基礎的）和打「底」有關；profound（深奧的）的字面意思是從「底部」往下延展，都見底了，還繼續往下探鑽，給人深不見底的感覺。

found [faʊnd] **v** 建立、創立	The young businessman **founded** his third technology company this year and based the headquarters in Shanghai. 那年輕生意人在今年創立第三家科技公司，並且把總部設在上海。 衍生字 **f**ounder **n** 創立者；**f**oundation **n** 建立、基金會；pro**f**ound **adj** 深奧的
fundamental [ˌfʌndəˈmɛntl] **adj** 基礎的、根本的	The teacher recommended to Sally's parents that she review the **fundamental** skills of math before taking the advanced course. 老師建議莎莉的爸媽讓她在上進階課之前複習基礎數學技能。

⑪ se**v**en ↔ se**p**t- (MP3 ▶ 1-2-11)

單字源來如此

可用 seven，[v]／[p] 轉音來記憶 sept-，「七」的意思。September（九月）本是羅馬舊曆的「七」月，新曆延後兩個月，變成九月。

September [sɛpˋtɛmbɚ] ⓝ 九月	While everyone here agrees that **September** is the first month of Autumn, some people prefer to call it Fall. 這裡的每個人都認為九月是秋天的第一個月份，有些人喜歡稱其為「九秋」。

● 同源字學更多：**seven**teen ⓝ 十七；**seven**ty ⓝ 七十

⑫ brie**f** ↔ bre**v**- (MP3 ▶ 1-2-12)

單字源來如此

可用 brief，[f]／[v] 轉音及母音通轉來記憶 brev-，「簡短的」的意思，引申為「簡便的」。

briefcase [ˋbrif͵kes] ⓝ 公事包	It is common business practice to carry your paperwork in a **briefcase**, as it has a much more professional appearance. 商務人士常把文件放在公事包，因為看起來專業許多。
ab**brev**iate [əˋbrivɪ͵et] ⓥ 縮短、縮寫	When writing long English words, we will often **abbreviate** them to include only the first few letters of the word. 寫很長的英文單詞時，我們常會只寫前幾個字母來當縮寫。 衍生字 ab**brev**iation ⓝ 縮寫

● 同源字學更多：a**bridge** ⓥ 縮短

031

Unit 1 b / p / m / f / v 互換

⓭ fold ↔ ple-、ply-、plic-、plex- （MP3 ▶ 1-2-13）

單字源來如此

可用 fold，[f] ／ [p] 轉音及母音通轉來記憶 ple-、ply-、plic-、plex-，「對摺」的意思。triple（三倍的）本意是三「摺」（ple-），reply（答覆）是「摺」（ply-）「回去」（re- = back）的引申意思，complex（複雜的）是指全部「摺」（plex-）「一起」（com- = together），分不開來而產生複雜的感覺。apply（應用）本意是「摺」（ply-）過去，imply（暗示）本意是往內「摺」（ply-），引申出隱晦不明的意思；explicit（清楚的）本意是往外「摺」（plic-），將內部往外清楚展示給人看。

tri**ple** [ˈtrɪpl] **adj** 三倍的	The small kingdom was surrounded by three unfriendly tribes, which posed a **triple** threat to the safety of its people. 這個小王國被三個不友善的部落包圍，王國子民的安危遭受三倍的威脅。
re**ply** [rɪˈplaɪ] **n v** 回答、答覆	My parents will start to worry if I don't **reply** to their messages within a day of receiving them. 如果我沒在一天內回我爸媽訊息，他們就會開始擔心。
com**ple**x [ˈkɑmplɛks] **adj** 複雜的	Trying to bring peace to Syria is a very **complex** problem due to many historical, religious, and political factors. 因為許多歷史、宗教和政治因素，試圖為敘利亞帶來和平是個非常複雜的問題。 衍生字 com**ple**xion **n** 膚色、性質；com**ple**xity **n** 複雜性
com**plic**ate [ˈkɑmpləˌket] **v** 使複雜化	Anne Sullivan's task of teaching Helen Keller was **complicated** by the fact that her student was both blind and deaf. 蘇利文老師的教學任務因為海倫凱勒又聾又瞎更顯複雜。 衍生字 com**plic**ation **n** 混亂、複雜化

1-2 單字對字根首尾

apply
[ə`plaɪ]
v 應用、實施

The same rules must **apply** to everyone in order for there to be equality in the world.
為求全世界平等一致,同樣的規定會套用在每個人身上。

衍生字 ap**pli**ance **n** 器具;ap**plic**able **adj** 適當的、可實施的;ap**plic**ant **n** 申請人;ap**plic**ation **n** 申請、應用

multiply
[`mʌltəplaɪ]
v 乘、使增加

Bacteria is able to **multiply** more rapidly than any other known species on the planet.
細菌比地球上任何其他已知物種繁殖得更加快速。

imply
[ɪm`plaɪ]
v 暗指、暗示

With just a wink, the man **implied** that he already understood the situation without needing to say a word.
那人沒說一個字,只眨了個眼便暗示他已經了解情況了。

衍生字 im**plic**it **adj** 不言明的、含蓄的;im**plic**ation **n** 暗示

explicit
[ɪk`splɪsɪt]
adj 清楚的、明確的

Contracts must be written with **explicit** wording to ensure that everyone understands the arrangement correctly.
契約用字必須清楚明確,確保所有人都能正確理解其中協議。

● 同源字學更多:dis**play** **n** 展出;ex**ploit** **v** 剝削;di**plo**ma **n** 畢業文憑、學位證書;em**ploy** **v** 僱用;unem**ploy**ment **n** 失業;per**plex**ed **adj** 困惑的;un**fold** **v** 展開、打開、使逐漸展現

⑭ fear ↔ per- MP3 ▶ 1-2-14

單字源來如此
可用 fear(恐懼),[f]／[p] 轉音及母音通轉來記憶 per-,「嘗試」、「冒險」的意思——「嘗試」過程容易產生「恐懼」情緒,二者同源。

peril
[`pɛrəl]
n 危險、冒險

The brave knight rescued the princess from great **peril** by defeating the troll holding her hostage.
勇敢的騎士打敗俘虜公主的巨怪,拯救公主脫離巨大險境。

experiment
[ɪk`spɛrəmənt]
n **v** 實驗、試驗

Chemists will perform **experiments** with different chemicals in order to better understand how they react to each other.
化學家用不同化學製品做實驗以更加了解它們對彼此的反應。

Unit 1 b／p／m／f／v互換

| experience
[ɪk`spɪrɪəns]
n **v** 經驗、經歷 | All of the students shared an amazing **experience** learning about animals at the local zoo.
所有學生都在當地動物園有了認識動物的超棒體驗。 |

● 同源字學更多：pirate **n** 剽竊者、海盜

⑮ feather ↔ pet- (MP3 ▶ 1-2-15)

單字源來如此

可用 feather（羽毛），[f]／[p]、[ð]／[t] 轉音及母音通轉來記憶 pet-，「飛」（會飛行的鳥類身上有許多羽毛）、「尋求」、「往……目標前進」的意思。appetite（胃口、慾望）是「追逐」喜愛的食物、物品，compete（競爭）則是「共同」（com-）「競逐」（pet-）。

| appetite
[`æpə,taɪt]
n 胃口、慾望 | Ever since watching *Willy Wonka and the Chocolate Factory*, I have **had an appetite for** candy and chocolate.
自從看了《歡樂糖果屋》之後，我就很愛吃糖果和巧克力。 |
| compete
[kəm`pit]
v 競爭 | The best athletes are the ones who **compete with intensity** every time they play the game.
最好的運動員每次比賽時都會全力以赴。
衍生字 competent **adj** 有能力的 |

● 同源字學更多：repeat **v** 重複；helicopter **n** 直升機；hippopotamus **n** 河馬；pen **n** 筆；pin **n** 大頭針

⑯ leaf ↔ libr- (MP3 ▶ 1-2-16)

單字源來如此

可用 leaf，藉由 [f]／[b] 轉音及母音通轉來記憶 libr-，「書頁」的意思。

| leaf
[lif]
n 葉子、一頁 | The photographer liked to take pictures in the Autumn season, when all the **leaves** had changed colors.
攝影師喜歡在所有葉子都轉變顏色的秋季拍照。 |

library	The **library** is the best place to go if you are looking for a book.
[ˈlaɪˌbrɛrɪ]	要找書的話，**圖書館**是最好的去處。
n 圖書館、文庫	衍生字 **libr**arian **n** 圖書館館長、圖書館員

⑰ rob ↔ rupt- (MP3 ▶ 1-2-17)

單字源來如此

可用 rob，[b] ／ [p] 轉音及母音通轉來記憶 rupt-，「破裂」、「打斷」的意思。interrupt（打斷）是「介入」（inter-）人家談話過程，「打斷」（rupt-）談話；corrupt（貪汙的）即「破壞」（rupt-）政府體系，中飽私囊；abrupt（突然的）語意源自「斷裂」（rupt-）「開來」（away），因為斷裂通常是「突然」發生。

inter**rupt**	The kids' baseball game was **interrupted** by a large rain storm that blew in suddenly.
[ˌɪntəˈrʌpt]	孩子們的棒球比賽被一場突如其來的大風雨**打斷**了。
v 打斷	衍生字 inter**rupt**ion **n** 阻礙、障礙物

bank**rupt**	The video rental company went **bankrupt**, because customers began to watch movies online more and more.
[ˈbæŋkrʌpt]	因為越來越多消費者開始在線上看電影，影片租借公司**破產**了。
adj 破產的	

cor**rupt**	In the movie, the **corrupt** government forces a tribe to find a new land to call home.
[kəˈrʌpt]	電影裡**貪腐的**政府逼迫一個部落找新地方當作家。
adj 腐敗的、貪汙的	衍生字 cor**rupt**ion **n** 貪汙、賄賂

e**rupt**	With the volcano rumbling as frequently as it was, the villagers expected it to **erupt** at any moment.
[ɪˈrʌpt]	火山屢次發出隆隆聲，村民覺得它隨時會**爆發**。
v 噴出、爆發	衍生字 e**rupt**ion **n** 爆發、噴出

035

abrupt

[ə`brʌpt]

adj 突然的、意外的

The play came to an **abrupt** ending when the electricity went out in the theater.
劇院停電時，劇場的戲就這麼突然結束了。

- 同源字學更多：**rob** **v** 搶劫；**rob**ber **n** 強盜

歷屆試題看這裡！掃 QR Cord 立即練習！
https://video.morningstar.com.tw/0170005/1-2.html

1-2 單字對字根首尾
解答請見 260 頁

1-3 字根首尾對字根首尾

🔍 轉音例字

① sub- ↔ hypo- (MP3 ▶ 1-3-01)

單字源來如此

sub- 與 hypo- 同源，[s]／[h] 對應、[b]／[p] 轉音，母音通轉，「在下面」的意思。sub- 常因黏接詞素時的同化現象（assimilation）而改變拼字，例如：suc-、suf-、sug-、sum-、sup-、sur-、sus-、su- 等。submarine（潛艇）是能夠在水「下面」（sub-）運行的艦艇，suppress（鎮壓）的本意是壓到「下面」（sup- = sub-），support（支持）的本意是替人從「下面」（sup- = sub-）拿東西上來，suppose（猜想）的意思是置於論點「下面」（sup- = sub-）的假設，suggest（建議）是從內心提上來的想法，hypocrite（偽君子）可聯想為在「下面」（hypo-）批評的人。值得一提的是，up（往上）也是同源字，強調是由「下面」往上移動。

submarine [ˋsʌbməˏrin] **n** 潛艇 **adj** 海底的	As **submarines** become more advanced, we are able to explore deeper into the ocean than ever before. 隨著<u>潛艇</u>越來越先進，我們能夠探索到比以往都更深處的海底。
subsequent [ˋsʌbsɪˏkwɛnt] **adj** 後來的	A car crash and **subsequent** traffic jam caused me to be two hours late to work. 一場車禍<u>之後</u>的交通堵塞讓我上班遲到兩小時。
suburb [ˋsʌbɝb] **n** 郊區	Some people would rather live a quiet life in the **suburbs** than deal with the stress of big cities. 有些人喜歡在<u>郊區</u>安靜過日子也不願承受大城市的壓力。 衍生字 **sub**urban **adj** 郊區的

Unit 1　b / p / m / f / v 互換

suppress [sə`prɛs] **v** 鎮壓、抑制、克制	I **suppressed** my desire to eat the entire pizza so that I would have some left for later. 我克制自己想把整塊披薩吃掉的欲望，要留一些之後才有東西可以吃。
support [sə`port] **n** **v** 支持、支援	A scholarship provides financial **support** to a student who cannot afford to go to university. 獎學金給予無法負擔大學學費的學生經濟支援。
suppose [sə`poz] **v** 猜想、以為	Based on her wrinkles, I **suppose** the woman must be about 80 years old. 依她的皺紋看來，我猜那位婦人一定有八十歲了。 衍生字 **sup**posedly **adv** 據信、據傳
suggest [sə`dʒɛst] **v** 建議、暗示	I strongly **suggest** you learn English, as it will provide many opportunities to live and work all over the world. 我強烈建議妳學英文，因為英文讓妳有許多機會能夠在全世界生活和工作。 衍生字 **sug**gestion **n** 建議
hypocrite [`hɪpəkrɪt] **n** 偽善者、偽君子	The villain in the movie was a **hypocrite** who stole money while he worked as a police officer. 電影裡的壞蛋是個身為警察卻盜偷錢財的偽君子。

- 同源字學更多：**sud**den **adj** 突然的；**sub**tle **adj** 纖細的；**sus**tain **v** 支撐；as**su**me **v** 假定為、承擔；**sou**venir **n** 紀念品；**up** **adv** **prep** 向上；**up**bringing **n** 養育；**up**date **v** 更新；**up**hold **v** 舉起；**up**load **v** 上傳；**up**on **prep** 在……之上；**up**per **adj** 上面；**up**right **adj** 直立的、**adv** 挺直地；**up**stairs **adj** **adv** 在樓上；**up**ward **adj** **adv** 向上；ab**ov**e **prep** **adv** 在上面

❷ scrib- ↔ script- （MP3▶ 1-3-02）

單字源來如此

scrib- 和 script- 同源，[b]／[p] 轉音，「寫」（write）的意思。transcript（謄本）字面上的意思是謄「寫」（script-）「過去」（trans- = over），describe（描寫）是「寫」（scrib-）「下來」（de- = down），prescribe（開藥）是醫生「事先」（pre- = before）「寫」（scrib-）下來藥方，subscribe（訂購）本意是「寫」（scrib-）在文件「下面」（sub- = under），引申為閱讀完訂購或訂閱條款後在下方簽名，表示願意訂購。

script [skrɪpt] ❶ 手跡、筆跡、劇本	Most actors will not commit to star in a movie until they have read the **script**. 大多數演員在看過劇本之前並不會同意參與電影演出。
transcript [ˋtræn,skrɪpt] ❶ 謄本、文字記錄	The CEO asked to read the **transcript** from the last meeting, as he had been unable to attend. 執行長因為無法出席上次會議，因此要求看會議記錄。
describe [dɪˋskraɪb] ❷ 描寫、敘述	The witness was asked to **describe** the person they saw commit the crime to the detective. 偵探要求目擊者描述他們所看到的犯案人物。 衍生字 de**script**ive adj 描寫的；de**script**ion ❶ 描寫
prescribe [prɪˋskraɪb] ❷ 開藥、指定	A pharmacist is responsible for providing medication, but only a doctor can **prescribe** it. 藥師負責提供藥物，但只有醫生可以開處方藥。 衍生字 pre**script**ion ❶ 處方、規定
subscribe [səbˋskraɪb] ❷ 訂購、捐款	**Subscribe** now and get your first issue free. 現在訂購就可以免費獲得第一期報刊。 衍生字 sub**script**ion ❶ 署名、捐款

歷屆試題看這裡！掃 QR Cord 立即練習！
https://video.morningstar.com.tw/0170005/1-3.html

1-3 字根首尾對字根首尾
解答請見 260 頁

Unit 2

d / t / n / l / r / z / s / ʒ / ʃ / θ / ð 互換

2-1 單字對單字

轉音例字

❶ neutral ↔ neither ▶ [t]／[ð] 互換   MP3 ▶ 2-1-01

單字源來如此

這組單字的核心語意是「都非」，neutral（中立的）即「都非」（neither），不屬任一方，不選邊站。

neither [ˋniðɚ] **adv** 也不	I don't like to eat raw onion, and **neither** does my sister. 我不喜歡吃生洋蔥，我姊姊也不喜歡。
neutral [ˋnjutrəl] **adj** 中立的	Switzerland was known for staying **neutral** during World War II, rather than choosing a side to fight for. 眾所皆知，瑞士在第二次世界大戰時保持中立而非選邊站。

❷ medal ↔ metal ▶ [d]／[t] 互換   MP3 ▶ 2-1-02

單字源來如此

這組單字的核心語意是「金屬」，medal（獎章）多由「金屬」製成。

metal [ˋmɛtl̩] **n** 金屬、合金	Titanium is considered to be the strongest **metal** on the planet, so it is used for many things.　鈦被視為地球上強度最高的金屬，所以被用來製成許多東西。
medal [ˋmɛdl̩] **n** 獎章、紀念章	Olympic athletes will receive a gold **medal** if they finish in first place in their event. 奧運選手如果最終在該項比賽中奪冠便會得到金牌獎章。

❸ odor ↔ ozone [d]／[z] 互換 MP3▶ 2-1-03

單字源來如此
這組單字的核心語意是「氣味」（odor）。

odor [`odɚ] **n** 氣味、香氣	While stinky tofu has a strong **odor**, it also has a delicious flavor that is enjoyed by many Asian people. 雖然臭豆腐有種強烈的味道，但它也有一種許多亞洲人所喜歡的美味風味。
ozone [`ozon] **n** 臭氧	The **ozone** layer is the Earth's natural shield from much of the sun's harsh UV rays. 地球天然的臭氧防護層可以抵擋太陽大部分的強烈紫外光。

❹ freeze ↔ frost [z]／[s] 互換 MP3▶ 2-1-04

單字源來如此
這組單字的核心語意是「結凍」（freeze）。

freeze [friz] **v** 結冰、凝固、冷凍起來	It is common practice to **freeze** fruit, vegetables, and meat to prevent them from going bad. 把水果、蔬菜和肉類冷凍起來以避免腐壞是很常見的做法。
frost [frɔst] **n** 霜 **v** 結霜	Before driving a car in the winter, people from colder countries have to scrape **frost** off their windshields. 冬天開車之前，寒冷國家的人們必須先刮除擋風玻璃上的霜。

❺ mild ↔ melt [d]／[t] 互換 MP3▶ 2-1-05

單字源來如此
這組單字的核心語意是「柔軟」（soft），「融化」是衍生語意。

Unit 2 d / t / n / l / r / z / s / ʒ / ʃ / θ / ð 互換

mild [maɪld] **adj** 溫和的、溫柔的	The weather was **mild** that day, so the family decided they would enjoy a nice picnic in the park. 那天的天氣宜人，這家人打算到公園享受野餐的美好時光。 衍生字 **mildly** **adv** 輕微地、溫和地
melt [mɛlt] **v** 融化、熔化	The hot sun caused the ice cream to **melt** before the child could eat it all. 在那孩子把冰淇淋完全吃完前，炙熱的太陽便把它融化了。

❻ spider ↔ spin ▶ [d] ／ [n] 互換 (MP3 ▶ 2-1-06)

單字源來如此

這組單字的核心語意是「吐絲」（spin），spider（蜘蛛）會吐絲。

spider [ˋspaɪdɚ] **n** 蜘蛛	The easiest way to tell the difference between an insect and a **spider** is by counting the number of legs. 分辨昆蟲和蜘蛛最簡單的方法就是數它們有幾隻腳。
spin [spɪn] **v** 紡、結網、轉動	A fan creates wind by **spinning** its blades very fast, which causes the air to move. 風扇靠著快速轉動葉片讓空氣流動製造出風。

❼ hold ↔ halt ▶ [d] ／ [t] 互換 (MP3 ▶ 2-1-07)

單字源來如此

這組單字的核心語意是「握住」（hold），halt（停止）是被握住而無法動彈。

hold [hold] **v** 抑制、握住、拿	The waiter had to come back for the last plate because he could not **hold** more than three at once. 因為服務生一次沒辦法拿超過三個盤子，所以他得再回來拿最後一個盤子。

2-1 單字對單字

halt [hɔlt] **v** 停止、終止	The guard commanded the stranger to **halt** where he stood until he could be identified. 警衛要那個陌生人在原地停下來讓他確認是什麼人。
	• 同源字學更多：house**hold** adj 家的；thres**hold** n 門檻；up**hold** v 舉起

⑧ hi**d**e ↔ hou**s**e ▶ [d]／[s] 互換 MP3 ▶ 2-1-08

單字源來如此

這組單字的核心語意是「隱藏」、「掩蔽」（hide），有一派字源學家推論 house（房子）是同源字，因為房子有「遮」風避雨的功能。

hide [haɪd] **v** 躲藏、隱藏	Pirates were known to **hide** their treasure on islands because it was not safe to keep it on the ship. 大家都知道海盜會把寶藏藏匿在島上，因為放在船上並不安全。
house [haʊs] **n** 房子	The Smith family has lived in the same **house** since it was first built over 300 years ago. 史密斯家族從三百多年前房子蓋好時便一直住在裡面。
	• 同源字學更多：**hose** n 水管；**house**keeper n 女管家；**house**wife n 主婦；**hous**ing n 房屋總稱、遮蔽物

⑨ bra**ss**iere ↔ bra**c**e ▶ [z]／[s] 互換 MP3 ▶ 2-1-09

單字源來如此

這組單字的核心語意是「手臂」（arm），衍生「支撐」的意思。brassiere（胸罩）源自古法文，「支撐」女性胸部的物品。

brace [bres] **n** 支柱	The doctor told me to wear **an ankle brace** after I injured it while playing soccer yesterday. 我昨天踢足球受傷以後，醫生要我穿著護踝。
brassiere [bra`zɪr] **n** 胸罩（bra）	The term **brassiere** had made its way into the Oxford English Dictionary by 1911. 胸罩這詞在 1911 年之前就已收錄在《牛津英語字典》。
	• 同源字學更多：**brace**let n 手鐲；em**brace** v 擁抱

Unit 2　d / t / n / l / r / z / s / ʒ / ʃ / θ / ð 互換

⑩ god ↔ gossip　▶ [d]／[s] 互換　MP3 ▶ 2-1-10

單字源來如此

這組單字的核心語意是「神」（god）。gossip（閒聊）由 god（神）和 sibb（親戚）所組成，原指「教父」或「教母」，到了中古英語時期，其意義擴展為「熟人」，後更指「任何參與閒聊的人」，引申為「（熟人間的）閒聊」。

god [ɡɑd] **n** 上帝、造物主、神祇	While Christians believe in one **god**, people who follow Hinduism believe in more than 33 million. 基督徒信奉單一神祇，而印度教徒則信奉三千三百多萬個神祇。
gossip [ˋɡɑsəp] **n** **v** 閒聊	A good reporter writes a story using only facts, while avoiding stories and **gossip** that may be untrue. 好的記者只用事實寫故事，同時避免使用可能不真實的素材和八卦。

● 同源字學更多：**god**dess **n** 女神

⑪ murder ↔ mortal　▶ [d]／[t] 互換　MP3 ▶ 2-1-11

單字源來如此

這組單字的核心語意是「死」（death）。

murder [ˋmɝdɚ] **v** 兇殺、謀殺罪	The town took great pride in the fact that it had never had a single **murder** in its entire history. 這座小鎮以其有史以來從未有過兇殺案而深感自豪。
mortal [ˋmɔrt!] **adj** 死的、臨死的	While every living thing is **mortal**, most plants tend to live longer than animals do. 儘管每一生物都會死，但多數植物能活得比動物久。 衍生字 im**mortal** **adj** 不朽的

⑫ stun ↔ astonish ↔ thunder [t]／[θ] 互換 MP3▶ 2-1-12

單字源來如此

這組單字的核心語意是「打雷」（thunder），「打雷」常會令人產生「驚嚇」。

thunder [ˋθʌndɚ] **n** 轟隆聲、雷聲	As a child, I always loved to listen to the sound of **thunder** during summer storms. 我小時候總愛聽夏日暴風雨的雷聲。
as**ton**ish [əˋstɑnɪʃ] **v** 使吃驚、使驚訝	The magician **astonished** the entire crowd when he pulled a rabbit out of an empty hat. 魔術師從空的帽子裡抓出一隻兔子時，全部人都嚇了一跳。 衍生字 as**ton**ishment **n** 驚訝
s**tun** [stʌn] **v** 使大吃一驚	The ending of the play **stunned** the entire audience, as no one suspected the farmer of the crime. 戲劇結局讓全部觀眾震驚不已，因為沒人想到農夫是兇手。

⑬ graze ↔ grass [z]／[s] 互換 MP3▶ 2-1-13

單字源來如此

這組單字的核心語意是「草」（grass）。

grass [græs] **n** 草	My friends and I like to lie on the **grass** and stare up at the clouds above. 我和朋友喜歡躺在草地上看天上的雲。
graze [grez] **v** 吃草、放牧	Every morning, the farmer opened the fence so that all of his cows could **graze** in the open fields. 每天早晨農場主人都會打開籬笆，讓所有母牛都可以在開闊的牧場吃草。

● 同源字學更多：grow **v** 成長；green **n** 綠色；ever**green** **adj** 常青的

歷屆試題看這裡！掃 QR Cord 立即練習！
https://video.morningstar.com.tw/0170005/2-1.html

2-1 單字對單字
解答請見 260 頁

名字裡的世界：字源探索之旅

Natalie（娜塔莉）

名字的歷史和文化意蘊

Natalie（娜塔莉）源自於法語 *Natalie*，可追溯至拉丁語中的 *(dies) natalis*，意思是「生日」（birthday），在教會拉丁語意指「聖誕節」（Christmas Day）。Natalie 最初可能是用來指一個在聖誕節出生的人。這個名字是第四世紀時尼科米底亞的殉道者聖亞德里安（Saint Adrian of Nicomedia）的妻子之名，她在東正教中被尊為聖人。因此，Natalie 這個名字在東方基督徒中比西方更為普遍，直到俄羅斯移民家庭出身的美國女演員娜塔莉・伍德（Natalie Wood, 1938-1981）在美國大受歡迎後，帶起了該名字在西方世界的廣泛流行。隨著時間的流逝，在不同文化和語言的演變中，Natalie 形成了多種拼寫和變體，如 Natalia、Natasha 等。Natalie 這個名字象徵著出生和新生命的開始，經常與聖誕節的喜慶和歡樂連繫在一起，也因其背後的歷史和文化淵源，帶有一定的傳統和宗教意義。

英語詞彙探幽

Natalie 字裡頭藏著字根 *nat*（誕生），可以上溯至原始印歐語根 **gene-*，意為「生育，產生」。以 *nat* 為基礎，我們可以學到一系列單字：

1. **nat**ive 的意思是「天生的」，即「與生俱來的」（be born with）。
2. **nat**ure 是「自然」、「本性」，即「與生俱來的特質」。
3. pre**nat**al 的意思是「產前的」、「孕期的」，即「（小孩）出生前的」（existing or occurring before birth）。

2-2 單字對字根首尾

🔍 轉音例字

❶ mind ↔ ment- （MP3 ▶ 2-2-01）

單字源來如此

可用 mind（心、頭腦），[d]／[t] 轉音及母音通轉來記憶 ment-。remind（提醒）是讓事情再次進到「心」裡，mention（提到）是提及某事而使其進到「心」（ment- = mind）裡，comment（評論）是出自內「心」（ment- = mind）、大腦的想法，monument（紀念碑）則是會勾起內「心」（mon- = mind）回憶的建築物。

mind [maɪnd] ⓝ 心、頭腦	The **mind** is what allows us to think, but the heart is what we use to feel. 頭腦讓我們思考，而心則讓我們感受。
remind [rɪ`maɪnd] ⓥ 提醒、使想起	My girlfriend gets upset when she has to **remind** me that her birthday is coming up. 我女朋友提醒我她的生日快到時，一副不開心的樣子。 衍生字 re**mind**er ⓝ 催函、提醒者
absentminded [`æbsənt`maɪndɪd] adj 心不在焉的、茫茫然的	The students could not believe they were so **absentminded** as to leave their books at home. 學生們不敢相信自己多麼心不在焉，居然把書忘在家裡了。
mental [`mɛntl̩] adj 精神的、智力的	I prefer to play **mental** games like chess, than to play physical games like basketball. 我喜歡像象棋那樣的益智遊戲，不喜歡像籃球那種體力遊戲。 衍生字 **ment**ality ⓝ 心態、思想方法

049

Unit 2 d / t / n / l / r / z / s / ʒ / ʃ / θ / ð 互換

mention [ˋmɛnʃən] **v** 提到、說起	All of the employees were excited when the boss **mentioned** the possibility of a bonus. 當老闆提到可能會加薪時，所有員工都興奮起來。
com**ment** [ˋkɑmɛnt] **n** 評論 **v** 發表意見、評論	After performing onstage, the dancer waited anxiously for the judge to **comment** on what he saw. 舞台演出之後，舞者緊張地等待裁判對所見提出評論。 衍生字 com**ment**ary **n** 評論；com**ment**ator **n** 時事評論者

- 同源字學更多：**man**iac **n** 瘋子；**mon**ey **n** 錢；**mon**ster **n** 怪物；de**mon**strate **v** 證明、示威；**mon**itor **n** 螢幕、**v** 監控；**mon**ument **n** 紀念碑、紀念塔；**mus**ic **n** 音樂；**mus**e **v** 沉思；**mus**eum **n** 博物館；**med**itate **v** 沉思；sum**mon** **v** 召喚、召集；**man**darin **n** 華語；auto**mat**ic **adj** 自動的

❷ d**rag** ↔ **tract**- (MP3 ▶ 2-2-02)

單字源來如此

可用 drag，[d]／[t]、[g]／[k] 轉音及母音通轉來記憶 tract-，「拉」的意思。attract（吸引）是「拉」（tract-）住注意力，而 distract（轉移）是「拉」（tract-）「走」（dis- = away）注意力，contract（訂約）是將大家「拉」（tract-）在「一起」（con- = together）共同擬訂合約。

d**rag** [dræg] **v** 拉、拖	It would be easier to **drag** the large sack of potatoes than to try to carry it. 這麼大包的馬鈴薯用拖的比用扛的輕鬆。
at**tract** [əˋtrækt] **v** 吸、吸引	You will **attract** ants and flies if you leave dirty dishes out for too long. 髒碗盤放在外面太久會引來螞蟻和蒼蠅。 衍生字 at**tract**ive **adj** 引人注目的；at**tract**ion **n** 吸引物
dis**tract** [dɪˋstrækt] **v** 轉移、分散	Movies, books and games are all fun ways to **distract** ourselves from the realities of everyday life. 電影、書和遊戲都是讓我們抽離每天生活現實的有趣方式。 衍生字 dis**tract**ion **n** 分心、注意力分散

extract [ɪk`strækt] **v** 用力取出、抽出	Female mosquitoes use their mouth like a straw in order to **extract** blood when feeding. 母蚊子在叮咬時會用吸管一樣的嘴來**吸血**。
subtract [səb`trækt] **v** 減去、扣掉	In order to know how much a company made, you must first **subtract** how much they have spent. 要知道一家公司賺多少錢，就得先**扣掉**他們花了多少錢。
contract [kən`trækt] **v** 締結、訂約、感染（疾病）	It is important to wash your hands often to avoid **contracting** or spreading any germs. 為了預防**感染**或傳播病菌，經常洗手是很重要的。 衍生字 con**tract**or **n** 承包商
abstract [`æbstrækt] **adj** 抽象的、深奧的	The pencil drawing was too **abstract** for the police to use as a way to identify the suspect. 鉛筆素描太過**抽象**，警方無法用來辨認嫌疑犯。 衍生字 abs**tract**ion **n** 抽象概念

● 同源字學更多：**track** **n** 行蹤、軌道；**trek** **v** 艱苦跋涉、緩慢地行進；**train** **n** 火車；**trace** **n** 痕跡；**trail** **n** 小徑；**treat** **v** 處理、**n** 請客；**treaty** **n** 條約；re**treat** **v** 撤退；**draw** **v** 畫；**draw**er **n** 抽屜；**draw**ing **n** 描繪；**draw**back **n** 缺點；**draf**t **n** 草圖；re**tire** **v** 退休；re**tire**ment **n** 退休

❸ sun ↔ sol- (MP3 ▶ 2-2-03)

> 單字源來如此
>
> 可用 sun，[n]／[l] 轉音及母音通轉來記憶 sol-，「太陽」的意思。

sun [sʌn] **n** 太陽、恆星	The **sun** is actually just a star, but it is closer to Earth than any other. **太陽**其實只是一顆恆星，但它比其他恆星都要靠近地球。 衍生字 **Sun**day **n** 星期日；**sun**ny **adj** 陽光充足的
solar [`solɚ] **adj** 太陽的、日光的	The **solar** system, that Earth is a part of, is in a galaxy called the Milky Way Galaxy. 地球是其中一部份的**太陽**系，位在一個名叫銀河系的星系中。

051

Unit 2 d／t／n／l／r／z／s／ʒ／ʃ／θ／ð 互換

❹ three ↔ tri- （MP3▶2-2-04）

單字源來如此

可用 three，[θ]／[t] 轉音及母音通轉來記憶 tri-，「三」的意思，tribut- 是衍生字根，和 tribe（部落）同源。tribut- 原指羅馬原始「三大部落」，tri- 是「三」，而 tribut-（貢物）是較弱的部落獻給強大部落的「禮物」，引申為「給」（give）。distribute（分配）是把東西「給」（give）出去。

triangle [ˋtraɪˏæŋgl̩] **n** 三角形、三角鐵	Most bridges are designed with **triangles**, as this is the shape that can support the most weight. 大部分橋梁都是三角形設計，因為這是能承載最大重量的形狀。
triple [ˋtrɪpl̩] **v** 使成三倍	The announcement that Beijing would host the 2008 Olympics caused the prices of hotel rooms to **triple**. 2008 年奧運將在北京舉辦的消息一傳出便讓飯店房價漲了三倍。
tribal [ˋtraɪbl̩] **adj** 部落的、種族的	A historian determined the **tribal** group that once lived in the area by studying drawings in a nearby cave. 歷史學家從附近洞穴的圖像判定這個部落社群曾經居住在這個區域。
tribute [ˋtrɪbjut] **n** 進貢、敬意、尊崇	At a funeral, flowers are often left as a **tribute** to a loved one who has died. 喪禮上，花常用來傳遞對逝去的所愛的心意。
con**tri**bute [kənˋtrɪbjut] **v** 貢獻、捐獻	Having a good education will **contribute** to the opportunities you receive after you graduate from school. 擁有好的教育將有助於畢業後得到更多機會。 衍生字 con**tri**bution **n** 投稿、捐獻
dis**tri**bute [dɪˋstrɪbjut] **v** 分發、分配	The remaining slices of pizza were **distributed** evenly to everyone who had not yet eaten. 披薩剩下的幾片被平均分給還沒吃的人。 衍生字 dis**tri**bution **n** 分配

❺ thin ↔ ten- (MP3 ▶ 2-2-05)

單字源來如此

可用 thin，[θ] ／ [t] 轉音及母音通轉來記憶 ten-，「薄」、「細」的意思，字根變體有 tend-、tens-、tent- 等，「拉開」、「延展」、「伸展」、「變細」、「變薄」、「變脆弱」、「變緊」、「變長」、「傾（偏）向……某方」等意思。

---

tense
[tɛns]
adj 拉緊的、繃緊的

The classroom is usually a fun place to learn, but it can be a very **tense** environment on test day.
教室通常是能夠學習又有趣的地方，但在考試的日子氣氛可能會變得很緊張。
衍生字 **ten**sion **n** 拉緊、繃緊

---

tend
[tɛnd]
v 照料、護理、趨向

Students who exercise regularly and have enough sleep **tend** to perform better on their exams.
有規律運動及足夠睡眠的學生往往在考試上表現得較好。
衍生字 **tend**ency **n** 傾向、癖性

---

tender
[ˋtɛndɚ]
adj 嫩的、柔軟的

A well-cooked piece of meat should be **tender** enough that you can cut it with a fork.
一塊肉若煮得好，應該要軟到可以用叉子分開。

---

extend
[ɪkˋstɛnd]
v 延伸、擴大、延長

The teacher had to **extend** the test time after a fire drill interrupted the class.
消防演習打斷課堂之後，老師就得延長考試時間。
衍生字 ex**ten**sion **n** 伸展；ex**ten**sive **adj** 廣泛的、大規模的

---

extent
[ɪkˋstɛnt]
n 範圍、程度

The insurance amount that will cover an accident depends on the **extent** of the damage that was done.
意外險給付的範圍取決於意外造成的傷害程度。

---

intense
[ɪnˋtɛns]
adj 劇烈的、極度的

The heat of the sun was too **intense** for me to go for a jog.
陽光的溫度熱到我無法去慢跑。
衍生字 in**ten**sify **v** 增強、使變激烈；in**ten**sity **n** 強烈；in**ten**sive **adj** 密集的

Unit 2　d / t / n / l / r / z / s / ʒ / ʃ / θ / ð 互換

in**tend** [ɪn`tɛnd] **v** 想要、打算	Christopher Columbus did not **intend** to sail to America, but found himself there by accident. 哥倫布並沒有<u>打算</u>航行到美洲，卻意外發現自己到了美洲。
in**tent** [ɪn`tɛnt] **n** 意圖、目的	Our **intent** when we bought the property was to build our first house on it. 我們買那塊地的<u>目的</u>就是為了在上面蓋我們的第一間房子。 衍生字 in**tent**ion **n** 意向
pre**tend** [prɪ`tɛnd] **v** 佯裝、假裝	No one should ever **pretend** to be something they are not in order to impress their peers. 不應該為了討好朋友<u>偽裝</u>出不是自己的樣子。
at**tend** [ə`tɛnd] **v** 出席、參加	Hundreds of parents proudly **attended** the school graduation to watch their children receive their hard-earned diplomas. 為了看孩子被授予努力而來的畢業證書，好幾百位家長驕傲地<u>參加</u>學校畢業典禮。 衍生字 at**tend**ance **n** 到場、出席；at**tend**ant **n** 陪從、隨員；at**tent**ion **n** 專心
con**tend** [kən`tɛnd] **v** 爭奪、競爭	Small businesses find it difficult to **contend** with major companies because of the lower prices they can offer. 小本生意發覺很難跟大公司開出的低價格<u>競爭</u>。
con**tent** [kən`tɛnt] **adj** 滿意的、甘願的	The store owner was **content** to go home early because there were very few customers shopping that day. 店長<u>甘願</u>早早回家，因為那天逛街的客人非常少。

❻ **th**umb ↔ **t**um-　(MP3▶ 2-2-06)

單字源來如此

可用 thumb，[θ]／[t] 轉音及母音通轉來記憶 tum-，表示「腫脹」，可用「大拇指」是最「腫脹」的手指來聯想。

thumb [θʌm] **n** 拇指	I found it difficult to hold my pencil after breaking my **thumb** in a skateboarding accident. 我的大拇指因為溜滑板骨折以後就很難握筆。
tumor [ˋtjumɚ] **n** 腫瘤、腫塊	Any unknown lump could be a **tumor** and should be checked by a doctor immediately in case it is cancererous. 任何不知名的腫塊都可能是腫瘤，必須立刻讓醫生診斷以免是癌症。

❼ thrust ↔ trud-、trus- (MP3 ▶ 2-2-07)

單字源來如此

可用 thrust，[θ] ／ [t] 轉音及母音通轉來記憶 trud-、trus-，「推擠」的意思。intrude（侵入）原指硬「擠」入，引申為非法入侵。

thrust [θrʌst] **v** 用力推、塞	The anxious mother **thrust** her purse into the hands of her husband and jumped into river to rescue her child. 焦急的母親把錢包塞到丈夫手裡便跳進河裡救孩子。
in**trud**e [ɪnˋtrud] **v** 侵入、闖入	Many laws are in place to prevent the government from **intruding** into our lives while still keeping us safe. 很多現行法律都是為了確保政府不會侵犯我們的生活，同時能夠保護我們的安全。 衍生字 in**trud**er **n** 闖入者
ex**trud**e [ɛkˋstrud] **v** 擠壓出、噴出	During a volcanic eruption, lava and ash powerfully **extrude** from a volcano with great force. 火山爆發時，熔岩和火山灰氣勢兇猛地從火山噴發出來。

● 同源字學更多：threat **n** 威脅

Unit 2 d / t / n / l / r / z / s / ʒ / ʃ / θ / ð 互換

⑧ two ↔ du-、di- (MP3 ▶ 2-2-08)

單字源來如此

可用 two，[t]／[d] 轉音及母音通轉來記憶 du-、di-，「雙」、「二」的意思。dia-（穿透）是同源字首，表示穿過「二」（di-）個端點；bi-（二）也是同源字首。twist（扭轉）原意是將「二」或二股以上的繩子扭轉編織成繩子，dubious（半信半疑的）是心思在「二」（du-）端擺盪，懷疑東、懷疑西，diploma（畢業證書）本指「對摺」（pl-）成「二」（di-）部分的公文，後來擴增為畢業文憑。diabetes（糖尿病）指喝多、尿也多，從一端攝取水份、「穿透」（dia-）身體，從另一端排出。

twin [twɪn] **n** 雙胞胎	Though we are **twins**, I am older because I was born eight minutes before my brother. 雖然我們是雙胞胎，但因為我早了弟弟八分鐘出來，所以是哥哥。
twilight [ˋtwaɪ͵laɪt] **n** 薄暮、微光	A good photographer always keeps his camera out fifteen to thirty minutes after sunset to capture the **twilight**. 好的攝影師總會在夕陽落下之後開著相機十五到三十分鐘捕抓黃昏暮光。
twenty [ˋtwɛntɪ] **adj** 二十的、二十個的	Once you turn **twenty** years old, you are considered to have aged beyond your teenage years. 一旦滿二十歲，就過青春期了。 衍生字 **twe**lve **adj** 十二的
twice [twaɪs] **adv** 二次、二回	It wasn't a fair competition because one team performed **twice**, while the other team had only one performance. 這場比賽不公平，因為有一隊比了二次，另一隊只比了一次。
twist [twɪst] **v n** 扭彎、旋轉	The ice skater finished her performance with a perfect **twist** and jump that impressed the judges. 滑冰選手以驚艷裁判的完美旋轉和跳躍完成演出。

2-2 單字對字根首尾

dual
[`djuəl]
adj 二的、雙的

The principal plays a **dual** role for his school, as he is also the coach of the basketball team.
校長在學校身兼二職，因為他也是籃球隊教練。

double
[`dʌbl]
adj 二倍的、加倍的

It is not unusual for my dad to eat **double**, or even triple the amount that I do.
我爸吃的份量通常是我的二倍，甚至三倍。

dubious
[`djubɪəs]
adj 半信半疑的

I considered the article I read to be a bit **dubious**, as no sources were given for their research.
我對我讀的這篇文章半信半疑，因為他們的研究沒有給資料來源。

doubt
[daʊt]
v 懷疑、不相信

Frank's father did not **doubt** his son's ability to get the job that he was applying for.
法蘭克的父親對兒子的能力足以錄取那份申請中的工作毫不懷疑。

衍生字 **dou**btful **adj** 不明確的、難以預測的；
un**dou**btedly **adv** 毫無疑問地

diploma
[dɪ`plomə]
n 畢業文憑、學位證書

All students will receive their **diplomas** at a large ceremony after they meet all of their graduation requirements.
在達到所有畢業門檻後，所有的學生會在大型的典禮中獲頒畢業證書。

diplomat
[`dɪpləmæt]
n 外交官

It is important for **diplomats** to present themselves as professionals at all times, as they represent their entire countries.
外交官代表整個國家，所以隨時展現專業是重要的。

衍生字 **di**plomatic **adj** 外交的；**di**plomacy **n** 外交

Unit 2 d／t／n／l／r／z／s／ʒ／ʃ／θ／ð 互換

diabetes [,daɪəˋbitɪz] **n** 糖尿病	**Diabetes** can be inherited, but it can also develop from a poor diet and lack of exercise. 糖尿病有可能遺傳，但也可能是因為飲食不均衡和缺乏運動而導致。
dialogue [ˋdaɪə,lɔg] **n** 對話、交談	There was an open **dialogue** between the mayor and the citizens about the changes that were coming. 市長與市民有場公開對話，討論即將到來的變遷。

● 同源字學更多：**twi**g **n** 細枝；**doz**en **n** 一打、十二個；**dia**gram **n** 圖表；**dia**meter **n** 直徑；**dia**per **n** 尿布；**dia**lect **n** 方言；com**bi**ne **v** 結合；com**bi**nation **n** 結合；**bi**noculars **n** 雙筒望遠鏡；**ba**lance **n** **v** 平衡

❾ ten ↔ dec- (MP3 ▶ 2-2-09)

單字源來如此

可用 ten，[t]／[d] 轉音及母音通轉來記憶 dec-，「十」的意思。

December [dɪˋsɛmbɚ] **n** 十二月	Bill loves the month of **December** because that is the start of the ski season where he lives. 比爾很喜歡十二月，因為那是他居住地區滑雪季的開端。
decade [ˋdɛked] **n** 十年	On his 30th birthday, the young millionaire thought about all that he had accomplished the past **decade**. 年輕的百萬富翁在他三十歲生日時，想起過去十年所完成的事情。

● 同源字學更多：**teen**age **adj** 十幾歲的、**n** 青少年時期

❿ tame ↔ dom- (MP3 ▶ 2-2-10)

單字源來如此

可用 tame（馴化的），[t]／[d] 轉音及母音通轉來記憶 dom-，「房」、「室」、「家」的意思。一般而言，動物進到室內或家裡，要經「馴服」，衍生為「統治」（govern）的意思。

2-2 單字對字根首尾

tame [tem] **v** 馴服	Although you can **tame** a lion, it is a wild animal and should not be made into a pet. 即便你能馴服獅子，但牠還是野性動物，不該拿來當寵物。
dome [dom] **n** 圓蓋、圓頂、穹窿	The stadium was built with a covered **dome** that allowed performances in all kinds of weather. 這個競技場上方搭建了圓頂，讓表演能在各種天氣演出。
domestic [dəˋmɛstɪk] **adj** 家庭的、國內的	The politician preferred to focus on **domestic** issues, such as creating jobs, instead of worrying about international affairs. 那位政治人物喜歡聚焦國內議題，例如創造工作機會，而非關注國際事務。
dominate [ˋdɑməˌnet] **v** 統治、控制	It is important not to **dominate** a conversation or you will lose the chance to listen and learn from others. 很重要的是不要去主導對話，否則就會失去聆聽和跟別人學習的機會。　衍生字 **dom**inant **adj** 支配的、統治的

● 同源字學更多：**diam**ond **n** 鑽石

⑪ tooth ↔ dent- （MP3 ▶ 2-2-11）

> **單字源來如此**
> 可用 tooth，[t] ／ [d]、[θ] ／ [t] 轉音及母音通轉來記憶 dent-，「牙齒」的意思。

dentist [ˋdɛntɪst] **n** 牙科醫生、牙醫	The **dentist** has an important job of making sure our mouth is clean and healthy. 牙醫有一個重要工作，就是確保我們的口腔乾淨健康。
dental [ˋdɛnt!] **adj** 牙齒的、牙科的	Brushing and flossing every day is the best thing you can do to maintain good **dental** health. 每天刷牙和使用牙線是保持牙齒健康的最好方式。

059

Unit 2 d / t / n / l / r / z / s / ʒ / ʃ / θ / ð 互換

⑫ tow ↔ duc- （MP3 ▶ 2-2-12）

單字源來如此

可用 tow，[t]／[d] 轉音及母音通轉來記憶 duc-，「拉」、「引導」的意思。reduce（縮小）本意是將人「拉」（duc-）「回來」（re- = back），引申為減少，induce（引誘）本意是將人「拉」（duc-）「進來」（in-），seduce（誘惑）本意是將人「拉」（duc-）「走」（se- = away），educate（教育）本意是「拉」（duc-）「出來」（e- = ex- = out），教育是將一個人的潛力引導出來。

---

reduc**e**
[rɪ`djus]
ⓥ 縮小、降低

At the historic Paris Agreement, leaders from almost every nation agreed to **reduce** their country's impact on the environment.
史上著名的《巴黎協議》中，幾乎每國元首都同意減低自己國家對環境的影響。　衍生字 **re**duc**tion** ⓝ 減少

---

in**duc**e
[ɪn`djus]
ⓥ 引誘、誘導

The purpose of advertisements is to **induce** people to buy a certain product or use a certain service.
廣告的目的就是誘導人們購買某樣產品或使用某種服務。

---

intro**duc**e
[͵ɪntrə`djus]
ⓥ 介紹、引介

The new parents returned home from the hospital, excited to **introduce** their newborn son to the family.
新手爸媽從醫院回家，興奮地跟全家介紹他們剛出生的兒子。　衍生字 intro**duc**tion ⓝ 介紹

---

pro**duc**e
[prə`djus]
ⓥ 製造、創作

Taiwan is able to **produce** large amounts of food because it has many farms and many types of climates.
因為擁有許多農地和氣候型態，台灣才能夠生產大量食物。

衍生字 pro**duc**er ⓝ 生產者、製造者；repro**duc**e ⓥ 繁殖、生殖；pro**duc**t ⓝ 產品；pro**duc**tion ⓝ 製作；pro**duc**tive ⓐⓓⓙ 生產的；pro**duc**tivity ⓝ 生產力

---

se**duc**e
[sɪ`djus]
ⓥ 誘惑、引誘

The girl did not plan on buying a new dress, but she was **seduced** by the very low price.
那女孩沒打算買新洋裝，但被超低價給誘惑了。

conduct
[kənˋdʌkt]
v 引導、展現

It is very important that we **conduct** ourselves in a professional manner during job interviews.
工作面試時展現自己的專業素養非常重要。

衍生字 con**duct**or **n** 管理人、指揮

educate
[ˋɛdʒə͵ket]
v 培養、教育

Steve wanted to **educate** his younger brother on fishing so that he had someone to go to the lake with.
史提夫想教他弟弟釣魚，這樣才有人陪他去湖邊。

衍生字 e**duc**ational **adj** 教育的

● 同源字學更多：do**c**k **n** 碼頭

⑬ sit ↔ sid-、sess- (MP3 ▶ 2-2-13)

單字源來如此

可用 sit，[t]／[d]／[s] 轉音及母音通轉來記憶 sid-、sess-，都是「坐」的意思。preside（主持）活動、會議的人通常「坐」（sid-）在「前面」（pre-），reside（居住）本意是「回來」（re- = back）「坐」（sid-），衍生「回來住」的意思；dissident（意見不同的）本意是「坐」（sid-）著的時候遠「離」（dis- = away）他人，不坐一起，表示意見不同；possess（具有）表示有「權」（pos- = power）擁有一個位置來「坐」（sess-），可用「坐擁」來聯想；assessment（評價）本指「坐」（sess-）在法官旁估算要付多少償金、罰金的助理，衍生為評價的意思；settle（解決）可用「坐」（set- = sit）落下來、沉澱下來聯想。

pre**sid**e
[prɪˋzaɪd]
v 管轄、主持

I was asked to **preside** over the chess club because I was the member with the most experience.
大家要我管理圍棋社，因為我是最有經驗的成員。

衍生字 pre**sid**ent **n** 總統、校長；pre**sid**ential **adj** 總統的、總裁的；pre**sid**ency **n** 公司總裁、大學校長、會長等的職位、職權、任期；vice-pre**sid**ent **n** 副總統、副總裁

Unit 2 d / t / n / l / r / z / s / ʒ / ʃ / θ / ð 互換

re**side** [rɪˋzaɪd] **v** 居住、駐在	Since leaving his parents' house, he has **resided** in a small apartment in the big city. 離開父母之後，他便<u>住在</u>大城市的一間小公寓裡。 **衍生字** re**sid**ence **n** 居住；re**sid**ent **n** 定居者；re**sid**ential **adj** 居住的、住宅的
dis**sid**ent [ˋdɪsədənt] **adj** 意見不同的、不贊成的	The new security law was well-accepted by the entire community, with the exception of one **dissident** group. 整個社區都欣然接受新的安全規定，只有一小群人<u>不贊同</u>。
session [ˋsɛʃən] **n** 開會、學期、講習會	Even the best musicians in the world did not master the piano in just one **session**. 即便是全世界最好的音樂家也沒辦法上一<u>學期課</u>就成為鋼琴大師。
pos**sess** [pəˋzɛs] **v** 持有、具有	While Jon **possessed** the camera at the moment, it actually belonged to his school photography teacher. 喬那時<u>持有</u>的相機其實是他學校攝影老師的相機。 **衍生字** pos**sess**ion **n** 擁有
as**sess**ment [əˋsɛsmənt] **n** 評價、評估	A quick **assessment** of the scene was all that was needed for the great Sherlock Holmes to solve the case. 厲害的福爾摩斯只需快速<u>評估</u>過犯罪現場就能破案。
set [sɛt] **v** 置、安排	The waiter **set** an extra place at the table when he learned that a surprised guest would be attending. 服務生知道會有神祕嘉賓到來時，在桌前多<u>安排</u>了一個位置。 **衍生字** **set**ting **n** 環境、背景；up**set** **v** 打亂、使心煩意亂；out**set** **n** 最初；**set**back **n** 挫折
settle [ˋsɛt!] **v** 解決、安排	North and South Korea are attempting to **settle** their differences to improve the relationship between the two countries. 南北韓很希望能夠<u>化解</u>彼此差異、促進兩方關係。 **衍生字** **set**tler **n** 移居者；**set**tlement **n** 定居、解決

● 同源字學更多：baby-**sit** **v** 當臨時保姆；baby**sit**ter **n** 臨時保母；**seat** **n** 座位；**sad**dle **n** 馬鞍；**siege** **n** 圍攻；be**siege** **v** 圍攻

⑭ close ↔ clud-、clus- (MP3▶ 2-2-14)

單字源來如此

可用 close，[s]／[d] 轉音及母音通轉來記憶 clud-，clus-，「關」的意思。exclude（排除在外）是把某對象「關」（clud-）在「外」（ex- = out）面。

close [kloz] **v** 關閉、結束 [klos] **adj** 親密的	I could not **close** the book until I had found out how the story ended. 我沒看到故事結局前無法闔上這本書。 衍生字 **clos**et **n** 壁櫥、碗櫥；en**close** **v** 圍住、圈起；dis**close** **v** 揭發；dis**clos**ure **n** 透露
include [ɪn`klud] **v** 算入、包含於	If you **include** your skills and experience on your resumé, there is a better chance of being offered a job. 如果你把技能和經驗都寫入履歷，會比較有機會找到工作。 衍生字 in**clud**ing **prep** 包括；in**clus**ive **adj** 包括的
exclude [ɪk`sklud] **v** 拒絕接納、排除在外	Google is known for having a hiring policy that does not **exclude** anyone from applying. 谷歌以不拒絕任何履歷的徵才策略聞名。 衍生字 ex**clus**ive **adj** 排外的、獨家的
conclude [kən`klud] **v** 推斷出、斷定	The meeting could not **conclude** until the manager had made a final decision whether or not to allow dogs. 這場會議一直都無法有結論，直到主管最終決定是否讓狗入內。 衍生字 con**clus**ion **n** 結論

● 同源字學更多：clause **n** 條款、子句

⑮ thwart ↔ tort- (MP3▶ 2-2-15)

單字源來如此

可用 thwart（阻撓），[θ]／[t] 轉音及母音通轉來記憶 tort-，表示「扭曲」、「扭轉」，可用「扭曲」事物或真相是為了達到「阻撓」的目的來聯想。

Unit 2 d / t / n / l / r / z / s / ʒ / ʃ / θ / ð 互換

thwart [θwɔrt] **v** 阻撓、挫敗	A policeman **thwarted** a masked man's attempt to break into a store after hearing the alarm. 聽見警報響起後，一名警察阻止了企圖闖入店家的蒙面男子。
dis**tort** [dɪs`tɔrt] **v** 扭曲、扭歪	Glass can be **distorted** by an artist to form many different unique and beautiful shapes. 藝術家可以扭曲玻璃做出許多不同而特殊的美麗形狀。
re**tort** [rɪ`tɔrt] **v** 反擊、反駁	If your parents ask you to stop and listen, it is wise not to **retort** and continue to argue. 如果父母要你停下來聽他們說，別繼續跟他們頂嘴爭論才是明智的。
tortoise [`tɔrtəs] **n** 陸龜	Though the rabbit was faster, the slow-moving **tortoise** used his persistence to win the race. 雖然兔子跑得很快，但慢吞吞的烏龜用毅力贏得了比賽。
torture [`tɔrtʃɚ] **v** 折磨、拷問	Our big sister likes to **torture** all of the siblings by holding us down and tickling our feet. 我們大姊很喜歡把弟妹們壓住搔腳底癢來折磨我們。

⑯ root ↔ rad- （MP3▶2-2-16）

單字源來如此

可用根 root，[t]／[d] 轉音及母音通轉來記憶 rad-，「根」的意思。radish（蘿蔔）是「根」菜類作物。

radish [`rædɪʃ] **n** 白蘿蔔	The **radish** is a vegetable that tastes good and can be eaten as a very healthy snack. 白蘿蔔是一種很好吃又可以當健康零食來吃的蔬菜。
radical [`rædɪk!] **adj** 基本的、徹底的、激進的	While it seemed **radical** at the time, the theory that the Earth was round was eventually proven true. 雖然當時「地圓說」看似激進，但最終證實這個理論是對的。

⑰ rat ↔ rod- （MP3▶2-2-17）

單字源來如此

可用 rat，[t]／[d] 轉音及母音通轉來記憶 rod-，「咬」的意思，可用老鼠有愛「咬」東西的特性來聯想。

rat [ræt] **n** 鼠	The Chinese consider the **rat** to be an intelligent creature that is capable of surviving in tough conditions. 華人認為老鼠是一種聰明的生物，可以在惡劣環境下生存下來。
e**rod**e [ɪˋrod] **v** 腐蝕、侵蝕	The recent rainstorms were causing the hillsides to **erode** rapidly, creating problems as they spilled into the streets below. 最近的暴風雨頻繁侵蝕山坡地，造成土石流進下方街道的問題。

⑱ eat ↔ ed- （MP3▶2-2-18）

單字源來如此

可用 eat，[t]／[d] 轉音及母音通轉來記憶 ed-，「吃」的意思。

eat [it] **v** 吃、喝	Our father is a professional chef, which means our family gets to **eat** amazing food every day. 我們父親是個專業廚師，這代表我們全家每天都可以吃到非常好吃的食物。 **衍生字** over**eat** **v** 吃得過飽
edible [ˋɛdəbl̩] **adj** 可食的、食用的	The lemon is **edible**, but unlike most other fruits, it is too sour to bite into. 檸檬是可以吃的，但和其他水果不同，它酸得難以入口。

● 同源字學更多：fret **v** 腐蝕、苦惱

Unit 2 d / t / n / l / r / z / s / ʒ / ʃ / θ / ð 互換

⑲ roll ↔ rot- (MP3 ▶ 2-2-19)

單字源來如此

可用 roll，[l]／[t] 轉音及母音通轉來記憶 rot-，都表示「滾」。

roll [rol] **v** 滾動、打滾	As a child, I liked to **roll** down the grassy hill with my friends on sunny days. 小時候我很喜歡在晴天時跟朋友從長滿草的山丘上**滾**下去。
en**roll**ment [ɪn`rolmənt] **n** 入會、入伍、登記人數	The teacher was happy to see the **enrollment** for her new science club growing so quickly. 老師看到她新成立的科學社**登記人數**成長如此快速，心裡很是高興。
rotate [`rotet] **v** 旋轉、轉動	A large stick was not allowing the tires to **rotate**, causing the bicycle to suddenly stop. 一根大枝條造成輪胎**轉**不動，讓腳踏車突然停下來。　衍生字 **rot**ation **n** 旋轉、自轉

⑳ mea**s**ure ↔ meter- (MP3 ▶ 2-2-20)

單字源來如此

可用 measure，[ʒ]／[t] 轉音及母音通轉來記憶 meter-，「測量」的意思。

meter [`mitɚ] **n** 公尺、儀表 **v** 用儀表計量	The parking **meter** showed that the owner of the car only had 20 minutes left to use the parking space. 停車的**儀表**顯示車主使用停車格的時間只剩 20 分鐘。 衍生字 thermo**meter** **n** 溫度計；kilo**meter** **n** 公里；baro**meter** **n** 氣壓計　sym**metry** **n** 勻稱、整齊；geo**metry** **n** 幾何學
measure [`mɛʒɚ] **v n** 測量	The **measure** of a person is not how much money they make, but how they treat others. **衡量**一個人不是看他有多少錢，而是看他怎麼對待別人。 衍生字 **meas**urable **adj** 可測量的；**measure**ment **n** 女性的三圍、測量法

● 同源字學更多：di**men**sion **n** 尺寸、規模；im**men**se **adj** 巨大的

㉑ other ↔ ali-、alter- (MP3 ▶ 2-2-21)

單字源來如此

可用 other，[ð] ／ [l] 轉音及母音通轉來記憶 ali-，「其他的」的意思，alter- 是變體字根，表示「其他」、「改變」。alien（外國人）是異於本國，住在「其他」（ali-）地方的人；alienate（離間）本意是屬於「其他」人，「分化」是引申義；alternative（選擇）是提供「其他的」項目。

alien [ˋelɪən] **adj** 外國人的、怪異的 **n** 外國人、外星人	I was relieved to discover the **alien** object in my cereal was just a raisin. 發現我燕麥片裡的異物只是葡萄乾讓我鬆了口氣。
alienate [ˋeljən,et] **v** 使疏遠、離間	The people in the community were warm and friendly, and they never **alienated** any visitors to their town. 社區民眾溫暖友善，不曾讓造訪該鎮的遊客感到格格不入。
alternate [ˋɔltɚnɪt] **adj** 替代的、輪流的 [ˋɔltɚnet] **v** 交替、輪流	Every good plan includes an **alternate** option, in case the first one does not work out. 每個好計畫都會有一個替代方案，以免原來的方案無法順利進行。
alternative [ɔlˋtɝnətɪv] **adj** 替代的、供選擇的 **n** 選擇	Riding a bike is one example of a money-saving **alternative** to driving a car or taking the bus. 騎腳踏車是替代開車或搭乘公車的一種省錢選擇。

● 同源字學更多：**els**e **adv** 其他；**out**rage **n** 義憤、惡行；**out**rageous **adj** 粗暴的、令人吃驚的；par**all**el **adj** 平行的 **n** 平行線；**ult**imate **adj** 最後的

Unit 2 d / t / n / l / r / z / s / ʒ / ʃ / θ / ð 互換

㉒ plus ↔ plur- (MP3▶2-2-22)

單字源來如此

可用 plus，[s]／[r] 及母音通轉來記憶 plur-，「多」的意思，可用「越加越多」來聯想記憶。

plus [plʌs] **prep** 外加、 而且	The rent will be \$250 per month, **plus** gas and electricity. 租金是每月 250 美元，外加瓦斯及電費。 衍生字 sur**plus** **n** 過剩、剩餘物
plural [`plʊrəl] **adj** 複數的、 多元的	The **plural** form of cactus is unusual because it does not end with an "s", but with an "i". cactus 的複數很特別，因為結尾不是 s 而是 i。

㉓ faith ↔ fid-、fed- (MP3▶2-2-23)

單字源來如此

可用 faith，[θ]／[d] 轉音及母音通轉來記憶 fid-、fed-，「信任」、「相信」的意思。federation（聯邦政府）是在彼此「信任」（fed-）情況下，由數個邦所組成的。

faith [feθ] **n** 信念、信任	Fred never worries about things, because he has **faith** that life always works out the way it was meant to. 弗雷德一向無憂無慮，因為他相信人生總有其意義。 衍生字 **faith**ful **adj** 忠實的、忠誠的；**faith**fully **adv** 忠實地、明確地
fidelity [fɪ`dɛlətɪ] **n** 忠誠、忠實	The movie's **fidelity** to the book pleased the audience, who did not want the story changed. 這部電影忠實呈現了原著，讓不希望故事改編的觀眾心滿意足。

2-2 單字對字根首尾

con**fid**ential [ˌkɑnfəˈdɛnʃəl] **adj** 機密的、表示信任的	Information that contains secrets is usually kept **confidential**, so that only certain people are aware of it. 機密資訊通常會保密，所以只有某些人知道。 衍生字 con**fid**ence **n** 自信、信心；con**fid**ent **adj** 有自信的
federal [ˈfɛdərəl] **adj** 聯邦（制）的、聯邦政府的	Although the state government can make local laws, the **federal** government always has the power to reject them. 雖然州政府可以制定當地法律，但聯邦政府始終有否定權。
federation [ˌfɛdəˈreʃən] **n** 聯邦政府、聯邦制度	Four smaller groups joined together to form a new **federation** that united them with one shared goal. 四個小團體因為有共同目標而聚在一起組成新的聯邦政府。

- 同源字學更多：de**fy** **v** 公然反抗、蔑視；de**fi**ance **n** 反抗、蔑視

㉔ **divi**de ↔ **divi**s- （MP3▶2-2-24）

單字源來如此

可用 divide，[d] ／ [s] 轉音及母音通轉來記憶 divis-，「劃分」的意思。individual（個體的）是不可「劃分」的，表示獨立個體。

divide [dəˈvaɪd] **v** 劃分、切、分配	The pizza was **divided** into eight slices so that it could be shared equally among the four customers. 披薩被切成八塊，這樣才能平均分給四個客人。 衍生字 **divis**ion **n** 分割、分派
in**divi**dual [ˌɪndəˈvɪdʒuəl] **adj** 個別的、個人的	The movie was amazing, and the star actor's **individual** performance was worthy of an award. 這部電影超好看，光是那個大咖演員的個人演出就足以得獎。衍生字 in**divi**dually **adv** 個別地

- 同源字學更多：**wid**ow **n** 寡婦

069

Unit 2　d／t／n／l／r／z／s／ʒ／ʃ／θ／ð 互換

㉕ grade ↔ gress-、gred-　MP3▶2-2-25

單字源來如此

可用 grade，[d]／[s] 轉音及母音通轉來記憶 gress-、gred-，都和「走」有關。progress（前進）即是往「前」（pro-）「走」（gress-），aggression（侵略行動）是帶有侵略性「朝」（ag- = ad- = to）某方向「走」（gress-），congress（會議）是大家「共同」（con- = together）「走」（gress-）來聚集開會；ingredient（原料）本意是「走」（gred-）「入」（in-），放入各種原料，製成佳餚或產品。

grade [gred] **n** 級別、 成績、評分	Margaret received the high **grade** that she had hoped for on her final English exam. 瑪格麗特得到她希望在英文期末考考到的高分。 衍生字 **grad**ual **adj** 逐步的；**grad**uate **v** 畢業 under**grad**uate **n** 大學肄業生；**grad**uation **n** 畢業 de**grade** **v** 使降級；up**grade** **v** 上坡、升級 centi**grade** **adj** 攝氏的
pro**gress** [prəˋgrɛs] **v** [ˋprɑgrɛs] **n** 前進、進步	There has been great **progress** made in repairing the damage caused by the recent earthquake. 近來那場地震造成的損害在修復工作上有長足進展。 衍生字 pro**gress**ive **adj** 進步的
ag**gress**ion [əˋgrɛʃən] **n** 侵略行動、 侵犯行為	The mother bear will only show **aggression** if she fears that her cubs are in danger. 母熊在只會在擔心幼熊有危險時出現攻擊行為。 衍生字 ag**gress**ive **adj** 侵略的
con**gress** [ˋkɑŋgrəs] **n** 會議、國會 代表大會	The **congresses** of North and South Korea have recently come together to discuss the possibility of peace between the countries. 南北韓國會最近聚在一起討論兩國和平共處的可能。 衍生字 con**gress**man **n** 國會議員；con**gress**woman **n** 國會女議員

in**gred**ient
[ɪnˋgridɪənt]
n 組成部分、原料

My mother had the skills to cook delicious meals, even when the **ingredients** available were limited.
即便食材有限，我的母親仍具有足夠功夫烹煮出佳餚。

- 同源字學更多： de**gree** **n** 度、等級

㉖ **fence** ↔ **fend-**、**fens-** (MP3▶ 2-2-26)

單字源來如此

可用 fence，[s]／[d] 轉音及母音通轉來記憶 fend-、fens-，「保護」、「避開」，甚至「攻擊」的意思。defend（防禦）即「避開」（fend-）來襲，offend（冒犯）本意是「攻擊」（fend-）他人。

fence [fɛns] **n** 柵欄、籬笆	The neighbors built a **fence** around their house to keep their dogs from running away. 鄰居在他們家周圍搭建了籬笆，以免他們養的狗跑出去。
de**fend** [dɪˋfɛnd] **v** 防禦、保衛	A shield was often used by warriors of all kinds to **defend** themselves in battle. 打仗時各種武士都經常使用盾牌來保護自己。 衍生字 de**fens**ible **adj** 可防禦的；de**fens**ive **adj** 防禦的、保護的
of**fend** [əˋfɛnd] **v** 冒犯、觸怒	It did not **offend** Stephen Hawking to talk about his illness because he wanted people to understand it better. 聊到他的疾病並不會冒犯霍金，因為他希望大家更認識這種疾病。 衍生字 of**fens**e **n** 冒犯、觸怒；of**fens**ive **adj** 冒犯的

071

Unit 2　d / t / n / l / r / z / s / ʒ / ʃ / θ / ð 互換

㉗ reason ↔ rat-　MP3▶2-2-27

單字源來如此

可用 reason，[z] ／ [t] 轉音及母音通轉來記憶 rat-，「理由」、「推理思考」的意思。read（閱讀）須「推敲」文義；riddle（謎），猜謎須「推理」。

reason [ˋrizn] **n** 理由 **v** 推論、推理	One **reason** that many people like to visit America is that it has many beautiful national parks. 很多人喜歡去美國玩的一個原因是有很多漂亮的國家公園。
rational [ˋræʃən!] **adj** 理性的、 　　 明事理的	The character in the science fiction show is known for always being **rational** without ever showing emotion. 那個科幻劇裡的角色因為總是理性不露情緒而出名。

● 同源字學更多：**rat**e **n** 率 **v** 位列；**rat**ion **n** 比率、比例；**rit**e **n** 儀式；**rit**ual **n** 典禮；**rhy**me **n** 押韻；**read** **v** 讀、閱讀；**rid**dle **n** 謎、謎語；**arit**hmetic **n** 算術；**dread** **v** 懼怕；**dread**ful **adj** 可怕的

㉘ power ↔ pot-　MP3▶2-2-28

單字源來如此

可用 power，[r] ／ [t] 轉音及母音通轉來記憶 pot-，「權力」、「力量」的意思。

power [ˋpaʊɚ] **n** 權力、勢力	The **power** of a leader comes only from their ability to make people follow them. 只有讓別人追隨他們，領導者才能展現權勢。
potential [pəˋtɛnʃəl] **adj** 潛在的、 　　 可能的 **n** 潛力	Even at 14 years old, everyone who watched him play understood that LeBron James had the **potential** to be amazing. 即便雷布朗・詹姆士才十四歲，所有看過他打球的人都知道他的潛力無可限量。

㉙ void ↔ van-、vac- （MP3▶ 2-2-29）

單字源來如此

可用 void，[d] ／ [n] 轉音及母音通轉來記憶 van-，「空的」的意思，vac- 是其衍生字根。avoid（避開）本意是「空」（void）出來，vanity（虛榮）是「空」（van-）幻的，evacuate（撤離）是「空」（vac-）出來。

avoid [ə`vɔɪd] **v** 避開、躲開	If we wish to **avoid** health problems, we must exercise often, eat healthy food, and make good choices. 要預防健康出問題，我們就必須經常運動、健康飲食，以及做正確選擇。
vanity [`vænətɪ] **n** 自負、虛榮	The young boy was able to dismiss his **vanity** on his path to becoming a monk. 年輕男孩在成為僧侶的路途中放下了自大自負。
vanish [`vænɪʃ] **v** 突然消失	The magician **vanished** behind a cloud of smoke, only to somehow reappear in the crowd. 魔術師突然消失在一陣煙後面，又從觀眾群裡再次出現。
vacant [`vekənt] **adj** 空的、空白的	One hotel room would have to be kept **vacant** until the air conditioner could be replaced. 有一間飯店房間直到換好冷氣之前都不能住人。 **衍生字** **vac**ancy **n** 空、空白；**vac**uum **n** 真空
vacation [ve`keʃən] **n** 假期	Being from a cold country, my family likes to take their **vacations** in places with warmer climates. 因為來自寒冷國家，我們家很喜歡到溫暖氣候的地方渡假。
e**vac**uate [ɪ`vækjʊ͵et] **v** 撤離、從……撤退	A firefighter came to the school to teach students how to safely **evacuate** the building. 一位消防員來學校教學生如何安全撤離建築物。

● 同源字學更多：**vain** **adj** 愛虛榮的、自負的

Unit 2 d / t / n / l / r / z / s / ʒ / ʃ / θ / ð 互換

③ limit ↔ limin- (MP3 ▶ 2-2-30)

單字源來如此

可用 limit，[t] ／ [n] 轉音來記憶 limin-，「界線」的意思。eliminate（消滅）本意是「排除」（e- = ex- = out）在「界線」（limin-）之外，preliminary（初步的）本意是在「界線」（limin-）之「前」（pre- = before）。

limit [ˋlɪmɪt] **n** 界限、極限 **v** 限定	Even a sumo wrestler will eventually reach the **limit** of how much food he can eat. 即便是相撲選手也終會達到食量的極限。 衍生字 **limit**ation **n** 限制因素、限度
eliminate [ɪˋlɪməˌnet] **v** 消除、屏除	The monk focused on finding peace by **eliminating** all negative thoughts from his heart and mind. 修行者屏除所有心中所思的負面雜念，專心致志找尋平靜。
preliminary [prɪˋlɪməˌnɛrɪ] **adj** 預備的、初步的	There was a **preliminary** requirement to understand basic math before the student could study advanced algebra. 學生在學進階代數之前的基本要求是要能理解基礎數學。

歷屆試題看這裡！掃 QR Cord 立即練習！
https://video.morningstar.com.tw/0170005/2-2.html

2-2 單字對字根首尾
解答請見 260-261 頁

074

> **名字裡的世界：字源探索之旅**

Amy（愛咪）

名字的歷史和文化意蘊

Amy（愛咪）源自於古法語的 *Amée*，直譯為「被愛的」（to be loved），可上溯至拉丁語的 *amare*（去愛）。源自拉丁語的字根 *am* 意思是「愛」，可追溯至原始印歐語，表示「抓住」、「持有」。根據語言學家 de Vaan 的說法，拉丁語中 *am* 的意義是從「牽手」（to take the hand of）發展而來的，進而演變為「視為朋友」的含義，例如源自西班牙語中的 amigo 即表示「朋友」或源自拉丁語的 amicable 即表示「友愛的」，這兩個字都跟「朋友」有關。*am* 最後又產生「愛」的意思，例如 amateur 即表示「業餘愛好者」。而 Amy 這個人見人愛的名字，在中世紀時期已經被用來當女性的英文名字，雖然不常見，但在 19 世紀時重新流行起來。

英語詞彙探幽

Amy 字裡頭藏著字根 *am*（愛）。以 *am* 為基礎，我們可以學到一系列單字：

1. **am**ateur 是由 *am*（意為「愛」）、*-eur*（表示「人」的名詞字尾）二個詞素組合而成，字面上的意思是「愛好者」（lover），後來語意變窄，產生「業餘愛好者」的意思。
2. **am**iable 是由 *am*（意為「愛」）和 *-able*（表示「能夠……的」的形容詞字尾）兩個詞素組合而成，字面上的意思是「能夠被愛的」。隨著時間的推移，amiable 後來被用來指「和藹可親的」、「親切友好的」性格特徵。
3. en**em**y 是由 *en-*（意為「非」）和 *em*（來自拉丁語 *amicus*，意為「朋友」，*am* 的變形）、*-y*（名詞字尾）三個詞素組合而成，字面上的意思是「非朋友者」，引申為「敵人」。

Unit 2 d / t / n / l / r / z / s / ʒ / ʃ / θ / ð 互換

2-3 字根首尾對字根首尾

🔍 轉音例字

❶ ceed-、-cede ↔ cess- (MP3 ▶ 2-3-01)

單字源來如此
ceed-、-cede 和 cess- 同源，[d] ／ [s] 轉音及母音通轉，都表示「走」（go）；proceed（繼續做）本意是「往前」（pro-）「走」（ceed-）；necessary（必需的）的 ne- 表示「不」（no），cess- 表示「走」（go），即「不可以走」，引申為「必要的」；concede（給予）表示讓某物「走」（-cede），因此有給予、讓步等意思。

proceed [prə`sid] **v** 著手、繼續做	The meeting could not **proceed** until all members of the team had arrived and were seated. 直到所有團隊成員抵達並就座之後，這場會議才能進行。 衍生字 process **n** 過程、處理；procedure **n** 程序；procession **n** 行列、隊伍
access [`æksɛs] **v n** 進入、入口	You will not be able to **access** your email account unless you know the password. 除非你知道密碼，不然是沒辦法登入信箱帳戶的。 衍生字 accessible **adj** 可進入的；accessory **n** 配件
excess [ɪk`sɛs] **n** 超額量、過量	Squirrels will collect and store **excess** nuts in their homes to prepare for the long winter. 松鼠會在家裡撿拾和囤積大量松果，準備度過漫長的冬季。 衍生字 excessive **adj** 過分的；exceed **v** 超過
precede [pri`sid] **v** 先於、優於	In Christian culture, meals are **preceded** by the family joining hands and thanking God for the food. 基督教文化中，全家人吃飯前要先手牽手感謝神賜予食物。 衍生字 precedent **n** 前例；predecessor **n** 前輩

2-3 字根首尾對字根首尾

re**cess**ion [rɪˋsɛʃən] **n** 後退、退回	The **recession** of the lake's water line is the most obvious sign of the lack of rain lately. 這座湖的水線降低就是近來雨水缺乏最明顯的徵兆。
ne**cess**ary [ˋnɛsə͵sɛrɪ] **adj** 必要的、必需的	It was not **necessary** to bring an umbrella, as it was a perfect, sunny day. 不需要帶傘，因為那天是個天氣晴朗的日子。 衍生字 ne**cess**ity **n** 需要
suc**ceed** [səkˋsid] **v** 成功、繼承	Any student who studies hard and does their homework will **succeed** in earning their diploma. 認真讀書和寫作業的學生將能順利得到學位。 衍生字 suc**cess n** 成功；suc**cess**ful **adj** 成功的；suc**cess**ion **n** 連續、繼承；suc**cess**ive **adj** 相繼的；suc**cess**or **n** 繼承人
con**cede** [kənˋsid] **v** 承認、給予、讓步	Adolf Hitler **conceded** his defeat in World War II, after six long years of fighting. 希特勒在打了六年之久的二次世界大戰後宣告投降。 衍生字 con**cess**ion **n** 讓步、特許權

● 同源字學更多：cease **n** **v** 停止

❷ vid- ↔ vis- (MP3 ▶ 2-3-02)

單字源來如此

vid- 和 vis- 同源，[d]／[z] 轉音及母音通轉，「看」的意思。revise（修訂）本意是「再」（re- = again）「看」（vis-）一次，advise（勸告）即依我之「見」（vis-），supervise（管理）本意是「在上面」（super- = over）「看」（vis-），evident（明顯的）本意是從「外面」（e- = ex- = out）可「看」（vid-）到。

vision [ˋvɪʒən] **n** 視力、視覺	I am the only one in my family who has perfect **vision** without wearing glasses. 我是我家裡唯一一個視力良好、不用戴眼鏡的人。 衍生字 tele**vis**ion **n** 電視；movie tele**vis**ion **n** 影音包廂

077

visible [ˈvɪzəbḷ] **adj** 看得見的、明確的	Janet wanted her new tattoo on her shoulder so that it would not be **visible** during job interviews. 珍妮特希望新刺青刺在肩膀上，這樣工作面試的時候就不會被看到。
visual [ˈvɪʒuəl] **adj** 視力的、視覺的	Learning is made easier if the student is given **visual** aids to go with the information being taught. 如果學習內容能加上視覺輔助，學生學習會更容易。 衍生字 **vis**ualize **v** 使看得見、使顯現
re**vis**e [rɪˈvaɪz] **v** 修訂、校訂	The teacher asked her student to **revise** his paper to correct a few spelling errors. 老師要她的學生修改報告，訂正一些拼字錯誤。 衍生字 re**vis**ion **n** 校訂、修正
super**vis**e [ˈsupɚˌvaɪz] **v** 管理、指導	The boss did not feel the need to **supervise** her employees because they all were very hard working. 老闆覺得不需要監督她的員工，因為他們工作都非常認真。 衍生字 super**vis**ion **n** 管理、監督；super**vis**or **n** 監督者、管理
visit [ˈvɪzɪt] **v** 拜訪、探望	Many people from all over the world **visit** Taiwan to experience the culture and beauty of the island. 許多人從世界各地到台灣觀光，體驗島上的文化與美好。 衍生字 **vis**itor **n** 訪客
visa [ˈvizə] **n** 簽證	When visiting Indonesia, foreigners are given a **visa** that allows them to travel in the country for 30 days. 去印尼觀光時，外國人的簽證可以在國內旅遊三十天。
ad**vis**e [ədˈvaɪz] **v** 勸告、建議	The professor **advised** his students to take very good notes, as they would be tested on this later. 教授建議學生好好做筆記，因為之後會考試。 衍生字 ad**vis**er／ad**vis**or **n** 顧問；ad**vic**e **n** 勸告
pro**vid**e [prəˈvaɪd] **v** 準備、供給	A feast was **provided** to the brave sailors who were coming home after many months at sea. 盛宴是為在海上數月歸來的勇敢的水手們準備的。

2-3 字根首尾對字根首尾

video [ˈvɪdɪ,o] **n** 錄影、 　　錄影節目	Photographs are great for preserving a moment, but **videos** are better at telling the whole story. 照片是保留某一刻很棒的方式，但影片則更能夠講出整段故事。 衍生字　**vid**eotape **n** 錄影帶； 　　　　digital **vid**eo disk（DVD） **n** 數碼多功能影音光碟
e**vid**ent [ˈɛvədənt] **adj** 明顯的、 　　明白的	It was **evident** from the excellent writing that the students had worked hard on their paper. 出色的作文可以看出學生們顯然很用心寫作業。 衍生字　e**vid**ence **n** 證據
view [vju] **n** 視力、視野	The **view** from the top of the mountain was one that none of the hikers would ever forget. 山頂的視野是登山的人都無法忘懷的。 衍生字　**view**er **n** 觀看者；inter**view** **n** 會見； 　　　　pre**view** **n** 預演、預映；re**view** **n** 複習

- 同源字學更多：sur**v**ey **n** **v** 調查、環視；en**v**y **v** 妒忌；en**v**ious **adj** 嫉妒的；**wit** **n** 機智；**wise** **adj** 有智慧的；**wis**dom **n** 智慧；**wiz**ard **n** 男巫

❸ vert- ↔ vers-　（MP3▶ 2-3-03）

單字源來如此

vert- 和 vers- 同源，[t]／[s] 轉音及母音通轉，「轉」（turn）的意思。divert（使轉向）本意是「轉」（turn）到「旁邊」（aside），advertise（做廣告）是將某人的專注力「轉」（vert-）過來，-ise 是動詞字尾，廣告的目的即吸引他人目光；controversy（爭論）是「轉」（vers-）身「對抗」（contro- = against）。

di**vert** [daɪˈvɝt] **v** 使轉向、 　　使改道	Beavers are interesting animals that build dams to **divert** water from one place to another. 海狸是很有趣的動物，牠們會築水堤把水引到另一個地方去。

079

Unit 2　d / t / n / l / r / z / s / ʒ / ʃ / θ / ð 互換

di**vers**e [daɪˋvɝs] **adj** 不同的、 　　多種多樣的	The more **diverse** a community is, the more everyone can learn and share with each other. 團體越**多樣化**，大家能夠跟彼此分享學習的越多。 衍生字　di**vers**ion **n** 轉向、轉移；di**vers**ify **v** 使多樣化； 　　　　di**vers**ity **n** 差異
con**vert** [kənˋvɝt] **v** 轉變、變換	The home owners were able to **convert** the attic into a small bedroom for guests. 屋主把閣樓**改建**成一間給客人住的小臥室。
con**vers**e [kənˋvɝs] **v** 交談、談話	I am grateful to be alive at a time when I can **converse** with my family from around the world. 我很感激生在一個能夠與世界各地的家人**聊天**的時代。 衍生字　con**vers**ation **n** 會話、談話
re**vers**e [rɪˋvɝs] **adj** 顛倒的、 　　背面的	A secret message had been hidden in small writing on the **reverse** side of the paper. 紙張**背面的**小字藏了祕密訊息。
uni**vers**e [ˋjunə,vɝs] **n** 宇宙、 　　天地萬物	Most astronomers, or people who study the stars, believe that the **universe** we live in is infinite. 大部分天文學家，或觀星的人都相信我們所居住的**宇宙**無窮無盡。　衍生字　uni**vers**al **adj** 普遍的；uni**vers**ity **n** 大學
ad**vert**ise [ˋædvɚ,taɪz] **v** 做廣告、 　　宣傳	In 1971, the United States banned tobacco companies from **advertising** cigarettes and other tobacco products on TV. 1971 年，美國禁止煙草公司在電視上**播放**香菸和其他菸草製品的**廣告**。 衍生字　ad**vert**iser **n** 刊登廣告者、廣告客戶
anni**vers**ary [,ænəˋvɝsərɪ] **n** 週年紀念、 　　週年紀念日	After one year of dating, my boyfriend and I will celebrate our first **anniversary** by going to a nice dinner. 交往一年後，我和男朋友打算去吃頓很棒的晚餐來慶祝我們第一個**週年紀念日**。

2-3 字根首尾對字根首尾

controver**sy** [ˋkɑntrə͵vɝsɪ] **n** 爭論、辯論	Although most scientists believe in climate change, there is still some **controversy** over whether or not humans are the cause. 雖然多數科學家都相信氣候變遷，但對於人類究竟是不是主因還是有些爭論。　衍生字 contro**vers**ial **adj** 爭論的
vertical [ˋvɝtɪk!] **adj** 豎的、垂直的	The tallest building in the world is in Dubai and has a **vertical** height of nearly 830 meters. 世界上最高的建築在杜拜，而且有將近 830 公尺的垂直高度。

- 同源字學更多：**vers**us **prep** 對、對抗；**vers**ion **n** 譯文、版本；**vers**atile **adj** 多才多藝的；**vers**e **n** 詩、韻文；**verg**e **n** 邊緣；di**vorc**e **n** **v** 離婚

❹ cad-、cid- ↔ cas-　MP3▶ 2-3-04

單字源來如此

cad-、cid- 和 cas- 同源，[d]／[s] 轉音及母音通轉，「落下」（fall）的意思。accident（意外）彷彿是從天上突然掉「落下」（fall）來，無法掌控；occasion（機會）字面意思是掉下來，東西要掉下來的「時機」難以預測；coincidence（同時發生）本意是「一起」（co- = com- = together）「落下」（cid- = fall）。

ac**cid**ent [ˋæksədənt] **n** 意外、事故	Jennifer's mother was not upset about the broken glass because she knew it was an **accident**. 珍妮佛的母親沒有因為打破的玻璃生氣，因為她知道那是意外。　衍生字 ac**cid**ental **adj** 偶然的、意外的
in**cid**ent [ˋɪnsədnt] **n** 事件、事變	Police were able to calmly resolve the **incident** between the store owners without anyone getting upset. 警方冷靜地調解兩家店家的糾紛，讓兩方皆大歡喜。 衍生字 in**cid**ental **adj** 偶然發生的、伴隨的

081

Unit 2　d / t / n / l / r / z / s / ʒ / ʃ / θ / ð 互換

case [kes] **n** 實例	Robin Hood made a **case** for a situation where stealing was, perhaps, the right thing to do. 某些情況下偷竊或許是對的事，羅賓漢就是個例子。 衍生字 **cas**ual **adj** 偶然的；**cas**ualty **n** 傷亡人員、傷者
oc**cas**ion [əˋkeʒən] **n** 場合、機會	The couple ordered an expensive bottle of wine because they were celebrating a special **occasion**—their tenth anniversary of their marriage. 那對夫婦點了一瓶昂貴的酒，因為他們在慶祝特別的日子——結婚十週年紀念日。　衍生字 oc**cas**ional **adj** 偶爾的
coin**cid**e [ˏkɔɪnˋsaɪd] **v** 同時發生、巧合	I will not be able to attend the show because it **coincides** with my work schedule. 我無法出席那場演出，因為跟我的工作行程撞期了。 衍生字 coin**cid**ence **n** 巧合、同時發生

- 同源字學更多：chance **n** 偶然、運氣；cheat **v** 欺騙、騙取；de**cay** **v** 腐爛、衰敗

❺ penⁿd- ↔ penⁿs-　MP3▶ 2-3-05

單字源來如此

pend- 和 pens- 同源，[d]／[s] 轉音及母音通轉，「懸掛」（hang），「秤重」、「付錢」的意思。suspense（懸疑）的字面意思是「懸掛」（hang）在「下面」（sus- = sub-），後來暗指故事或事件充滿謎點，「懸」而未決，吊人胃口。pension（養老金）是「付」（pay）人養老的錢，compensate（賠償）本意是「一起」（together）「掛」（pen-）起來以使二端平衡，引申為賠償、補償（損失）。

sus**pens**e [səˋspɛns] **n** 懸疑、擔心	The whole family waited in **suspense** as the doctor came out to tell them the good news. 醫生出來跟他們說好消息時，全家人都慌慌不安地等待著。 衍生字 sus**pens**ion **n** 懸吊

082

pensioN
[ˋpɛnʃən]
n 養老金、撫恤金

My father will be turning 65 in two weeks, at which point he will begin collecting his monthly **pension**.
我父親再二星期就六十五歲了，屆時他就能領回他的每月養老金。

exPENSe
[ɪkˋspɛns]
n 花費、消耗

Before we chose the destination for our next vacation, we had to consider the **expense** of the flight.
我們選好下次度假的目的地之前得先考慮機票花費。

衍生字 ex**pens**ive **adj** 昂貴的

disPENSe
[dɪˋspɛns]
v 分配、分發

The soda machine could not **dispense** its products for the moment because it was out of order.
飲料機那時因為故障而無法供應飲料。

衍生字 dis**pens**able **adj** 非必要的、可分配的；indis**pens**able **adj** 不可少的、必需的

comPENSate
[ˋkɑmpən,set]
v 賠償、酬報

Air Asia was willing to **compensate** the passengers for the delay caused by bad weather.
因天候不佳導致誤點，亞洲航空願意賠償旅客。

衍生字 com**pens**ation **n** 彌補、賠償

● 同源字學更多：**ponder** **v** 仔細考慮、衡量；**spin** **v** 紡紗；**span** **n** 跨度

6 plod-、plaud- ↔ plos-、plaus- MP3 ▶ 2-3-06

單字源來如此

plod-、plaud- 和 plos-、plaus- 同源，[d] ／ [s] 轉音及母音通轉，「打擊」、「拍打」的意思。explode（使爆發）本指「拍」手發出巨響，驅趕演員下台，有點類似喝倒采，1790 年後才有爆炸的意思。

exPLODe
[ɪkˋsplod]
v 使爆發、使突發

If you put too much air into a balloon, it will eventually become too full and **explode**.
如果打太多氣到氣球裡，最後氣球就會漲到爆破。

衍生字 ex**plos**ive **adj** 爆炸性的；ex**plos**ion **n** 爆炸

Unit 2 d / t / n / l / r / z / s / ʒ / ʃ / θ / ð 互換

| applaud [ə`plɔd] **v** 鼓掌、喝采 | The entire crowd stood up and **applauded** the actors following an amazing performance of Shakespeare's Romeo and Juliet. 一場精彩的莎士比亞《羅密歐與茱麗葉》之後，所有觀眾都起身為演員鼓掌。 衍生字 ap**plaus**e **n** 鼓掌歡迎、喝采 |

7 spon**d**- ↔ spon**s**- (MP3 ▶ 2-3-07)

單字源來如此

spond- 和 spons- 同源，[d] ／ [s] 轉音及母音通轉，「保證」的意思。respond（做出反應）本意表示「保證」（spond-）「回覆」（re- = back）。

| respond [rɪ`spɑnd] **v** 作答、作出反應 | I cannot **respond** to the email my manager sent me until I am able to get home to my computer. 我回到家才能用電腦回主管寄給我的信。 衍生字 res**pons**e **n** 回答、答覆；res**pons**ible **adj** 需負責任的；res**pons**ibility **n** 責任；corres**pond**ence **n** 一致、符合 |
| sponsor [`spɑnsɚ] **n** 主辦者、倡議者、贊助商 | The local McDonalds restaurant agreed to be the **sponsor** of the children's basketball team, providing uniforms for all players. 當地麥當勞同意當孩子們籃球隊的贊助商，提供球衣給所有選手。 |

● 同源字學更多：spouse **n** 配偶

8 scen**d**- ↔ scen**t**-、scen**s**- (MP3 ▶ 2-3-08)

單字源來如此

scend- 和 scent-、scens- 同源，[d] ／ [t] ／ [s] 轉音及母音通轉，「攀爬」的意思。

| ascend [ə`sɛnd] **v** 登高、上升 | It would take twenty minutes to **ascend** the stairs to the top floor if the elevator broke. 如果電梯壞了，要花二十分鐘走樓梯才能爬到頂樓。 |

descend [dɪˋsɛnd] **v** 突然襲擊、下降	The crowd gasped as Cinderella slowly **descended** the staircase in her beautiful new dress and glass slippers. 仙杜瑞拉穿著漂亮的新衣和玻璃鞋緩緩**走下**階梯時，大家都驚呼出聲。　衍生字 de**scend**ant **n** 子孫、後裔；de**scent** **n** 下降、下傾

❾ cid ↔ cis- (MP3 ▶ 2-3-09)

單字源來如此

cid- 和 cis- 同源，[d] ／ [s] 轉音及母音通轉，「切割」（cut）、「殺」（kill）的意思。concise（簡潔的）本意是「切割」（cut）乾淨俐落，decide（決定）本意是「切割」（cut）「下來」（de- = down），暗示做決定要能當機立斷。

s**cis**sors [ˋsɪzɚz] **n** 剪刀	Because there were no **scissors** around, the girl was forced to tear off a piece of paper by hand. 因為身邊沒有**剪刀**，那女孩被迫用手撕下一小張紙。
pre**cis**e [prɪˋsaɪs] **adj** 準確的、確切的	The surgeon was incredibly **precise** with every cut he made, careful not to hurt his patient. 外科醫生下刀**精準**無比，小心翼翼不傷到患者。 衍生字 pre**cis**ion **n** 精密、準確
con**cis**e [kənˋsaɪs] **adj** 簡潔的、簡要的	Because my manager is very busy, I must be **concise** when I speak to her. 因為我的主管非常忙碌，所以我跟她說話時必須**簡潔扼要**。
de**cid**e [dɪˋsaɪd] **v** 決定、決意	When you graduate from high school, you will have to **decide** whether to go to college, travel, or begin working. 高中畢業後，就必須**決定**要上大學、旅行或開始工作。 衍生字 de**cis**ion **n** 決定；de**cis**ive **adj** 決定性的
pesti**cid**e [ˋpɛstɪ͵saɪd] **n** 殺蟲劑	Although **pesticides** keep insects from eating the crops, there is concern that they could be bad for humans. 雖然**殺蟲劑**可以防止昆蟲吃掉作物，但對人體可能有害也令人擔憂。

Unit 2 d／t／n／l／r／z／s／ʒ／ʃ／θ／ð 互換

⑩ raz- ↔ ras （MP3▶2-3-10）

單字源來如此

raz- 和 ras- 同源，[z]／[s] 轉音，「刮除」的意思。

razor [ˋrezɚ] n 刮鬍刀、剃刀	When I turned 16, my father gave me his **razor** and taught me how to shave. 我滿十六歲時，爸爸將他的刮鬍刀給我，教我怎麼刮鬍子。
e**ras**e [ɪˋres] v 清除、抹去	Anna had to **erase** a lot of old files to create more free space on her computer. 安娜得把一堆舊資料夾刪掉，好讓電腦裡多些可用空間。 衍生字 e**ras**er n 黑板擦、橡皮擦

⑪ don- ↔ dos-、dot-、dat- （MP3▶2-3-11）

單字源來如此

don- 和 dos-、dot-、dat- 同源，[n]／[s]／[t] 轉音及母音通轉，「給」（give）的意思。pardon（寬恕）本意是「完全」（par- = thoroughly）「給」（give）出去，頗有把過往全部放下、寬恕的意味；dose（一劑）本意是醫生「給」（give）的藥劑，anecdote（佚事）本意是「不能」（an- = not）「給」（dot-）「出去」（ec- = ex- = out）的消息。

donor [ˋdonɚ] n 贈送人、捐贈者	The charity was given a large amount of money from a **donor** who wanted to remain unknown. 一位不具名捐款人捐了一大筆錢給那家慈善機構。
donate [ˋdonet] v 捐獻、捐贈	I often **donate** to a cancer research fund that uses the money for research in finding a cure. 我經常捐款給一家將善款用來專門研究並尋找治療方法的癌症研究基金會。 衍生字 **don**ation n 捐款、捐贈物
par**don** [ˋpɑrdn̩] v 饒恕、寬恕	In 2016, Cuba **pardoned** 800 criminals who had committed crimes that they decided to be minor. 2016 年時，古巴赦免了八百位所犯罪行較無足輕重的罪犯。

2-3 字根首尾對字根首尾

dose
[dos]
n 一劑

The doctor made it clear that the correct **dose** was exactly two pills every day.
醫生說得很清楚,每天正確劑量就是兩顆藥錠。
衍生字 **dos**age **n** 劑量

anec**dot**e
[`ænɪk,dot]
n 軼事、趣聞

A good comedian is always coming up with funny **anecdotes** about topics we can all relate to.
好的喜劇演員總能想到讓我們都有共鳴的好笑梗。

data
[`detə]
n 資料、數據

Even though there is little **data** to support it, I believe that there is life on another planet.
即便缺乏可以佐證的資料,我仍相信在其他星球有生命存在。

● 同源字學更多:d**at**e **n** 日期;ad**d** **v** 添加;ad**d**ition **n** 加;e**d**it **v** 編輯、校訂;e**d**ition **n** 版本;e**d**itor **n** 編輯;e**d**itorial **n** 社論、**adj** 編者的;tra**d**ition **n** 傳統;tra**d**itional **adj** 傳統的;ren**d**er 給予、提出;surren**d**er **v** 投降、自首;ven**d** **v** 出售、販賣;rent **n** 租金、**v** 出租;betray **v** 背叛、出賣;traitor **n** 叛徒、背叛者;**d**ie **n** 骰子

⑫ creat- ↔ creas- (MP3 ▶ 2-3-12)

單字源來如此

creat- 和 creas- 同源,[t] ／ [s] 轉音,「成長」、「增加」的意思,create(創作)的過程會「增加」內容。

create
[krɪ`et]
v 創造、創作

After he became deaf, Beethoven continued to **create** music by feeling vibrations in the floor.
貝多芬聾了之後,仍藉由感受地板震動來繼續創作音樂。
衍生字 **creat**ion **n** 創造、創作;re**creat**ion **n** 消遣、娛樂;**creat**ure **n** 生物

in**creas**e
[ɪn`kris] **v**
[`ɪnkris] **n**
增加、增強

You may have to **increase** the volume to be able to hear your phone in a noisy place.
在吵雜的地方你要調高手機音量才能聽見手機聲。

087

decrease [dɪˋkris] **v** [ˋdikris] **n** 減少、減小	There was a large **decrease** in smokers after research proved that cigarette smoking leads to lung cancer. 研究證實抽菸會導致肺癌之後，吸菸的人大大減少了。
	● 同源字學更多：**crew n** 全體船員；re**cruit v** 徵募；**cer**eal **n** 穀類植物；sin**cere adj** 衷心的、真誠的

⑬ mit- ↔ miss- (MP3 ▶ 2-3-13)

單字源來如此

mit- 和 miss- 同源，[t]／[s] 轉音，「送」（send）的意思。mission（外交使團）是被派「送」（miss-）出去的人員，dismiss（解雇）是把員工給「送」（miss-）「走」（dis- = away），permit（許可）本意是「往前」（per- = forward）「送」（mit-），讓人通過進入某個地點或機構，omit（刪除）是將某對象給「送」（mit-）走。

missile [ˋmɪsl̩] **n** 飛彈、導彈	The **missile** was the first weapon that could fly by itself, and was invented by the Germans in WWII. 飛彈是第一個能夠自行飛行的武器，是德國人在二次世界大戰時發明的。
mission [ˋmɪʃən] **n** 外交使團、任務	Frodo Baggins and his friends were on an epic **mission** to destroy a powerful ring. 佛羅多・巴金斯和朋友漫長而艱鉅的任務就是摧毀魔戒。 衍生字 **miss**ionary **n** 傳教士
trans**mit** [trænsˋmɪt] **v** 傳送、傳達	Cellphones stop working if they are unable to **transmit** a signal from the phone to a tower. 沒辦法把訊號從手機傳到基地台的話，手機就沒用了。 衍生字 trans**miss**ion **n** 傳送
dis**miss** [dɪsˋmɪs] **v** 解散、解雇	I **dismissed** the volunteers to return to their classroom after they completed their duties, which included mopping the hallways. 我要志工們完成包含走廊拖地的工作後解散回去自己教室。

2-3 字根首尾對字根首尾

admit
[əd`mɪt]
v 容許、承認、接收

The school began to **admit** international students into their student body after they received permission from the government.
學校得到政府同意之後，便開始招收國際學生成為學生群體之一。

衍生字 ad**miss**ion **n** 入場費、進入許可

---

permit
[pɚ`mɪt]
v 允許、許可

You should not **permit** a stranger to enter your home if you are there alone.
如果單獨在家，不要讓陌生人進到家裡。

衍生字 per**miss**ible **adj** 可允許的；per**miss**ion **n** 許可

---

promise
[`prɑmɪs]
v n 承諾

Before he left for work, the policeman always **promised** his wife that he would come home safely to her.
那個警員上班前總承諾老婆他會平安回家、回到她身邊。

衍生字 pro**mis**ing **adj** 有希望的、有前途的；
compro**mise** **n** **v** 妥協、和解

---

omit
[o`mɪt]
v 遺漏、省略、刪除

The reporter had to **omit** part of the story after finding out that it was entirely untrue.
記者發現故事某一段全部都是假的之後，必須把這段刪掉。

---

commit
[kə`mɪt]
v 承擔義務、承諾

Allen could not **commit** to working on Sunday until he knew whether or not he would be home from Taipei.
艾倫沒確定週日要不要從台北回家之前，他無法答應星期日去上班。

衍生字 com**mit**tee **n** 委員會；com**mit**ment **n** 交託、委任；
com**miss**ion **n** 委任狀、委託

---

submit
[səb`mɪt]
v 使服從、提交

Every student was required to **submit** their paper before school started on Monday morning.
每個學生都必須在星期一早上開學前交出報告。

● 同源字學更多：**mess** **n** 混亂；**mess**age **n** 訊息、消息；**mess**enger **n** 送信人、使者

Unit 2 d／t／n／l／r／z／s／ʒ／ʃ／θ／ð 互換

⑭ sent- ↔ sens- (MP3 ▶ 2-3-14)

單字源來如此

sent- 和 sens- 同源，[t]／[s] 轉音，「感覺到」（feel）的意思。consensus（一致）表示有「同」（con- = together）「感」（sens- = feeling），consent（贊成）也表示有「同」（con- = together）「感」（sent- = feeling），resent（怨恨）本意是「強烈地」（re- 是加強語氣）「感覺到」（sent- = feel），語意較負面，表示「憤慨」、「怨恨」等。

sense
[sɛns]
n 感官、意識

Of the five **senses**, the ones that I think are the most important are hearing and vision.
五**感**之中，我認為最重要的是聽覺和視覺。

衍生字 **sens**ation **n** 感覺、知覺；**sens**ible **adj** 明智的、合理的；non**sens**e **n** 胡說、胡鬧

sensitive
[ˋsɛnsətɪv]
adj 敏感的、易受傷害的

His daughter never mentioned the war because she knew her father was **sensitive** to the topic.
他女兒從來不提戰爭的事，因為她知道父親對這個話題很**敏感**。 衍生字 **sens**itivity **n** 敏感性

sentiment
[ˋsɛntəmənt]
n 心情、情操

My girlfriend appreciated the **sentiment**, even though she was allergic to the flowers I bought for her.
雖然我女朋友對我買給她的花過敏，但還是很謝謝我有這份**心意**。 衍生字 **sent**imental **adj** 情深的

con**sens**us
[kənˋsɛnsəs]
n 一致意見

It was the group **consensus** that allowing cats into the office was a bad idea.
大家**一致同意**讓貓進到辦公室不是個好主意。

con**sent**
[kənˋsɛnt]
n V 贊成、答應

We gave the plumber **consent** to enter our house when we were not home, so he could fix the toilet.
我們**答應**讓水管工人在我們不在家時進來屋裡修理馬桶。

re**sent**
[rɪˋzɛnt]
V 憤慨、怨恨

In modern times, most of the world **resents** the idea of slavery because we all deserve to live freely.
在現代，世界上大部分人都對奴隸制感到**憤慨**，因為我們都值得自由的生活。

● 同源字學更多：send **V** 送；**sent**ence **n** 宣判、課刑

⑮ polit- ↔ polis- (MP3 ▶ 2-3-15)

單字源來如此

polit- 和 polis- 同源，[t]／[s] 轉音，「城市」、「政府」的意思，政府又衍生「管理」（administration）的意思。metropolitan（大都市的）表示像「母親」（metro- = mother）一般的「城市」（polit- = city），相較於其他小城市，metropolitan 規模龐大，以前是指「首都」，後來則指「大城市」。

policy [ˋpɑləsɪ] **n** 政策、手段	It is school **policy** that all students must be in class and seated before the bell rings. 學校規定鐘聲響之前，所有學生都必須在教室裡坐著。
politics [ˋpɑlətɪks] **n** 政治	My parents always argue about who they want for president, which is why we never discuss **politics** at the table. 我爸媽總是為了總統要選誰吵架，這就是為什麼我們從不在餐桌上談政治。　衍生字 **polit**ical **adj** 政治的；**polit**ician **n** 政治家
metro**polit**an [ˌmɛtrəˋpɑlətn] **adj** 大都市的	It is far more expensive to live in a **metropolitan** area than it is to live outside of the cities. 住在都會區比住在城市外圍要貴多了。
cosmo**polit**an [ˌkɑzməˋpɑlətn] **adj** 世界性的、國際性的	Tasting food and experiencing culture worldwide was what made Anthony Bourdain a truly **cosmopolitan** celebrity. 到全世界品嘗食物和體驗文化是安東尼．波登成為真正國際名人的原因。

⑯ ut- ↔ us- (MP3 ▶ 2-3-16)

單字源來如此

ut- 和 us- 同源，[t]／[s] 轉音，「使用」（use）的意思。不同的 utensil（用具）有不同的「使用」（use）功能。

use [juz] **v** 發揮、 　　　　行使 [jus] **n** 使用	Wise men have said that it is better to **use** the heart than the brain when writing a story. 有智慧的人曾說過，用心寫故事比用腦袋寫故事更好。 衍生字 **us**age **n** 用法；ab**us**e **n v** 虐待；mis**us**e **n v** 濫用、誤用
utilize [ˋjutḷ͵aɪz] **v** 利用	Your paper will have fewer mistakes if you **utilize** a computer that checks for spelling and grammar errors. 如果利用電腦來檢查拼字和文法錯誤，你的論文會少很多錯誤。　衍生字 **ut**ility **n** 效用
utensil [juˋtɛnsḷ] **n** 器皿、用具	The temple offers free vegetarian meals, but all guests are required to bring their own **dining utensils**. 廟方提供免費的素齋，但所有香客都必須自備餐具。

⑰ cert- ↔ cern- （MP3▶ 2-3-17）

單字源來如此

cert- 和 cern- 同源，[t]／[n] 轉音，「分開」、「區隔」、「過濾」的意思，過濾則能挑選出「可靠」、「確實」、「明確」的人、物。crit- 是字根變體，表示「判斷」，也就是過濾、判斷對錯或真假；concert（演奏會）常把樂器、人聲等「分開」（cert-）的元素，集結在「一起」（con- = together），譜出優美樂章。

certain [ˋsɝtən] **adj** 無疑的、 　　　可靠的、某	We knew of a **certain** restaurant that was specifically for couples, so we went there for my wife's birthday. 我們知道有家餐廳特別開給夫妻，所以我們去那裡慶祝我太太的生日。 衍生字 **cert**ainty **n** 確實；**cert**ify **v** 擔保；**cert**ificate **n** 證明（書）；**cert**ification **n** 證明
con**cert** [ˋkɑnsɝt] **n** 音樂會、 　　演奏會	I was very excited to see my favorite band play a **concert** at the park nearby. 看到最喜歡的樂團在附近公園開演唱會讓我非常興奮。

critic
[ˋkrɪtɪk]
n 批評家、評論家

The restaurant received an excellent review from a famous food **critic**, who described the meal as "heavenly."
餐廳得到一位知名美食**評論家**的絕佳評語，說餐點「只應天上有」。

衍生字 **crit**ical **adj** 關鍵的、危急的；**crit**icism **n** 批評、評論；**crit**icize **v** 苛求、非難

criterion
[kraɪˋtɪrɪən]
n （判斷、批評的）標準

Cost is the main **criterion** of most people who are shopping for a new vehicle.
大多數買新車的人主要**考量**都是價格。

● 同源字學更多：con**cern** **v** 關於、影響到；con**cern**ing **prep** 關於；se**cret** **adj** 祕密的、機密的；se**cret**ary **n** 祕書、書記；dis**creet** **adj** 謹慎的；**crim**e **n** 罪行；**crim**inal **n** 罪犯、**adj** 犯罪的；dis**crim**inate **v** 區別、辨別；**cris**is **n** 危機

⑱ jur- ↔ jus- （MP3▶ 2-3-18）

單字源來如此

jur- 和 jus- 同源，[r] ／ [s] 轉音及母音通轉，「法律」（law）、「正當的」的意思。injury（傷害）是「不」（in- = not）被「法律」（jur- = law）所允許的。

just
[dʒʌst]
adj 正義的、正直的

We all agreed that the judge had made a **just** decision in releasing the man from prison.
我們都同意法官釋放那個人是個**公正**的判決。

衍生字 **jus**tice **n** 正當的理由；**jus**tify **v** 證明合法；in**jus**tice **n** 不義、不公正

jury
[ˋdʒʊrɪ]
n 陪審團

The **jury** was convinced that the accused man could not have been the one who committed the crime.
陪審團相信被告不可能是作案的人。

in**jur**y
[ˋɪndʒərɪ]
n 傷害、損人的事

My best friend can no longer ride horses after suffering an **injury** to her back.
我最好的朋友背部**受傷**後再也不能騎馬了。

● 同源字學更多：pre**ju**dice **n** 偏見

093

Unit 2 d / t / n / l / r / z / s / ʒ / ʃ / θ / ð 互換

⑲ quest-、quis- ↔ quir-、quer- (MP3 ▶ 2-3-19)

單字源來如此

quest- ／ quis- 和 quir- ／ quer- 同源，[r] ／ [s] 轉音及母音通轉，「問」、「尋求」的意思。

question [ˈkwɛstʃən] **n** 問題 **v** 詢問	At the end of the speech, the speaker asked the audience if anyone had any **questions** about his ideas. 演講最後，講者問觀眾有沒有人對他的想法有問題。 衍生字 **quest**ionnaire **n** 問卷、調查表
query [ˈkwɪrɪ] **n v** 詢問	The student's **query** to JK Rowling was regarding her inspiration when creating the Harry Potter series. 那學生問 JK 羅琳的問題是關於創作《哈利波特》時的靈感來源。
ac**quir**e [əˈkwaɪr] **v** 取得、獲得	The Internet allows us to **acquire** more information instantly than has ever been possible before. 網路讓我們可以立即得到更多資訊，這是以前不可能達到的。 衍生字 ac**quis**ition **n** 獲得、取得
in**quir**e [ɪnˈkwaɪr] **v** 查問、調查	The detective **inquired** as to where the suspect had been on the night the crime occurred. 偵探查問嫌疑犯在案發當夜去了哪裡。 衍生字 in**quir**y **v** 打聽、質詢
re**quir**e [rɪˈkwaɪr] **v** 需要、要求	Traveling in Iceland in the winter **requires** a lot of warm clothes and a car that performs well in snow. 冬天到冰島旅遊需要很多保暖衣物和一台雪地性能很好的車。 衍生字 re**quest** **v** 要求

- 同源字學更多：con**quer** **v** 攻克、攻取；con**quest** **n** 克服、佔領；ex**quis**ite **adj** 精美的、精緻的；in**quis**itive **adj** 好問的

⑳ ent- ↔ ess- (MP3▶ 2-3-20)

> **單字源來如此**
>
> ent- 和 ess- 同源，[t]／[s] 轉音，母音通轉，「存在」的意思。absent（缺席的）是「離開」（ab- = away）現場，不「存在」。

essence [ˋɛsns] **n** 本質、要素	The **essence** of the scholar's argument is that we should create more jobs for young people. 那位學者核心論點是，我們應該要為年輕人創造更多工作機會。　衍生字 ess**ent**ial **adj** 必要的、不可缺的
abs**ent** [ˋæbsnt] **adj** 缺席的	If you are **absent** from class, you may need to get the notes from someone who was present that day. 如果你上課缺席，就得跟那天有來上課的人借筆記。 衍生字 abs**ence** **n** 缺席
pres**ent** [ˋprɛznt] **adj** 在場的	Nothing would be discussed until all members of the team were **present** at the meeting. 直到所有團隊成員都出席了，會議才會開始討論。 衍生字 pres**ence** **n** 出席、存在；repres**ent** **adv** 代表；repres**ent**ative **adj** 代表的 **n** 代表（人）

- 同源字學更多：inter**est** **n** 興趣、**v** 使發生興趣；yes **adv** 是；am **v** 是；is **v** 是；sin **n** 罪

歷屆試題看這裡！掃 QR Cord 立即練習！
https://video.morningstar.com.tw/0170005/2-3.html

2-3 字根首尾對字根首尾
解答請見 261 頁

名字裡的世界：字源探索之旅

Peter（彼得）

名字的歷史和文化意蘊

Peter（彼得）源自於希臘語的 *Πέτρος*（*Petros*），其含義為「石頭」。Peter 在大多數新約聖經的版本中被用來翻譯亞蘭語中的 Cephas（意思是「石頭」），這是耶穌賜給使徒西門的稱呼（參見馬太福音 16:18 和約翰福音 1:42）。西門・彼得在耶穌傳道期間是最突出的使徒之一，常被視為第一任教宗，這突顯了他在早期基督教會中的基石角色。由於這位使徒的聲望，這個名字在基督教世界各地變得普遍。在英格蘭，這個名字由諾曼人以古法語形式 Piers 引入，到了 15 世紀開始逐漸被 Peter 這一拼寫取代。

Peter 不僅是宗教人物的名字，如使徒彼得、11 世紀改革家聖彼得・達米安和 13 世紀傳教士聖彼得烈士，也是許多歷史人物的名字，如俄羅斯沙皇彼得大帝（Peter the Great, 1672-1725）。著名的虛構人物包括碧雅翠絲・波特童書中的彼得兔（Peter Rabbit）、詹姆斯・馬修・巴利爵士 1904 年劇作中拒絕長大的男孩彼得潘（Peter Pan），以及漫畫書超級英雄蜘蛛人的真名彼得・帕克（Peter Parker）。Peter 從其希臘和亞蘭語的根源到在各種文化中的廣泛使用，如義大利語的 Pietro、西班牙語和葡萄牙語的 Pedro、法語的 Pierre 等，皆反映了超越文化界限的全球共鳴，使 Peter 成為一個真正普遍的名字。

英語詞彙探幽

peter 可以當字根用，意思是「石頭」。以 *peter* 為基礎，我們可以學到一系列單字：

1. **petr**ify 字面上的意思是「使成為石頭」（to change or to make sth change into a substance like stone），引申為「（使）石化」。

2. **petr**oleum 來自於拉丁語，由 *petr*（意為「岩石」）、*ole*（意為「油」）、*-um*（名詞字尾）三個詞素組合而成，petroleum 字面上的意思是「岩石中的油」，指的是從地下岩石層中提取的油質物質，即我們所知的原油。

3. **petr**ology 是由 *petr*（意為「石頭」）、*o*（詞幹延長物）、*-logy*（意為「學問、理論或論述」），petrology 字面意思是「關於石頭的學問」，專指地質學的一個分支，涉及研究岩石的起源、組成、結構和變化過程。

Unit 3

g / k / h / dʒ / tʃ / ŋ / j 互換

Unit 3 g / k / h / dʒ / tʃ / ŋ / j 互換

3-1 單字對單字

轉音例字

❶ canal ↔ channel ▶ [k]／[tʃ] 互換 　MP3 ▶ 3-1-01

單字源來如此
這組單字的核心語意是「水道」。

canal [kə`næl] **n** 河渠、水道	Venice, Italy is known for its many **canals** that work the same as roads, but are designed for boats. 義大利的威尼斯因如同道路般四通八達的渠道而聞名，只是渠道是給船走的。
channel [`tʃænl] **n** 水道、頻道	The ship sailed easily through the **channel** as we watched the sunset and enjoyed the day. 我們一邊看著夕陽享受生活，船一邊輕鬆駛過水道。

❷ carp ↔ harvest ▶ [k]／[h] 互換 　MP3 ▶ 3-1-02

單字源來如此
這組單字的核心語意是「採摘」（pluck）或「採集」（gather），carp（挑剔）就是去「收集」、放大他人缺失。

harvest [`hɑrvɪst] **n v** 收穫	The farmer was excited by the great **harvest** that all of the recent rain would bring him. 近來的雨水將帶來大豐收，那農夫開心得不得了。
carp [kɑrp] **v** 挑剔	Daniel can't stand the way his father is always **carping** or nagging at him about small things. 丹尼爾無法忍受他父親總是為小事挑剔和碎念他。

● 同源字學更多：ex**c**erpt **n** 摘錄；s**c**arce **adj** 缺乏的

❸ dig ↔ ditch ▸ [g]／[tʃ] 互換 (MP3▶3-1-03)

單字源來如此

這組單字的核心語意是「挖」（dig），有一派字源學家推測 ditch（壕溝）和「挖」同源，因為壕溝大多是挖掘出來的。

dig [dɪg] **v** 挖掘	Our silly dog has been **digging** for hours trying to find the toy he buried in the yard. 我們的憨狗**挖**了好幾個小時，努力要找出他埋在院子裡的玩具。
ditch [dɪtʃ] **n** 壕溝	A **ditch** was built next to the road to prevent it from flooding following heavy rains and typhoons. 路旁挖了**水溝**以便預防豪雨和颱風時氾濫成災。

❹ scatter ↔ shatter ▸ [k]／[h] 互換 (MP3▶3-1-04)

單字源來如此

這組單字的核心語意是「撒」、「散落」（strewn），shatter（粉碎）指物品破碎「散落」（scatter）一地，拼字上雖保留 c（發 k 的音）和 h 對應，但現代英語的發音已經改變。

scatter [ˋskætɚ] **v** 使分散、撒	All of the rats **scattered** rapidly when they noticed the cat coming closer to their home. 當發現有貓靠近自己家時，所有老鼠快速**四散而去**。
shatter [ˋʃætɚ] **v** 粉碎、砸碎	Dave **shattered** the screen of his new iPhone by dropping it while riding his bike. 戴夫騎腳踏車時把他新的蘋果手機掉到地上，**摔碎**了螢幕。

❺ haggle ↔ hack ▸ [g]／[k] 互換 (MP3▶3-1-05)

單字源來如此

這組單字的核心語意是「砍劈」，haggle（討價還價）就是去「砍」價。

Unit 3 g / k / h / dʒ / tʃ / ŋ / j 互換

| **hack**
[hæk]
v 劈、砍 | A good butcher does not **hack** at the the meat, but instead cuts it carefully from the bone.
好的肉販不會**亂刀砍**肉，而是會小心地從骨頭處切開。 |
| **hag**gle
[`hæg!]
v 亂劈、討價還價 | Consumers tend to **haggle** over prices in most southeast Asian countries.
在大多數東南亞國家，買家都會**討價還價**。 |

❻ camp ↔ campaign ↔ champion　[k] ／ [tʃ] 互換
MP3 ▶ 3-1-06

單字源來如此

這組單字的核心語意都和「原野」、「戰場」（field）有關。champion（冠軍）以前是指「戰場」（field）上的贏家。

camp [kæmp] **n** 野營、營地 **v** 紮營、露營	After a long day of hiking, the group of hikers decided to make **camp** and get some sleep. 走了漫長的一天之後，這群健行客決定**紮營**稍事睡眠。 衍生字 **camp**us **n** 校園
campaign [kæm`pen] **n** 戰役、活動 **v** 參加競選	The advertising **campaign** would use TV, radio, and social media to try to reach as many people as possible. 這波廣告**宣傳活動**會用到電視、廣播和社群媒體，盡可能接觸越多人越好。
champion [`tʃæmpɪən] **n** 優勝者、冠軍 **v** 擁護、支持	Jin Wu became the chess club **champion** after beating all of the other players in the tournament. 吳晉在比賽中打敗所有對手之後成為圍棋社**冠軍**。 衍生字 **champ**ionship **n** 冠軍的地位、錦標賽；**champ**agne **n** 香檳酒

❼ bank ↔ bench　[k] ／ [tʃ] 互換
MP3 ▶ 3-1-07

單字源來如此

這組單字的核心語意都和「長椅」（long seat）、「桌子」（table）有關。bank（銀行）和 bench（長凳）同源，傳說以前的人是在板凳上進行交易或服務客戶，後來譬喻為「銀行」。

3-1 單字對單字

bank [bæŋk] **n** 銀行	It is wise to keep most of your money in a **bank** so that it cannot be lost or stolen. 把大部分的錢存在銀行是最明智的，這樣就不會弄丟或被偷。　衍生字 **bank**er **n** 銀行家
bench [bɛntʃ] **n** 長凳、工作台	The old man was sitting quietly on a **bench**, feeding bread to the noisy ducks. 那位老人正靜靜坐在長椅上餵聒噪的鴨子吃麵包。 衍生字 **ban**quet **n** 宴會

❽ call ↔ challenge　[k]／[tʃ] 互換　MP3▶ 3-1-08

單字源來如此

這組單字的核心語意都和「叫」（call）有關，challenge（挑戰）可用「對人叫囂」來聯想記憶。

call [kɔl] **v n** 叫喊、呼叫	Since I moved away, my mom **calls** me once every week to make sure I am not lonely. 自從我搬走後，我媽怕我寂寞，每個禮拜都會打通電話給我。
challenge [ˋtʃælɪndʒ] **v n** 要求、挑戰、盤問	The teacher **challenged** all of his students to read at least three books over the summer. 老師要求所有的學生暑假要至少讀三本書。

❾ distinguish ↔ distinct　[g]／[k] 互換　MP3▶ 3-1-09

單字源來如此

這組單字的核心語意都是「區別」。

distinct [dɪˋstɪŋkt] **adj** 有區別的、明顯的	The birdwatcher knew the rare bird was nearby because of the **distinct** song that it sang. 因為聽見特殊的鳥叫聲，賞鳥人知道附近有罕見鳥類。

101

Unit 3 g / k / h / dʒ / tʃ / ŋ / j 互換

| **distingu**ish
[dɪˋstɪŋgwɪʃ]
v 區別、識別 | My dog barks when he sees other dogs on TV, because he cannot **distinguish** television from real life.
我家的狗只要看到其他狗出現在電視上就會叫，因為牠無法區別電視影像和現實。 |

⑩ calculate ↔ calcium ↔ chalk ▶ [k]／[tʃ] 互換 (MP3 ▶ 3-1-10)

單字源來如此

這組單字的核心語意都是「小石頭」（a smallstone）或「石灰岩」（limestone）。chalk（粉筆）本是石灰加水，在物品表面做記錄的塊狀物體；calculate（計算）的典故是相傳以前的人會藉由排石頭來計算物件，特別是使用 limestone（石灰石）。

chalk [tʃɔk] **n** 白堊、粉筆	The teacher's hands and dress were covered in **chalk** from writing on the chalkboard all day. 寫了一整天黑板，那個老師的雙手和洋裝上全是粉筆灰。
calcium [ˋkælsɪəm] **n** 鈣	Studies say that a diet that is rich in **calcium** will make your bones grow stronger. 研究說含有豐富鈣質的飲食可以使骨骼長得更強壯。
calculate [ˋkælkjə͵let] **v** 計算	Launching a rocket into space requires scientists to **calculate** times and distances with incredible accuracy. 發射火箭到太空需要科學家們極度縝密計算時間和距離。 衍生字 **calc**ulation **n** 計算；**calc**ulator **n** 計算機

⑪ cell ↔ hell ▶ [k]／[h] 互換 (MP3 ▶ 3-1-11)

單字源來如此

這組單字的核心語意是「覆蓋」（cover）或「隱蔽」（conceal）。拉丁文 c 發 [k] 的音，cell 是源自拉丁文。

cell [sɛl] **n** 單人牢房、細胞	Prison **cells** are designed to be small and uncomfortable as a punishment for a crime that was committed. 為了懲罰犯罪的人，牢房設計得又小又不舒服。
hell [hɛl] **n** 地獄、冥府	Most Western religions believe that **hell** is reserved for people who were evil in this life. 多數西方宗教相信地獄是留給這一生作惡多端的人。

- 同源字學更多：**cell**ar **n** 地窖；**ceil**ing **n** 天花板；**hol**e **n** 洞；**holl**ow **adj** 中空的；**hall** **n** 會堂；**hall**way **n** 玄關、門廳；**color** **n** 色彩；**color**ful **adj** 富有色彩的；con**ceal** **v** 隱蔽

⑫ August ↔ auction　[g]／[k] 互換　MP3▶ 3-1-12

單字源來如此

這組單字的核心語意是「增加」（increase）。auction（拍賣）的語意源自喊價過程中，價格會「增加」（increase）；August（八月）是紀念凱薩的月份，目的是「增加」（increase）凱薩的威望。

auction [ˋɔkʃən] **n** 拍賣	The **auction** included many things, but I was only there to bid on a painting that I liked.　拍賣會上有許多物件，但我去那裡只是為了買一幅我喜歡的畫。
August [ˋɔgʌst] **n** 八月	By **August**, the summer temperatures have usually reached their peak for the year. 八月時，夏季溫度通常會達到該年最高溫。

- 同源字學更多：**auth**or **n** 作者；**auth**orize **v** 授權給；**auth**ority **n** 權力、**auxi**liary **adj** 輔助的；**wax** **v** 變大、增加；**waist** **n** 腰部

⑬ acute ↔ edge　[k]／[dʒ] 互換　MP3▶ 3-1-13

單字源來如此

這組單字的核心語意是「尖」（sharp）和「刺」（pierce），「酸」（sour）是衍生語意。

103

Unit 3 g / k / h / dʒ / tʃ / ŋ / j 互換

acute [ə`kjut] **adj** 尖銳的、 劇烈的、 敏銳的	The patient was complaining of an **acute** pain in his knee after he slipped and fell two days ago. 病患一直在抱怨兩天前滑倒後膝蓋非常痛。
edge [ɛdʒ] **n** 邊緣、刀口、 言語尖銳	A fence was built to prevent tourists from standing too close to the **edge** of the sea cliffs. 為了避免觀光客站得太近，海上斷崖邊築了一道柵欄。

- 同源字學更多：eager **adj** 熱心的、渴望的；vinegar **n** 醋；oxygen **n** 氧氣；acid **adj** 酸的；acne **n** 粉刺、青春痘；hammer **n** 鐵鎚

⓮ ba**k**e ↔ ba**tch**　▶ [k] ／ [tʃ] 互換　(MP3 ▶ 3-1-14)

單字源來如此

這組單字的核心語意是「烘烤」（bake）。

batch [bætʃ] **n** 一爐（麵包等）	The baker had just finished making a **batch** of fresh rolls that he was proud to serve to the customers. 麵包師傅剛烤出一爐新鮮的麵包捲，得意地夾給顧客們。
bake [bek] **v** 烘、烤	My mother does not like to **bake** cakes in the summer because the oven makes the house too hot. 我母親不喜歡在夏天烤蛋糕，因為烤箱會讓整個家裡很熱。

- 同源字學更多：bath **n** 洗澡；bathe **v** 給……洗澡

⓯ blea**k** ↔ blea**ch**　▶ [k] ／ [tʃ] 互換　(MP3 ▶ 3-1-15)

單字源來如此

這組單字的核心語意是「發光」（shine）或「燃燒」（burn），而「閃亮」（flash）和「白色」（white）是其衍生意思。bleak（單調的）表示全部都是「白色」的，色調單一。

bleak [blik] **adj** 荒涼的、單調的	The classroom used to look very **bleak** before the new teacher decorated the walls with the students' art. 新老師用學生的藝術作品布置牆面之前，教室本來看起來很單調乏味。
bleach [blitʃ] **v** 將……漂白	I had to **bleach** my white pants in order to remove the coffee stains I had spilled on them earlier. 為了除去先前滴到的咖啡漬，我得漂白我的白褲子。

- 同源字學更多：**blank** adj 空的；**blink** v 眨眼睛；**blanket** n 毛毯；**black** n 黑色；**blend** v 混和；**blind** adj 瞎的；**blunder** n 大錯；**blunt** adj 鈍的；**blond** adj 皮膚白皙的；**blaze** n 火焰；**blue** n 藍色；**blush** n v 臉紅；**flame** n 火焰

⓰ caress ↔ cherish ↔ charity　▶[k]／[tʃ]互換　MP3▶3-1-16

單字源來如此

這組單字的核心語意是「喜歡」（like）或「渴望」（desire）。caress（愛撫）是「喜歡」（like）的動作，charity（慈善）是愛人、「喜歡」（like）助人的事業。

caress [kəˋrɛs] **n v** 撫摸、擁抱	A gentle breeze **caressed** her face and hair as she meditated peacefully in the open field. 她在寬闊原野上靜靜冥想時，溫柔的微風拂過她的臉龐和髮絲。
cherish [ˋtʃɛrɪʃ] **v** 珍愛、愛護	Even though it is just a watch, I **cherish** it because it was given to me by my great grandpa. 即便這只是支手錶，但因為是我曾祖父送我的，所以我很珍惜。
charity [ˋtʃærətɪ] **n** 博愛、慈善、慈善團體	Every year, I donate 5% of my total wages to a **charity** that helps feed starving children. 每年我都會捐出總收入的5%給一家幫助餵養飢餓兒童的慈善機構。　衍生字 **char**itable adj 仁慈的

Unit 3 g / k / h / dʒ / tʃ / ŋ / j 互換

⑰ mark ↔ margin ▶ [k] ／ [dʒ] 互換 MP3 ▶ 3-1-17

單字源來如此
這組單字的原意都是「邊界」（boundary）。

mark [mɑrk] **v** 做記號於、 標記	The teacher **marked** her student absent when he failed to arrive by the time class had begun. 那學生沒有在課堂開始前抵達，老師便將他標記為缺席。 衍生字 land**mark** **n** 地標；trade**mark** **n** 商標；re**mark** **n** 談論；re**mark**able **adj** 值得注意的
margin [ˋmɑrdʒɪn] **n** 邊緣、 頁邊空白	The students were instructed to type an essay with a **margin** of 1.5 cm on the sides of the paper. 學生收到指示寫一篇短文，打字輸入時要在兩側空 1.5 公分。 衍生字 **marg**inal **adj** 頁邊的

⑱ grain ↔ corn ↔ kernel ▶ [g] ／ [k] 互換 MP3 ▶ 3-1-18

單字源來如此
這組單字的原始核心語意是「穀物」（corn）。

corn [kɔrn] **n** 小麥、 穀物、玉米	**Corn** was one of the most important food sources that the Native Americans had access to. 玉米過去是美國原住民可獲得的最重要的食物來源之一。 衍生字 pop**corn** **n** 爆米花
grain [gren] **n** 穀粒、細粒	Bread made from whole wheat **grain** is more healthy than white bread, which uses lots of sugar. 全麥麵包比加了很多糖的白麵包更健康。
kernel [ˋkɝnl] **n** 麥、玉米等 的粒／子	After an hour of brushing, I was finally able to remove the popcorn **kernel** that was stuck in my teeth. 刷了一小時牙之後，我終於把卡在牙縫的爆米花玉米粒清出來了。

歷屆試題看這裡！掃 QR Cord 立即練習！
https://video.morningstar.com.tw/0170005/3-1.html

3-1 單字對單字
解答請見 262 頁

名字裡的世界：字源探索之旅

Philip（菲利普）

名字的歷史和文化意蘊

Philip（菲利普）源於古希臘名字 *Φίλιππος*（*Philippos*），其含義為「愛馬之人」，由 philos（被愛的，愛的）和 hippos（馬）兩個元素組成。這個名字在馬其頓有五位國王曾使用，包括亞歷山大大帝的父親，菲利普二世。在新約聖經中，Philip 這個名字曾屬於聖人，最有名的一位是十二使徒之一，他負責五千人的飲食。

最初，這個名字在東方基督教徒中更為常見，但到了中世紀，它傳入了西方，法國有六位國王、西班牙有五位國王使用了這個名字。雖然在中世紀時期，Philip 在英格蘭被廣泛使用，但由於西班牙的菲利普二世試圖入侵英格蘭，這讓 Philip 這個名字在 17 世紀變得不受歡迎，也不那麼普遍。但到了 19 世紀，Philip 在英語世界重新流行起來。著名人物包括伊麗莎白時代的宮廷詩人和作家菲利普・西德尼爵士（Sir Philip Sidney, 1554-1586）以及美國科幻小說家菲利普・K・迪克（Philip K. Dick, 1928-1982）都以 Philip 當名字。

英語詞彙探幽

Philip 字裡頭藏著字根 *phil*（愛）。以 *phil* 為基礎，我們可以學到一系列單字：

1. **phil**osophy 是由 *phil*（意為「愛」、「喜愛」）、*soph*（意為「智慧」）、-y（名詞字尾）三個詞素組合而成，字面上的意思是「愛智之學」。這個詞反映了對知識和真理追求的熱愛和尊重，是對宇宙、存在、知識、價值、理性、心靈和語言等根本問題的研究。

2. biblio**phil**e 是由 *bibl*（意為「書」）、*phil*（表示「愛」）和 -e（表示「人」的名詞字尾）三個詞素組合而成，字面上的意思是「愛書人」，引申為「珍愛書籍者」、「藏書家」的人。

3. **Phil**adelphia 是由 *phil*（意為「愛」、「喜愛」）、*adelph*（來自希臘語，意為「兄弟」），和 -*ia*（表示「地區」的名詞字尾）三個詞素組合而成，字面上的意思是「兄弟之愛之城」（the City of Brotherly Love），即大家所熟知的「費城」。

Unit 3 g / k / h / dʒ / tʃ / ŋ / j 互換

3-2 單字對字根首尾

🔍 轉音例字

❶ acre ↔ agr- （MP3▶3-2-01）

> **單字源來如此**
> 可用 acre，[k]／[g] 轉音及母音通轉來記憶 agr-，都和「農業」相關。

acre [ˋekɚ] **n** 英畝、地產	Our farm is located on 80 **acres** of grass and open fields for the cows to roam freely. 我們的農場有八十**英畝**開放草地，可以讓母牛自由溜達。
agriculture [ˋægrɪ͵kʌltʃɚ] **n** 農業、農耕	Taiwan is rich in **agriculture** due to the high-quality soil and effective farming techniques. 由於高品質的土壤和有效率的耕種技術，台灣擁有富饒的**農業**。 衍生字 **agr**icultural **adj** 務農的

● 同源字學更多：pil**gri**m **n** 朝聖者

❷ know ↔ gnos-、gnor-、gn- （MP3▶3-2-02）

> **單字源來如此**
> 現代英語中的 k 雖不發音，但仍可用 know，[k]／[g]、[s]／[r] 轉音及母音通轉來記憶 gnos-、gnor-、gn-，這些字根都表示「知道」（know）。diagnose（診斷）是在身體「到處」（through）檢查而清楚「知道」（know）病情，ignore（不理會）本意是「不」（i- = in- = not）「知道」（know），衍生出「忽視」的意思，recognize（認出）的字面意思是「再次」（again）「知道」（know）、再度意識到，因此有「認出」的意思。

108

know [no] **v** 知道、了解	As a person who loves Taiwan, I want to **know** as much as I can about its culture and history. 身為一個愛台灣的人，我想盡可能了解台灣的文化和歷史。 衍生字 **know**ledge **n** 知識；ac**know**ledge **v** 承認；ac**know**ledgement **n** 承認
dia**gnos**e [ˋdaɪəgnoz] **v** 診斷	The doctor **diagnosed** his patient with the flu, recommending rest and medicine to fight it. 醫生診斷病人得了流感，建議他吃藥休息好抵抗感冒。 衍生字 dia**gnos**is **n** 診斷、診斷結果
i**gnor**e [ɪgˋnor] **v** 不理會	Tiger Woods had an amazing ability to **ignore** all distractions whenever he hit the ball. 老虎伍茲打球的時候有忽略所有分心事物的驚人能力。 衍生字 i**gnor**ant **adj** 無知的；i**gnor**ance **n** 無知
reco**gn**ize [ˋrɛkəg͵naɪz] **v** 認出、識別	My older brother had been away for so long that no one **recognized** him when he came home for the holidays. 我哥哥離家久到連放假回家都沒人認出他。 衍生字 reco**gn**ition **n** 認出、識別

- 同源字學更多：**no**torious **adj** 惡名昭彰的、聲名狼藉的；**no**tion **n** 想法；**no**tice **n** 公告、通知；**no**tify **v** 通知；**no**ble **adj** 高貴的、高尚的；ac**quain**t **v** 使認識；**cun**ning **adj** 狡猾的；**can** **aux** 能、會；**coul**d **aux** 能、可以；**keen** **adj** 熱心的、熱衷的；**nar**rate **v** 講述、敘述；**nar**rator **n** 解說員、敘述者

❸ a**ct** ↔ a**g-** (MP3 ▶ 3-2-03)

單字源來如此

可用 act，[k]／[g] 轉音來記憶 ag- 這個字根，「行動」、「做」（do）的意思。agent（代理人）是替人「做」（do）事的人；agenda（議程）本指有待討論、需要「做」（do）的流程。

Unit 3　g / k / h / dʒ / tʃ / ŋ / j 互換

act [ækt] **v** 扮演、表現	I had to **act** like I was confident during my job interview, even though I was secretly very nervous. 工作面試時我必須**表現**得很有自信的樣子，雖然我內心非常緊張。 衍生字 **act**ive **adj** 活躍的、活潑的；**act**ion **n** 行動；**act**or **n** 男演員、演員；**act**ress **n** 女演員；**act**ivist **n** 激進主義分子、行動主義者；**act**ivity **n** 活動；**act**ual **adj** 實際的、事實上的
ex**act** [ɪgˋzækt] **adj** 確切的、精確的	NASA must be **exact** with its math and science when sending humans into outer space. 美國太空總署要把人送進外太空時必須有非常**精確的**數學和科學運算。
re**act** [rɪˋækt] **v** 作出反應、反應	I jumped suddenly from my closet, which caused my little sister to **react** with a loud scream. 我突然從衣櫃跳出來，讓我的小妹**發出**大聲尖叫的**反應**。 衍生字 re**act**ion **n** 反應
inter**act** [ˌɪntəˋrækt] **v** 互相作用、互相影響	It is important not to **interact** with wild animals, even if they seem to be friendly. 很重要的是，即便野生動物看起來很溫和，也不要跟牠們**互動**。　衍生字 inter**act**ion **n** 互動
agent [ˋedʒənt] **n** 代理人、代理商	My **agent** is responsible for finding buyers for my artworks so that I can focus my time on creating them. 我的**經紀人**負責替我的藝術作品找買家，這樣我才能夠專心創作。　衍生字 **ag**ency **n** 代辦處、經銷處
agenda [əˋdʒɛndə] **n** 待議事項、活動	We suspected the stranger had a secret **agenda** when he arrived at the party with a backpack. 我們懷疑那個揹著背包來參加派對的陌生人有祕密**活動**。

- 同源字學更多：**ag**ony **n** 極度痛苦、苦惱；ess**ay** **n** 散文；ex**am**ine **v** 檢查；strat**eg**y **n** 策略

110

❹ horn ↔ corn- (MP3▶3-2-04)

單字源來如此

可用 horn，[h]／[k] 轉音來記憶 corn-，「角」的意思。

horn [hɔrn] **n** 角、觸角	The farmer raised deer because he could make a special alcoholic wine from the **horns**. 農場主人養鹿是因為他可以用鹿角來釀一種特殊的酒。
corner [`kɔrnɚ] **n** 角、街角	The DJ booth was placed in the **corner** of the room to allow maximum space for the dance floor. DJ 台放在這個房間的角落，好為舞台騰出最大空間。

- 同源字學更多：rhino**cer**os **n** 犀牛；**car**rot **n** 胡蘿蔔；**cheer** **n V** 歡呼

❺ kin、kind ↔ gen- (MP3▶3-2-05)

單字源來如此

可用 kin 或 kind，[k]／[g] 轉音及母音通轉來記憶 gen-，表示「（天）生」、「同類」。gene（基因）決定生下來是否「（同）類」（kind），genius（天才）是「天生」的，genuine（真的）是指「天生」的，未經後天的人為改造。

kind [kaɪnd] **n** 種類	I like all **kinds** of music, but I listen to jazz or classical music when I want to relax. 我喜歡各種音樂，但我想放鬆的時候會聽爵士樂或古典樂。 衍生字 man**kind** **n** 人類
gene [dʒin] **n** 基因、遺傳因子	The balding **gene** is one of the most commonly passed on to the next generation. 禿頭基因是會遺傳到下一代最常見的基因之一。 衍生字 **gen**etic **adj** 起源的、遺傳的；**gen**etics **n** 遺傳學
gentle [`dʒɛnt!] **adj** 和善的、輕柔的	We have to be very **gentle** when hugging grandma, because her bones are not as strong as they used to be. 我們擁抱祖母時要很輕柔，因為她的骨頭已經不像以前那麼強壯了。 衍生字 **gen**tleman **n** 紳士

Unit 3 g / k / h / dʒ / tʃ / ŋ / j 互換

generous [ˋdʒɛnərəs] **adj** 慷慨的、大方的	The CEO of our company has always been very **generous** with the amount that he pays his employees. 我們公司執行長對於支付員工的薪水總是非常大方。 衍生字 **gen**erosity **n** 寬宏大量、慷慨
general [ˋdʒɛnərəl] **adj** 大體的、籠統的、普遍的	While I get lost easily, my mom always has a **general** idea of where I am. 雖然我很容易迷路，但我媽媽總會大概知道我在哪裡。 衍生字 **gen**eralize **v** 泛論、概括
generation [͵dʒɛnəˋreʃən] **n** 世代、一代	The older **generation** has more trouble with new technology because they did not grow up with computers and cell phones.　老一世代對新科技比較沒輒，因為他們的成長環境並沒有電腦和手機。
genius [ˋdʒinjəs] **n** 天資、天才	Most people agree that Albert Einstein was a **genius** for discovering many mathematical formulas and theories. 大部分人都認同愛因斯坦是發現許多數學公式和理論的天才。
in**gen**ious [ɪnˋdʒinjəs] **adj** 製作精巧的、足智多謀的	Connecting computers from across the world using phone lines was an **ingenious** idea that gave us the Internet. 用電話線連結全球的電腦是讓我們擁有網路的聰明想法。
in**gen**uity [͵ɪndʒəˋnuətɪ] **n** 獨創性、足智多謀	Google has shown impressive **ingenuity** with so many of the features and products it has developed for daily life. 谷歌在許多為日常生活設計的功能和商品上展現了驚人的獨創性。
genuine [ˋdʒɛnjʊɪn] **adj** 非偽造的、名副其實的、真的	I could tell that my teacher's concern was **genuine** when she took personal time after school to help me. 我看得出來老師在下課後抽出私人時間幫我是真的關心我。

generate
[ˈdʒɛnəˌret]
v 產生、生育

The mayor promised to **generate** new jobs in the city, but none have been created as of yet.
市長答應會增加新的工作機會,但到現在一個也沒有。

衍生字 **gen**erator **n** 發電機

- 同源字學更多:hydro**gen** **n** 氫;oxy**gen** **n** 氧氣;**germ** **n** 細菌;**king** **n** 國王;**king**dom **n** 王國;**kind**ergarten **n** 幼稚園

名字裡的世界:字源探索之旅

Eugene(尤金)

名字的歷史和文化意蘊

Eugene(尤金)源自於法語的 *Eugène*,可上溯至希臘語的 *Eugenios*,字面上的意思是為「出身良好」。由 *eu-*(好的)、*gen*(出生)和 *-e*(名詞字尾)三個元素組成。Eugene 這個名字是許多聖人和四位教皇的名字。在中世紀的西歐,尤金這名字相對罕見。然而,由於薩伏依的尤金親王(Prince Eugene of Savoy, 1663-1736)的名聲使得這個名字流行起來,他是出生於法國的將軍,曾為奧地利帝國服務。另一位著名的尤金是美國劇作家尤金 · 奧尼爾(Eugene O'Neill, 1888-1953)。此外,eugenics(優生學)一詞由英國科學家弗朗西斯 · 高爾頓(Francis Galton, 1822-1911)創造,與 Eugene(尤金)這一名字有著密切的關係。

英語詞彙探幽

Eugene 字裡頭藏著字根 *gen*(種類;生)。以 *gen* 為基礎,我們可以學到一系列單字:

1. **gen**e 是由 *gen*(意為「種類」)、*-e*(名詞字尾)二個詞素組合而成,字面上的意思是「種族」。這個字是由丹麥遺傳學家威廉 · 約翰森 (Wilhelm Johannsen,1857-1927) 教授所創造的。物種「生」下來是否「同類」是由「基因」所決定的。

2. **gen**uine 是由 *gen*(意為「生」)、*-ine*(形容詞字尾)二個詞素組合而成,字面上的意思是「天生的」,尤指人不造假的特質,引申為「真誠的」、「誠實的」。

3. pre**gn**ant 是由 *pre-*(意為「之前」)、*gn-*(即 *gen*,意為「生」)、*-ant*(形容詞字尾)三個詞素組合而成,字面上的意思是「出生之前(的狀態)的」,即「懷孕的」。

Unit 3 g / k / h / dʒ / tʃ / ŋ / j 互換

❻ guest ↔ host- （MP3 ▶ 3-2-06）

單字源來如此

可用 guest，[g]／[h] 轉音及母音通轉來記憶 host-，hosp-（主人）是變體字根。這組字根反映出印歐語的主、客同源現象，有趣的是，若干字根衍生字存在截然相反的語意，同時有「敵意」和「好客」的意思，展現語言任性的一面。

guest [gɛst] **n** 客人、賓客	The concierge's job is to take care of the needs of each of the hotel's **guests**. 旅館服務台職員的工作是負責處理每一位飯店房**客**的需求。
hostess [`hostɪs] **n** 女主人	The **hostess** seated us by the window so that we could enjoy the wonderful view outside. **女主人**讓我們坐在窗邊，好讓我們可以欣賞外面美好的景色。
hostile [`hɑstl] **adj** 敵人的、敵方的	Ghandi showed the world that it is more powerful to choose peaceful instead of **hostile** methods of protest. 甘地讓全世界明白，選擇和平抗議要比**帶有敵意的**方式更有力量。 衍生字 **host**ility **n** 敵意、敵視
hospital [`hɑspɪtl] **n** 醫院	Our family spent the night together in the **hospital** while we awaited the birth of a new family member. 我們全家一起在**醫院**過夜，等待新家庭成員的誕生。 衍生字 **hosp**italize **v** 使住院治療
hospitable [`hɑspɪtəbl] **adj** 好客的、招待周到的	Asian culture is known for the friendly and **hospitable** way that they treat people from other countries. 亞洲以對外國人友好**周到的**文化聞名。 衍生字 **hosp**itality **n** 好客、殷勤招待

● 同源字學更多：**host**age **n** 人質；**host**el **n** 旅舍

❼ hundred ↔ cent- (MP3▶ 3-2-07)

單字源來如此

可用 hundred，[h] ／ [k]、[d] ／ [t] 轉音及母音通轉來記憶 cent-，cent- 的 c 在拉丁文發 [k] 的音，「百」或「百分之一」的意思。

hundred [ˋhʌndrəd] **n** 一百	One **hundred** New Taiwan dollars are worth a little more than three dollars in the United States. 新台幣一百元值美金三塊多。
cent [sɛnt] **n** 分	With only 83 **cents** in my pocket, I was not able to afford a hamburger that costs a dollar. 我口袋裡只有 83 分錢，沒辦法買一塊錢的漢堡。
centimeter [ˋsɛntə͵mitɚ] **n** 公分	There are one hundred **centimeters** in a meter, which is about the width of a doorway. 一公尺等於一百公分，大概是門口的寬度。
per**cent** [pɚˋsɛnt] **n** 百分之一	An "A" is given to students who correctly answer over 90 **percent** of the questions. 答對百分之九十以上問題的學生都得到了 A。 **衍生字** per**cent**age **n** 百分比

❽ heart ↔ cord- ↔ cour- (MP3▶ 3-2-08)

單字源來如此

可用 heart，[h] ／ [k]、[t] ／ [d] 轉音及母音通轉來記憶 cord-，「心」的意思，cour- 是其變體字根。cordial（衷心的）是發自內「心」的，record（記錄）本意接近 remember，表示反覆記憶，記在「心」裡面；accord（符合）本指心心相映，心意一致，courage（勇氣）是發自內「心」。

heart [hɑrt] **n** 心臟、胸	The **heart** is used to pump blood in the body, and is also a symbol for love and emotion. 心臟用來輸送血液到全身，也是愛與情感的象徵。 **衍生字** **heart**y **adj** 衷心的、熱誠的

Unit 3 g / k / h / dʒ / tʃ / ŋ / j 互換

cordial [ˋkɔrdʒəl] **adj** 衷心的、 真摯的	If you treat people in a **cordial** manner, they will be nice to you in return. 如果真心對待別人，他們也會友善回應。
re**cord** [ˋrɛkɚd] **n** [rɪˋkɔrd] **v** 記載、記錄	I had to work while the game was on, so I asked my friend to **record** it for me. 比賽開始的時候我得工作，所以我請朋友幫我把比賽錄下來。 衍生字 re**cord**er **n** 記錄者、錄音機
ac**cord** [əˋkɔrd] **v** 符合、給予	The elderly gentleman was **accorded** special treatment in town due to his many years of service. 那老爺爺因為多年的付出而在鎮上被給予特別禮遇。 衍生字 ac**cord**ance **n** 一致、和諧；ac**cord**ing **adj** 相符的；ac**cord**ingly **adv** 照著、相應地
core [kor] **n** 果核、精髓	I believe that most humans are good at their **core**, even if they sometimes do bad things. 我相信大部分的人就算有時候會做壞事，核心部分還是善良的。
courage [ˏkɝɪdʒ] **n** 勇氣	It takes a lot of **courage** to deliver a speech in front of millions of people. 在幾百萬人面前演講需要很大的勇氣。 衍生字 **cour**ageous **adj** 英勇的、勇敢的
en**cour**agement [ɪnˋkɝɪdʒmənt] **n** 獎勵、促進	A good coach will offer his team **encouragement** even when they are not playing well. 好的教練即便在隊員打不好時也會鼓勵他們。
dis**cour**agement [dɪsˋkɝɪdʒmənt] **n** 氣餒、洩氣	No amount of **discouragement** from his father would stop Charles Darwin from becoming a brilliant scientist. 達爾文的父親的冷言冷語一點也阻止不了他成為優秀的科學家。

❾ hill ↔ cell-

單字源來如此

可用 hill，[h]／[k] 轉音及母音通轉，來記憶 cell-，cell- 的 c 在拉丁文裡發 [k] 的音，都和「高起來」有關。excellent（傑出的）即「高」人一等。

hill [hɪl] **n** 丘陵、斜坡	The most difficult part of the race was riding up a long, steep **hill** at the end. 這場賽跑最難的部分在最後要爬上一段又長又陡的山坡。
excell**ent** [ˋɛksələnt] **adj** 傑出的、優等的	The teacher rewarded his class for their **excellent** scores on the test by not giving them homework the next day. 老師為了獎勵全班考試得到很棒的成績，隔天便沒有出作業。　衍生字 ex**cell**ence **n** 傑出、卓越

- 同源字學更多：**col**umn **n** 圓柱、專欄

❿ hub ↔ centr-

單字源來如此

可用 hub，[h]／[k] 轉音及母音通轉來記憶 centr-，c 在拉丁文中發 [k] 的音，都表示「中心」。eccentric（古怪的）表示「離開」（ec- = ex- = out）「中心」，和大家不同，衍生出怪異的意思。

hub [hʌb] **n**（興趣、活動的）中心	Though built for religious reasons, temples and churches are often the community **hub** for town events. 寺廟和教堂雖然是因為宗教原因建立的，卻經常是鎮上社區的活動中心。
central [ˋsɛntrəl] **adj** 中心的、中央的	I wanted an apartment located in a **central** location, so I would not have to take a bus to work. 我想要一間位在中心的公寓，這樣我就不用搭公車上班了。

Unit 3　g / k / h / dʒ / tʃ / ŋ / j 互換

ec**centr**ic [ɪk`sɛntrɪk] **adj** 古怪的、反常的	My favorite Robin Williams movie is Aladdin, where he plays an **eccentric** genie, who helps defeat an evil wizard. 我最喜歡羅賓‧威廉斯的電影是《阿拉丁》，他在裡面扮演<u>古怪</u>的精靈，幫忙打敗邪惡的巫師。
con**centr**ate [`kɑnsɛn,tret] **v** 集中、全神貫注	The student did not hear the bell ring because he was **concentrating** so deeply on the assignment. 那個學生沒有聽到鐘聲，因為他<u>心無旁鶩</u>地在寫作業。

⑪ get ↔ preh**end**-　MP3 ▶ 3-2-11

單字源來如此

可用 get，[g]／[h] 轉音及母音通轉來記憶 prehend- 的 hend-，都和「抓」有關。comprehend（理解）是「完全」（com- 是強語氣）「抓到」（prehend-）概念，comprise（包含）本意也表示「完全」（com- 在此是強語氣）「抓到」（pris-），pris-（抓）是法文變體字根。

com**prehend** [,kɑmprɪ`hɛnd] **v** 理解、包含	While I understand the words, I could not **comprehend** the theories that Steven Hawking wrote about in his book. 雖然我<u>懂得</u>這些字，但我還是無法了解霍金書裡寫的理論。 **衍生字** com**prehens**ion **n** 理解； 　　　com**prehens**ive **adj** 無所不包的、綜合的
com**pris**e [kəm`praɪz] **v** 包含、涵蓋	The final English exam will be **comprised** of three equal sections: reading, writing, and speaking. 英文期末考將會平均<u>涵蓋</u>三部分：閱讀、寫作和口說。
prison [`prɪzn̩] **n** 監獄	**Prisons** in Sweden serve as schools, where criminals learn skills to help them be better citizens when they are released. 瑞典的<u>監獄</u>像學校一樣，罪犯可以在裡面學習技能，幫助他們出獄後成為更好的公民。 **衍生字** **pris**oner **n** 犯人、囚犯；im**pris**on **v** 監禁、關押

● 同源字學更多：sur**pris**e **n** **v** 驚奇；sur**pris**ing **adj** 令人吃驚的；sur**pris**ingly **adv** 令人吃驚地；enter**pris**e **n** 事業、冒險精神；ap**prent**ice **n** 學徒

⑫ carve ↔ graph-、gram- (MP3 ▶ 3-2-12)

單字源來如此

可用 carve，[k]／[g]、[v]／[f]／[m] 轉音及母音通轉來記憶 graph-、gram-，「寫」的意思。古代以刻字記錄事物，「刻」（carve）引申為「寫」（write）、「畫」（draw）、「描述」（describe）等，例如 biography（傳記）是「寫」（-graph = write）下「生命」（bio- = life）故事的書，autograph（親筆簽名）是「自己」（auto- = self）「寫」（write）下自己的名字，calligraphy（書法）是「美麗的」（calli- = beautiful）書「寫」（write）字體，geography（地理學）是「描述」（graph-）關於「地球」（earth）及其特徵、居民和現象的學問，program（節目單）是「事先」（pro-）「寫」（write）出來的一個表演流程。

carve [kɑrv] **v** 雕刻、把（熟肉）切成塊	At the gourmet restaurant, the chef will **carve** the roast duck right at your table. 在美食餐廳，主廚就在你的餐桌旁將烤鴨切塊。
graph [græf] **n** 圖表、圖解	He used a **graph** to show how the price of a product affected the amount of sales. 他用一張圖表來說明產品價格怎麼影響銷售數量。 衍生字 **graph**ic **adj** 生動的、寫實的
auto**graph** [ˋɔtəˏgræf] **n** 親筆簽名	The children all lined up after the game to get an **autograph** from their favorite player. 比賽結束之後，所有孩子都排隊為了想拿到最喜歡球員的親筆簽名。
bio**graph**y [baɪˋɑgrəfɪ] **n** 傳記、興衰史	I asked my dad if I could write a **biography** about his life and all that he had seen. 我問父親能不能撰寫他的傳記和他的所有見聞。 衍生字 autobio**graph**y **n** 自傳
calli**graph**y [kəˋlɪgrəfɪ] **n** 書法、筆跡	The wedding invitations written in **calligraphy** were far more elegant than those printed by a computer. 結婚請帖用書法寫比用電腦影印的要別緻多了。

Unit 3 g / k / h / dʒ / tʃ / ŋ / j 互換

geography [`dʒɪˋɑgrəfɪ] **n** 地理學、地形	Taiwan is known for its diverse **geography**, which results in different climates throughout the island. 台灣以多樣的地形聞名,這產生了整個島嶼的不同氣候。 衍生字 geographical **adj** 地理學的
photograph [`fotə,græf] **n** 照片	Just one **photograph** could capture a moment, as well as the feelings that existed at that time. 一張照片就可以捕捉一個瞬間和當時的感受。 衍生字 photographer **n** 攝影師、照相師;photography **n** 照相術、攝影術;photographic **adj** 攝影的、攝影用的
paragraph [`pærə,græf] **n** 文章的段、節	Studies have shown that readers are able to focus longer if **paragraphs** are limited to between two and four sentences. 研究顯示段落控制在二到四句話能讓讀者專注更久一些。
telegraph [`tɛlə,græf] **n** 電報、電信	Long before the Internet, people would send **telegraphs** in order to communicate with others across long distances. 在網路出現的很久以前,人們會打電報與距離遙遠的人溝通。
grammar [`græmə] **n** 文法	Using correct **grammar** on your résumé is important to look professional and well-educated to your employer. 在履歷上使用正確的文法是很重要的事,讓雇主看了覺得你既專業又有學養。 衍生字 grammatical **adj** 文法的
program [`progræm] **n** 節目單、程序表、表演	My grandfather generously donated to the local arts **program**, helping more children to express themselves. 我的祖父慷慨贊助當地藝術表演,幫助孩童展現自我。
gram [græm] **n** 克、公克	Gold is considered one of the safest investments, and one **gram** of it is worth over $1000 NTD. 黃金被視為最保險的投資之一,一克價值超過一千元新台幣。 衍生字 kilogram **n** 公斤

● 同源字學更多:telegram **n** 電報

⑬ horse ↔ car-、cour-、cur- （MP3▶3-2-13）

單字源來如此

可用 horse，[h]／[k] 轉音及母音通轉來記憶 car-、cour-、cur-，「跑」的意思。horse 擅長「跑步」（run），car 也可「跑」得遠，造字之奧妙，盡在不言中。carry（攜帶）是帶著到處「跑」（car-），cargo（貨物）常需要運送，「跑」（car-）來跑去；career（職業）本指「跑」（car-）道，引申為一個人所經歷的職涯生活；current（當前的）本指一直在「跑」（cur-）的，引申為現今仍存在、尚未消失的。

carry [ˋkærɪ] **v** 抱、運載、搬運	The mother had to **car**ry her baby all over town because she could not find anyone to babysit. 母親必須抱著寶寶在市區奔波，因為她找不到人來照看寶寶。 衍生字 **car**rier **n** 搬運人、送信人；**car**riage **n** 四輪馬車
cargo [ˋkɑrgo] **n** 貨物	Among the many valuable items in the airplane **car**go were boxes filled with expensive electronics. 在貨機裡的許多貴重貨物中，有好幾箱昂貴的電子產品。
career [kəˋrɪr] **n** 職業生涯、工作	After 45 years of service, my father ended his **car**eer as a fireman in order to retire and begin traveling. 我的父親為了展開退休後的旅行，結束了服務 45 年的消防員生涯。
course [kors] **n** 路線、課程、場地	The golf **cour**se had to be closed temporarily due to recent typhoons that had flooded it. 因為最近的颱風淹大水，高爾夫球場必須暫時關閉。
re**cur** [rɪˋkɝ] **v** 再發生、復發	The theme of overcoming hardships was one that would re**cur** in each of the author's books. 該名作家的每一本書裡重複提及的主題便是克服困難。
oc**cur** [əˋkɝ] **v** 發生	At the time that the event oc**cur**red, the guard had been on a lunch break. 事情發生時，警衛正好在午休。 衍生字 oc**cur**rence **n** 發生、出現

Unit 3 g / k / h / dʒ / tʃ / ŋ / j 互換

curriculum [kə`rɪkjələm] **n** 學校的全部課程	Our school **curriculum** is very unusual in that all of our homework is entirely optional. 我們學校的課程很特別的就是，所有回家作業都可以自行決定要不要做。
extra**cur**ricular [ˌɛkstrəkə`rɪkjələ] **adj** 課外的、業餘的	Many universities will not accept students that do not engage in **extracurricular** activities, such as sports, art, or music. 許多大學都不收不參加課外活動的學生，例如體育、美術或音樂等。
current [`kɝənt] **adj** 現時的、當前的	The **current** President of the country is one that very few people expected to win. 這個國家的現任總統是幾乎沒有人想到會贏得選戰的人。 衍生字 **cur**rency **n** 通貨、貨幣

● 同源字學更多：**char**iot **n** 雙輪戰車；**char**ge **v** 索價、進攻；dis**char**ge **v** 排出

⑭ have ↔ capt-、cept-、cip-、ceiv- (MP3▶3-2-14)

單字源來如此

可用 have，[h] ／ [k]、[v] ／ [p] 轉音及母音通轉來記憶 capt-、cept-、cip-、ceiv-，都是「抓」（catch）、「拿」（take）的意思，c 在拉丁文中發 [k] 的音。caption（字幕）有「抓」（capt-）住人的目光和增加理解的效果，accept（接受）是「拿」（cept-）他人的物品，except（除此之外）本意是「拿」（cept-）「出去」（ex- = out），participate（參加）本意是「拿」（cip-）「一部分」（part），take part in 的意味，都表示參加；principle（原則）本意是「首先」（princ-）要「拿」（cip-）的，表示重要，引申為原則。

captive [`kæptɪv] **n** 俘虜、囚徒	The princess was held **captive** by a dragon until a handsome knight arrived and rescued her. 公主被火龍俘虜，直到一位英俊的騎士出現才拯救了她。 衍生字 **capt**ivity **n** 囚禁、被俘

capture [ˈkæptʃɚ] **v** 捕獲、抓住	The speaker was able to **capture** the attention of the entire audience with just three simple words. 演講者才簡單三個字便抓住了全場觀眾的注意力。
caption [ˈkæpʃən] **n** 字幕、圖説	Below the photo advertisement was a **caption** that read, "Live for the moments that take your breath away." 廣告照片下面的說明寫著：「為那令人屏息的時刻而活。」
capable [ˈkepəbl] **adj** 有能力的、能夠做的	The new clerk begged the manager for another chance to prove that he is **capable** of doing the job. 新職員請求經理給他另一次機會證明自己有能力做好這份工作。 衍生字 **cap**ability **n** 能力、才能
capsule [ˈkæpsl] **n** 小盒、小容器、膠囊	The medicine came in the form of a **capsule** that needed to be swallowed whole. 這種藥製成膠囊的樣子，需要整顆吞下。
capacity [kəˈpæsətɪ] **n** 容量、容積	The **capacity** of my suitcase is not enough to fit all of my clothes and electronics. 我的行李箱容量不夠大，無法裝下所有衣服和電器用品。
ac**cept** [əkˈsɛpt] **v** 接受、領受	The company has offered Sam the job, but I am not sure whether he'll **accept** it. 公司提供山姆那份工作，但我不確定他會不會接受。 衍生字 ac**cept**able **adj** 可以接受的；ac**cept**ance **n** 接受
re**ceive** [rɪˈsiv] **v** 收到、接到	The manager promised that every worker would **receive** a 10% bonus if they could complete the project by Friday. 經理承諾每位員工，如果在週五前能夠完成計畫，他們就獲得百分之十的紅利。 衍生字 re**ceiv**er **n** 收件人；re**cept**ion **n** 接待；re**ceipt n** 收到、收據；re**cip**ient **n** 接受器、容器；re**cip**e **n** 烹飪法、處方
ex**cept** [ɪkˈsɛpt] **prep** 除此之外	Their plan was perfect, **except** that they had not considered what to do if it rained. 他們的計畫很完美，只是他們沒有考慮到下雨了該怎麼辦。 衍生字 ex**cept**ing **prep** 除此之外；ex**cept**ion **n** 例外；ex**cept**ional **adj** 例外的、異常的

Unit 3 g / k / h / dʒ / tʃ / ŋ / j 互換

per**ceive** [pɚˋsiv] **v** 察覺、感知、 意識到	Many **perceive** Albert Einstein to have been very serious, but he was actually a silly person.　很多人**以為**愛因斯坦是個很嚴肅的人，但他其實是個非常瘋狂傻氣的人。 衍生字 per**cept**ion **n** 感知、感覺
con**ceive** [kənˋsiv] **v** 想像、 設想、懷孕	The Greek army **conceived** a plan to defeat the Trojans by hiding in a giant wooden horse. 希臘軍隊**想到**一個藏身在巨大木馬裡打敗特洛伊人的計畫。 衍生字 con**cept** **n** 觀念；con**cept**ion **n** 概念、觀念；con**ceit** **n** 自大、自負
parti**cip**le [ˋpɑrtəsəpl̩] **n** 分詞	A **participle** is a verb that has been modified to become an adjective, such as a "working" computer. **分詞**是變化成形容詞的動詞，例如「工作中的」電腦。
parti**cip**ate [pɑrˋtɪsə͵pet] **v** 參加、參與	Of the 30 children in the classroom, only half were willing to **participate** in the game the teacher had prepared. 教室裡的三十個孩子，只有一半的人願意**參與**老師準備的遊戲。　衍生字 parti**cip**ation **n** 參加、參與；parti**cip**ant **n** 參與者
de**ceive** [dɪˋsiv] **v** 欺騙、蒙蔽	The family had been **deceived** by the salesman, who promised a better computer than the one they received. 這家人被業務員**騙**了，那業務員承諾要給他們一台比他們收到的更好的電腦。
dis**cip**le [dɪˋsaɪpl̩] **n** 信徒、門徒	Saripatta was a **disciple** of Buddha and followed his teachings very closely throughout his life. 舍利弗是佛祖的**門徒**之一，並且終生近身追隨佛祖教誨。 衍生字 dis**cip**line **n** 紀律、風紀；dis**cip**linary **adj** 訓練的、紀律的
muni**cip**al [mjuˋnɪsəpl̩] **adj** 市政的、 市立的	**Municipal** elections for mayor are held at the nearby city courthouse once every four years. **市長**選舉每四年在附近的市政廳舉辦一次。

princip**le** [ˈprɪnsəp!] **n** 原則、原理	It is a basic **principle** of English law that all men are innocent until proven guilty. 英國法律的基本原則是，所有人在證明有罪之前都是無罪的。 衍生字 **prin**cip**al** adj 主要的、首要的

- 同源字學更多：oc**cup**y **v** 佔領、佔據；oc**cup**ation **n** 佔領、職業；**chase** **v** 追逐；pur**chase** **n v** 購買；**case** **n** 箱、盒；**cas**sette **n** 卡式盒；book**case** **n** 書架；brief**case** **n** 公事包；suit**case** **n** 小型旅行箱、手提箱；**cash** **n** 現金；**cash**ier **n** 出納、出納員；**cab**le **n** 電纜、鋼索；re**cov**er **v** 重新獲得；re**cov**ery **n** 恢復、痊癒；**hov**er **v** 徘徊、盤旋；**heave** **v** 舉起、提起；**hawk** **n** 鷹；**cat**er **v** 迎合；**catch** **v** 接住、捕獲；prin**ce** **n** 王子

⑮ head ↔ cap-　MP3 ▶ 3-2-15

單字源來如此

可用 head，[h]／[k] 轉音及母音通轉來記憶 cap-，「頭」的意思。captain（船長）是一艘船艦的「首領」、「頭頭」，cape（披肩）本指「頭」罩式的斗篷。

head [hɛd] **n** 頭	In a crazy miracle, the ball bounced off of the player's **head** and into the basket. 不可思議的是，那顆球撞到選手的頭彈起，然後進了籃框。 衍生字 fore**head** **n** 額頭；over**head** adj 在頭頂上的；a**head** adv 在前；**head**line **n** 標題；**head**phone **n** 頭戴式耳機
captain [ˈkæptɪn] **n** 船長、艦長	All of the men listened to the **captain** because he had always been able to get them home safely.　因為船長總是能夠讓大家平安回家，所以所有人都認真聽他說話。
capital [ˈkæpət!] **n** 首府、省會	While New York City is the most populated city in the state, Albany is actually the **capital**.　雖然紐約市是紐約州人口最多的城市，但事實上阿伯尼才是州立首府。 衍生字 **cap**italism **n** 資本主義；**cap**italist **n** 資本家、富翁

Unit 3　g / k / h / dʒ / tʃ / ŋ / j 互換

cape [kep] **n** 披肩、斗篷	The famous **cape** that Superman wears does not have a purpose other than to look good. 超人知名的披肩除了好看並沒什麼用處。 衍生字　es**cape** **v** 逃跑、逃脫

- 同源字學更多：**cab**bage **n** 高麗菜；**chief** **n** 首領；**chef** **n** 主廚；**cattle** **n** 牲口、家畜；**chap**ter **n** 章、回；a**chiev**e **v** 完成、實現；a**chiev**ement **n** 達成、完成；handker**chief** **n** 手帕；mis**chiev**ous **adj** 調皮的、淘氣的；mis**chief** **n** 頑皮、淘氣

⓰ **ch**amber ↔ **c**amer-　MP3▶3-2-16

單字源來如此

可用 chamber，[tʃ]／[k] 轉音及母音通轉來記憶 camer-，和「室」有關。camera（照相機）和「暗房」、「暗室」（camera obscura）有關，建置暗房是供攝影使用。

chamber [ˋtʃembɚ] **n** 室、房間	Each **chamber** in Egyptian tombs was built for a different purpose, with some being used for burials. 埃及陵墓裡的每個墓室都有不同用處，有些是安葬用的。
camera [ˋkæmərə] **n** 照相機、 電影攝影機	The photographer was very pleased with the amazing photos that his new **camera** was able to take. 攝影師對他新相機拍出來的美麗照片非常滿意。

⓱ **ch**ant ↔ **c**ant- ↔ **c**ent-　MP3▶3-2-17

單字源來如此

可用 chant，[tʃ]／[k] 轉音及母音通轉來記憶 cant-、cent-，c 在拉丁文裡發 [k] 的音，而這些字根都是「唱」（sing）的意思。accent（重音）和「唱」（cent-）有關，唸重音時，音高和音量都比較高。

chant [tʃænt] **v** 反覆地唱或說、吟誦 **n** 歌	The crowd began to **chant** Messi's name loudly after he scored the game-winning goal. 梅西踢下贏球關鍵球後，群眾開始不停喊他的名字。
accent [ˋæksɛnt] **n** 重音、腔調	Most people learning English find it easiest to understand the American **accent** because that is what they hear most often. 大部分學英文的人覺得美國腔最好懂，因為美國腔是他們最常聽到的腔調。

- 同源字學更多：**hen** **n** 母雞；in**cent**ive **n** 刺激

⑱ w**ork** ↔ **erg-** MP3▶ 3-2-18

單字源來如此

可用 work，[k]／[g] 轉音及母音通轉來記憶 erg-，「工作」的意思。erg（爾格）在物理學中是表示「功」的單位，allergic（過敏的）表示有「其他」（all- = ali- = other）異物、過敏原在人或動物身上「做工」（erg-）而造成過敏。

work [wɝk] **n** **v** 工作、勞動	My father is at **work** and will not be home for dinner until sometime after 5:00 pm. 我父親在工作，可能要到五點過後才會回家吃晚餐。 衍生字 **work**er **n** 工人；**work**shop **n** 工場
en**erg**y [ˋɛnɚdʒɪ] **n** 活力、幹勁	An amazing thing to consider is that we are all made of **energy**, and energy cannot be created nor destroyed. 想想多不可思議，我們都是能量的產物，而能量無法創造或消失。 衍生字 en**erg**etic **adj** 精力旺盛的
all**erg**ic [əˋlɝdʒɪk] **adj** 過敏的	I am very **allergic** to some animals, but I have never had any problems being around dogs. 我對某些動物過敏，但我跟狗在一起從來沒有問題。 衍生字 all**erg**y **n** 過敏症

- 同源字學更多：**org**an **n** 器官；**org**anic **adj** 有機的；**org**anism **n** 生物；**org**anize **v** 組織；**org**anization **n** 組織；s**urg**eon **n** 外科醫生；s**urg**ery **n** 外科；boule**vard** **n** 林蔭大道

Unit 3　g／k／h／dʒ／tʃ／ŋ／j 互換

⓵⓽ cold ↔ jell- (MP3 ▶ 3-2-19)

單字源來如此

可用 cold，[k]／[dʒ] 轉音及母音通轉來記憶 jell-，「冷」、「結凍」的意思。

jelly [ˋdʒɛlɪ] **n** 果凍、果醬	Peanut butter and **jell**y sandwiches are perhaps the most traditional children's snack in the USA. 花生醬和**果醬**三明治可能是最傳統的美國小孩點心。

● 同源字學更多：**c**oo**l adj** 涼快的；**ch**ill **n** 寒冷、寒氣；**ch**illy **adj** 冷颼颼的；**gl**acier **n** 冰河

⓶⓪ ankle ↔ angl- (MP3 ▶ 3-2-20)

單字源來如此

可用 ankle，[k]／[g] 轉音來記憶 angl-，本意是「彎曲」，而「角度」是衍生語意，可用「足踝」（ankle）可「彎曲」來聯想記憶。

ank**l**e [ˋæŋkl̩] **n** 足踝	The runner will not be able to compete in the next race after twisting his **an**k**l**e last week. 上禮拜扭傷**腳踝**之後，那位跑者將無法參與下次賽跑。
ang**l**e [ˋæŋgl̩] **n** 角、角度	To give his little boy a better **an**g**l**e to watch the show, the boy's father lifted him onto his shoulders. 為了有更好的**角度**觀看球賽，小男孩的爸爸把他舉到肩上。 **衍生字** rect**an**g**l**e **n** 長方形；tri**an**g**l**e **n** 三角形

● 同源字學更多：**an**c**h**or **n** 錨、錨狀物

⓶⓵ give ↔ hab-、habit-、hibit- (MP3 ▶ 3-2-21)

單字源來如此

可用 give，[g]／[h]、[v]／[b] 轉音及母音通轉來記憶 hab-、habit-、hibit-，這些字根都與「握」、「給」、「接受」有關，有趣的是，「給」（give）和「接受」（take）是相反語意，而「接受」又衍生出「握」（hold）的意思。habit（習慣）是為人所「接受」（habit-）且不易改變的行為模式，inhabit（居住於）是「接受」（habit-）某地，居住在那裏。

give [gɪv] **v** 給	The customer **gave** the store clerk the cash necessary to buy the sound equipment she wanted. 客人給店員現金，買下她要的音響配備。 衍生字 for**give** **v** 原諒；**gif**t **n** 禮品
habit [ˋhæbɪt] **n** 習慣	Jane has a good **habit** of exercising every morning to begin each day with a healthy start. 珍恩有每天早晨運動開啟健康的一天的好習慣。
habitat [ˋhæbə͵tæt] **n** 棲息地	The natural **habitat** of monkeys is in the forest, though lately they have been found living in some large cities. 猴子的天然棲息處在森林裡，雖然近來某些大城市裡也有牠們的生活蹤跡。 衍生字 **habit**ual **adj** 習慣的
in**habit** [ɪnˋhæbɪt] **v** 居住於	The rats began to **inhabit** the old house after they discovered food and warmth inside. 老鼠在老房子裡發現食物和溫暖後，便住在裡面了。
ex**hibit** [ɪgˋzɪbɪt] **v** 展示	In a job interview, one should always **exhibit** confidence and intelligence to their hopeful employer. 工作面試時，要隨時在雇主面前展現自信和腦力。 衍生字 ex**hibit**ion **n** 展覽
pro**hibit** [prəˋhɪbɪt] **v** 禁止	The USA **prohibits** anyone from drinking alcohol until they have reached the legal drinking age of 21. 美國禁止任何人在法定飲酒年齡二十一歲之前喝酒。 衍生字 pro**hibit**ion **n** 禁令

- 同源字學更多：**able** **adj** 能；**abil**ity **n** 能力；en**able** **v** 使能夠；dis**able** **v** 使失去能力；de**bt** **n** 債；**due** **adj** 應支付的；**duty** **n** 責任；endeavor **n** 努力

㉒ young ↔ jun-、juven- （MP3 ▶ 3-2-22）

單字源來如此

可用 young，[j] ／ [dʒ] 轉音及母音通轉來記憶 jun-、juven-，「年輕的」的意思。

Unit 3　g / k / h / dʒ / tʃ / ŋ / j 互換

young [jʌŋ] **adj** 年輕的、幼小的	Ponce de León was famous for trying to stay **young** forever by finding a magical "Fountain of Youth." 龐塞・德萊昂以找到神奇的「青春之泉」、試圖永保青春而名聞遐邇。
junior [ˋdʒunjɚ] **adj** 年紀較輕的	The management team had a meeting to discuss how to reward the **junior** team members who were performing well. 管理團隊開會討論怎麼獎勵表現良好的年輕成員。
juvenile [ˋdʒuvən!] **adj** 少年的	Even in his old age, my father was always **juvenile** in his heart and mind. 我父親即便年事已高，卻始終保有赤子之心。

● 同源字學更多：**Jun**e **n** 六月

歷屆試題看這裡！掃 **QR Cord** 立即練習！
https://video.morningstar.com.tw/0170005/3-2.html

3-2 單字對字根首尾
解答請見 262 頁

名字裡的世界：字源探索之旅

Stella（史黛拉）

名字的歷史和文化意蘊

Stella（史黛拉）在拉丁語中的含義為「星星」。這個名字是由 16 世紀詩人菲利普・西德尼爵士（Sir Philip Sidney）所創造，用於他的詩集《愛星者和星星》（*Astrophil and Stella*）中。它也是寫《格列佛遊記》的諷刺文學大師強納森・史威夫特（Jonathan Swift）的情人埃絲特・約翰遜（Esther Johnson, 1681-1728）的暱稱。Stella 這個名字要直到 19 世紀才開始被普遍作為女孩的名字使用。史黛拉在田納西・威廉斯（Tennessee Williams）的劇作《慾望街車》（1947 年）中出現，是白蘭琪・杜波依斯的妹妹和史坦利・柯文斯基的妻子的名字。

英語詞彙探幽

Stella 字裡頭藏著字根 *stell*（星星）。以 *stell* 為基礎，可學到一系列單字：

1. **stell**ar 意思是「恆星的」、「星球的」。
2. con**stell**ation 是由 *con-*（意為「一起」）、*stell*（意為「星星」）、*-ation*（名詞字尾）三個詞素組合而成，constellation 的意思是「星群」、「星座」。

3-3 字根首尾對字根首尾

🔍 轉音例字

① seg- ↔ sect- (MP3 ▶ 3-3-01)

單字源來如此

seg- 和 sect- 同源，[g]／[k] 轉音，都表示「切割」，衍生出「部分」、「區塊」的意思。insect（昆蟲）身體會分為三節，即頭、胸、腹三個「部分」。

section [ˈsɛkʃən] **n** 區域、地段、片	One **section** of the road had been closed off so a construction team could fix it. 這條路有一段封起來讓修路團隊進行修補。 衍生字 inter**sect**ion **n** 橫斷、交叉
sector [ˈsɛktɚ] **n** 部分、部門、領域	Texas Instruments was one of the first successful American companies in the computer technology **sector**. 德州儀器是電腦科技領域當中最先成功的美商公司之一。
in**sect** [ˈɪnsɛkt] **n** 昆蟲	Of all the **insects** in the world, I find the butterfly to be the most fascinating. 全世界的所有昆蟲裡，我覺得蝴蝶是最吸引人的。
segment [ˈsɛgmənt] **n** 切片、斷片	I missed the **segment** of the movie where the hero escaped because I had to use the bathroom. 因為我去廁所，所以錯過了電影裡英雄逃脫的片段。

Unit 3 g / k / h / dʒ / tʃ / ŋ / j 互換

❷ re**g**- ↔ re**c**t- （MP3▶3-3-02）

單字源來如此
reg- 和 rect- 同源，[g]／[k] 轉音，都是「直」的意思，引申出「領導」、「統治」、「正確」。region（區域）本意是「統治」（reg-）區。

e**rect** [ɪˋrɛkt] **adj** 直立的、垂直的	Only one house remained **erect** after a huge tornado made a path through the small town. 巨大龍捲風穿過小鎮之後，只剩一幢房子還矗立著。
co**rect** [kəˋrɛkt] **adj** 正確的、對的	The student was rewarded for writing the **correct** answers to every question on the exam. 那位學生因為考試每題都寫對而得到獎勵。
rectangle [ˋrɛktæŋg!] **n** 矩形、長方形	A **rectangle** is the same as a square except that its sides are not always equal lengths. 長方形和正方形是一樣的，除了長方形的四邊不總是等長之外。
regulate [ˋrɛgjə͵let] **v** 管理、控管	One of my duties at work is to **regulate** the amount of waste our factory produces. 我的職責之一就是控管工廠生產的廢棄物量。 衍生字 **reg**ulation **n** 規則、規定
region [ˋridʒən] **n** 地區、地帶	The best coffee was known to grow in the southern **region** of the country, where the weather was warmer. 聽說這個國家最好的咖啡長在南方地區，那裡的氣候比較溫暖。 衍生字 **reg**ional **adj** 地區的、局部的
regular [ˋrɛgjələ] **adj** 正規的、規則的、有規律的	The team found it difficult to play with a smaller ball when they were used to using a **regular** basketball. 球隊發現習慣了用正規籃球打球，用小一點的球會很難打。

3-3 字根首尾對字根首尾

direct
[də`rɛkt]
v 指向
adj 直接的

A **direct** path will always be the fastest route when there are no obstacles in the way.
如果中途沒有障礙物，直線路徑就是最快的路線。

衍生字 direction **n** 方向、指導；director **n** 主管、導演；directory **n** 指南

- 同源字學更多：regime **n** 政體、政權；dress **v** 打扮；dressing **n** 布置；dresser **n** 梳妝台、衣櫥；address **n** 住址、演說；hairdresser **n** 美髮師；rule **n** 規則；right **adj** 正確的；realm **n** 王國；reign **v** 統治；rich **adj** 有錢的；royal **adj** 王室的；rack **n** 架子；rail **n** 欄杆；reckless **adj** 不注意的；reckon **v** 計算；source **n** 源頭；surge **n** 大浪；alert **n** 警戒；arrogant **adj** 傲慢的

❸ leg-、lig-、log- ↔ lect- (MP3 ▶ 3-3-03)

單字源來如此

leg-、lig-、log- 和 lect- 同源，[g]／[dʒ]／[k] 轉音、母音通轉，都表示「選擇」、「聚集」、「讀」、「說」、「法律」等意思，log- 還有「學問」的意思。eligible（有資格當選的）本意是可能會被「選」（lig-）「出」（e- = ex- = out）來的，college（大學）入學要經過篩「選」（leg-）。

collect
[kə`lɛkt]
v 收集、採集

Following their performance, the street performers **collected** donations from the audience for their hard work.
街頭藝人表演完後把觀眾給他們賣力工作的打賞金收起來。

衍生字 collective **adj** 聚集而成的；collector **n** 收集者、採集者；collection **n** 收集、採集

select
[sə`lɛkt]
v 選擇、挑選

With so many colors to choose from, I **selected** the one I thought my wife would like best.
這麼多顏色可選，我選了我覺得老婆會最喜歡的那個。

衍生字 selection **n** 選擇；selective **adj** 有選擇性的

elect
[ɪ`lɛkt]
v 選舉、推選

Democratic societies allow their members to **elect** their leaders by voting for the person they think would be best.
民主社會讓每個成員以投票方式選舉出他們認為最好的人。

衍生字 election **n** 選舉

133

Unit 3 g / k / h / dʒ / tʃ / ŋ / j 互換

neglect [nɪgˋlɛkt] **v** 忽視、忽略	I always pet both of my cats equally so I do not **neglect** either one of them. 我總會平均地摸兩隻貓，這樣才不會忽略任何一隻。
e**lig**ible [ˋɛlɪdʒəbl] **adj** 有資格當選的	Until she turned 18, the girl was not **eligible** to compete in the adult league. 那女孩要到十八歲才有資格報名成人組。
col**leg**e [ˋkɑlɪdʒ] **n** 大學、學院	Many students go to **college** in order to continue their education in a subject they find interesting. 許多學生上大學是為了繼續攻讀他們有興趣的科目。
col**league** [ˋkɑlig] **n** 同事、同僚	Although we met at work as **colleagues**, we have become best friends since that time. 雖然我們因為是工作同事才認識的，但從那時候我們就成了最好的朋友。
intel**lect** [ˋɪntl͵ɛkt] **n** 智力、理解力	The student received bad grades despite having an impressive **intellect** because he never did his homework assignments. 那學生雖然聰慧過人，成績卻很差，因為他從不寫回家作業。 衍生字 intel**lect**ual **adj** 智力的
intel**lig**ent [ɪnˋtɛlədʒənt] **adj** 有才智的、聰明的	Ravens are one of the most **intelligent** animals on the planet, showing incredible problem-solving skills and even solving puzzles. 渡鴉是地球上最聰明的動物之一，展現絕佳解決問題和甚至是解謎的能力。 衍生字 intel**lig**ence **n** 智能、智慧
e**leg**ant [ˋɛləgənt] **adj** 優美的、漂亮的、雅緻的	The Royal Wedding was an extremely **elegant** affair where all guests came dressed in their finest clothes. 皇室婚禮別緻典雅極了，所有賓客都穿著自己最好的衣服出席。

dilig**ent** [ˋdɪlədʒənt] **adj** 勤勉的、 勤奮的	Adam is a **diligent** student who checks all of his work twice before handing in an assignment. 亞當是個**勤奮的**學生，交作業之前會再把所有作業檢查二次。　衍生字 **dilig**ence **n** 勤勉、勤奮
lecture [ˋlɛktʃɚ] **n** 授課、演講	The guest speaker was going to give a **lecture** on the need to reduce the amount of plastic we use. 客座講者的**演講**要講減少塑膠使用量的必要。 衍生字 **lect**urer **n** 講演者
legend [ˋlɛdʒənd] **n** 傳説、 傳奇人物、 傳奇故事	Harry had become a **legend** in his town as stories spread of the many amazing things he'd done. 哈利許多神奇事蹟在鎮上流傳開來，他成了鎮上的**傳奇人物**。 衍生字 **leg**endary **adj** 傳説的、傳奇的
dia**lect** [ˋdaɪəlɛkt] **n** 方言、土話	Although they are all the same language, some **dialects** of English can be much more difficult to understand than others. 雖然他們都是同樣的語言，但有些英文**方言**難懂多了。
legal [ˋligl] **adj** 法律上的、 有關法律的	Carrying a gun is **legal** in the United States as long as you have a permit to do so. 只要有許可證，攜帶槍枝在美國是**合法的**。
legislative [ˋlɛdʒɪs͵letɪv] **adj** 立法的	A **legislative** power is one that is able to make new laws when they are necessary. **立法的**力量就是在必要時可以制定法律。 衍生字 **leg**islation **n** 制定法律、立法；**leg**islator **n** 立法者、立法委員；**leg**islature **n** 立法機關
legitimate [lɪˋdʒɪtəmɪt] **adj** 合法的、 正當的	The student was late to class, but he had a **legitimate** excuse as his bus had a flat tire. 那學生遲到了，但他有**正當**理由，因為公車爆胎了。

Unit 3 g / k / h / dʒ / tʃ / ŋ / j 互換

de**leg**ate [ˋdɛləɡət] **n** 代表 [ˋdɛlə‚ɡet] **v** 委派為代表	A **delegate** was sent to represent the President at the meeting since the leader had become ill. 因為總統生病了，總統代表被派來參加會議。 衍生字 dele**g**ation **n** 委任、授權
dia**log**ue [ˋdaɪə‚lɔɡ] **n** 對話	The **dialogue** between the two main characters of the film was always the perfect mix of humor and intelligence. 電影裡這個兩個主角的對話經常幽默又有智慧。
logic [ˋlɑdʒɪk] **n** 邏輯	**Logic** told Moana to go back to the island, but her heart told her to explore the sea. 理性告訴莫娜要回島上，但她的感性要她去探索海洋。 衍生字 **log**ical **adj** 邏輯學的
bio**log**y [baɪˋɑlədʒɪ] **n** 生物學	**Biology** is the area of science that focuses on the way that every plant and animal sustains life. 生物學是專門研究植物和動物延續生命方式的科學領域。 衍生字 bio**log**ical **adj** 生物的
eco**log**y [ɪˋkɑlədʒɪ] **n** 生態學	The class learned about the importance of spiders to the **ecology** of the jungle during their trip to the zoo. 到動物園參訪時，全班學到蜘蛛在熱帶叢林生態系的重要性。
mytho**log**y [mɪˋθɑlədʒɪ] **n** 神話	Of the many gods in Greek **mythology**, Zeus was said to be the most powerful. 希臘神話裡的諸神當中，據說宙斯是力量最強大的。
socio**log**y [‚soʃɪˋɑlədʒɪ] **n** 社會學	The study of **sociology** looks for patterns in the way that humans communicate and form relationships. 社會學研究在尋找人類溝通和建立關係的模式。
psycho**log**y [saɪˋkɑlədʒɪ] **n** 心理學	Researching the **psychology** and behavior of children helps us to develop improved methods of parenting. 研究孩童心理和行為幫助我們學習改進育兒方法。 衍生字 psycho**log**ical **adj** 心理學的；psycho**log**ist **n** 心理學家

3-3 字根首尾對字根首尾

technology [tɛk`nɑlədʒɪ] **n** 科技	While cell phones seem normal now, they were a very advanced **technology** less than 30 years ago. 雖然現在手機似乎很普遍，但不到三十年前手機是非常先進的科技。 衍生字 technological **adj** 技術的
catalogue / catalog [`kætələg] **n** 目錄	I find it easier to shop for most things from a **catalogue** that allows me to compare options side-by-side. 我覺得採購大部分物品時看目錄比較方便，可以讓我貨比三家。
analogy [ə`nælədʒɪ] **n** 類推、比喻	The teacher used an **analogy** about sports to explain the lesson in a way that the athletes might understand better. 老師用運動來比喻，好讓運動員們更容易了解這堂課。

- 同源字學更多：logo **n** 標識；elite **n** 精華、精英；lesson **n** 課程、教訓

❹ tack- ↔ tach- （MP3 ▶ 3-3-04）

單字源來如此

tack- 和 tach- 同源，[k]／[tʃ] 轉音，原意都和「棍棒」有關。attach（裝上）本意是用「棍棒」敲打、固定東西；attack（攻擊）是用「棍棒」去打擊。

attach [ə`tætʃ] **v** 裝上、 貼上、附加	The secretary **attached** a label to each folder so she could quickly identify which ones were important. 祕書在每個資料夾貼上標籤，這樣就可以快速找出重要文件。
attack [ə`tæk] **v** 襲擊、責難	The United States did not officially enter World War II until after Japan **attacked** Pearl Harbor. 直到日本攻擊珍珠港之前，美國都沒有正式參與二次世界大戰。

- 同源字學更多：stake **n** 樁、棍子

Unit 3　g / k / h / dʒ / tʃ / ŋ / j 互換

⑤ tag-、teg- ↔ tact-　MP3▶ 3-3-05

單字源來如此

tag-、teg- 和 tact- 同源，[dʒ] ／ [g] ／ [k] 轉音、母音通轉，都表示「碰觸」（touch）。contagious（接觸傳染性的）指「接觸」（tag-）傳染的，intact（完整無缺的）本指「不」（in- = not）「碰觸」（tact-），保持完整狀態；integrate（使合併）也指「不」（in- = not）「碰觸」（teg-），保持完整，引申為「使合併」，合併在一起才算完成；integrity（廉正）本指「完整性」，可用不沾鍋來記憶「廉正」這語意。

con**tact** [ˋkɑntækt] **n** 接觸、觸碰、聯絡	I always use my father's cell phone number as my emergency **contact** because he is never without it. 我總是用我爸爸的手機號碼當作緊急聯絡電話，因為他都隨身攜帶手機。
con**tag**ious [kənˋtedʒəs] **adj** 接觸傳染性的	When our daughter got sick, we kept her at home in case her illness was **contagious**. 我們女兒生病的時候，我們讓她待在家以免傳染給別人。
in**tact** [ɪnˋtækt] **adj** 完整無缺的、原封不動的	The family was relieved to find their home still **intact** after a massive earthquake destroyed most of the town. 強烈地震後鎮上滿目瘡痍，那家人發現自己家還完好如初時鬆了口氣。
in**teg**rate [ˋɪntəˏgret] **v** 使結合、使合併	It can be difficult for visitors to **integrate** into a different culture when they face a language barrier. 觀光客面臨語言隔閡時，就可能很難融入異國文化。 衍生字 in**teg**ration **n** 整合、完成
in**teg**rity [ɪnˋtɛgrətɪ] **n** 廉正、誠實	Steve had so much **integrity** that he was willing to return the money he found, even though he needed it. 史提夫如此正直誠實，即便需要錢還是願意歸還撿到的錢。

● 同源字學更多：**tact**ics **n** 戰術

歷屆試題看這裡！掃 QR Cord 立即練習！
https://video.morningstar.com.tw/0170005/3-3.html

3-3 字根首尾對字根首尾
解答請見 262 頁

Unit 4

字母 u / v / w 對應

Unit 4 字母 u / v / w 對應

4-1 單字對單字

🔍 轉音例字

❶ vehicle ↔ wagon ● v／w 互換　MP3 ▶ 4-1-01

單字源來如此
這組單字的核心語意是「運輸工具」。

wagon [ˋwægən] **n** 運貨馬車	The farmer filled up his **wagon** with plenty of hay for all of his horses. 農場主人在運貨馬車上裝滿給馬兒吃的稻草。
vehicle [ˋviɪkl] **n** 運載工具、車輛	A car accident occurred when one man drove his **vehicle** the wrong way onto the freeway. 一位男子開車誤闖高速公路而釀成車禍。

❷ guarantee ↔ warranty ● u／w 互換　MP3 ▶ 4-1-02

單字源來如此
這組單字的核心語意是「保證」。

gu**arantee** [ˌgærənˋti] **v** 保證 **n** 保證書	The salesman **guaranteed** it would be the best vacuum I ever used, or I could ask for my money back. 銷售人員保證這會是我用過最好用的吸塵器，否則可以要求退錢。
warranty [ˋwɔrəntɪ] **n** 保證書、保固期	When my iPhone broke, Apple replaced it free of charge because it was still covered under the 1-year **warranty**. 我的蘋果手機壞掉時，蘋果免費替我更換，因為還在一年保固期內。

❸ guard ↔ ward ▶ u ／ w 互換 (MP3 ▶ 4-1-03)

單字源來如此

這組單字的核心語意是「留意」、「防備」（watch out for）、「保護」（protect）。ward（病房）有「保護」、「照顧」功能。

guard [gɑrd] **n** 保全人員、警衛 **v** 防範	The robbers would have to sneak past the **guards** if they wanted to steal the diamond. 如果盜賊想偷鑽石，就得偷偷繞過保全人員。 衍生字 life**guard** **n** 救生員；body**guard** **n** 護衛者；safe**guard** **v** 保護
ward [wɔrd] **n** 病房	Two days each week, my older sister volunteers in the children's **ward** at the local hospital. 我姊姊每個禮拜有兩天在當地醫院兒童病房當志工。 衍生字 a**ward** **n** 獎；re**ward** **n** 報答、報償；**ward**robe **n** 衣櫥；ste**ward** **n** 男服務員

- 同源字學更多：**ware n** 製品；**war**y **adj** 小心翼翼的；a**ware adj** 知道的；be**ware v** 當心、小心；hard**ware n** 金屬器件；soft**ware n** 軟體；**ware**house **n** 倉庫；re**gard n** 注重、關心；re**gard**less **adv** 不理會；l**ord n** 領主、君主

歷屆試題看這裡！掃 QR Cord 立即練習！
https://video.morningstar.com.tw/0170005/4-1.html

4-1 單字對單字
解答請見 262 頁

名字裡的世界：字源探索之旅

Andrew（安德魯）、**Alexander**（亞歷山大）

名字的歷史和文化意蘊

Andrew（安德魯）源於古希臘語的 *Andreas*，其含義為「男性的、有男子氣概的」，這一特質來自於 *andreio* 一詞，而 *andreio* 則是源自於 *anēr*，意思是「男人」。這個名字在新約聖經中有著突出的身分，因為安德魯是耶穌的第一個門徒。Andrew 這個名字在基督教世界各地普及（以各種拼寫形式出現），在中世紀時變得非常流行。聖安德魯（Saint Andrew）被視為蘇格蘭、俄羅斯、希臘和羅馬尼亞的守護聖人。匈牙利的三位國王、美國總統安德魯‧傑克遜（Andrew Jackson, 1767-1845）以及更近期的英國作曲家安德魯‧洛伊‧韋伯（Andrew Lloyd Webber, 1948- ）也都使用這個名字。

英語詞彙探幽

Andrew 字裡頭藏著字根 *ander*（男人）。以 *ander* 為基礎，我們可以學到一系列單字：

1. **andr**oid 是由 *andr*（意為「男人，人」）、*-oid*（表示「人」的名詞字尾）二個詞素組合而成，字面上的意思是「人形」，後指「人形機器人」。
2. **andr**ogen 是由 *andr*（意為「男人，人」）、*o*（詞幹延長物）、*gen*（表示「（產）生」的名詞字尾）組合而成，字面上的意思是「產生男性（特徵）之物」，後指可以控制和維持雄性特徵的「雄激素」。

4-2 單字對字根首尾

🔍 轉音例字

❶ will ↔ vol- （MP3▶4-2-01）

單字源來如此

可用 will，w／v 對應及母音通轉來記憶 vol-，「意志」、「意願」的意思。volunteer（志願者）是有「意願」做事的人。

willing [ˋwɪlɪŋ] **adj** 願意的、樂意的	There were only five **willing** participants for the camping trip after the weather forecast showed rain. 天氣預報顯示會下雨之後，只有五個人願意參加露營。
volunteer [ˏvɑlənˋtɪr] **n** 志願者、義工	The high school students were required to be **volunteers** at the local library for ten hours each semester. 這些中學生被要求每一學期要在當地圖書館擔任十小時的志工。
voluntary [ˋvɑlənˏtɛrɪ] **adj** 自願的、志願的	Most of the students attended a **voluntary** class that prepared them to do well in a job interview. 多數學生自願參加一堂可以讓他們在工作面試時擁有好表現的課。　衍生字 in**vol**untary **adj** 非自願的、非出本意的

❷ wine ↔ vin- （MP3▶4-2-02）

單字源來如此

可用 wine，w／v 對應及母音通轉來記憶 vin-，都和「葡萄」有關。vine（藤蔓）本指葡萄藤，相傳 vinegar（醋）一開始是由葡萄酒發酵製作的。

143

Unit 4　字母 u / v / w 對應

vine [vaɪn] **n** 藤、藤蔓	It was amazing to see how the **vines** wrapped themselves all around the historic building. 藤蔓攀附在歷史建築上的姿態很驚人。
vineyard [ˋvɪnjɚd] **n** 葡萄園	Wine is very popular in Tuscany, which is why there are so many **vineyards** in the area. 酒在托斯卡尼非常受歡迎，這就是為什麼這個地方有這麼多葡萄園的原因。
vinegar [ˋvɪnɪgɚ] **n** 醋	There is always **vinegar** in my cupboard because it has so many uses beyond using it in food. 我的壁櫥裡隨時都有醋，因為除了可以加在食物裡還有很多功用。

❸ new ↔ nov-、neo-　MP3▶4-2-03

單字源來如此
可用 new，w ／ v 對應及母音通轉來記憶 nov-，「新」的意思，neo- 是其變體字根。

new [nju] **adj** 新的、新型的	My dad replaced my old bicycle with a **new** one as a present for my birthday. 我爸爸換掉我的舊腳踏車，買了一台新的給我當作生日禮物。　衍生字 re**new** **v** 更新、重新開始
news [njuz] **n** 新聞、消息	A huge celebration was planned following the **news** of my sister's engagement to her boyfriend. 我妹妹和男朋友傳來訂婚的消息之後，大家便開始籌辦盛大慶祝會。　衍生字 **new**spaper **n** 報紙
newscast [ˋnjuz͵kæst] **n** 新聞廣播	The nightly **newscast** warned the country of a storm that might be coming in during the week. 夜間新聞廣播警告全國下週可能會有暴風雨來襲。 衍生字 **new**scaster **n** 新聞廣播員

newlywed [ˈnjulɪ,wɛd] **n** 新結婚的人	The best room in the hotel was occupied by **newlyweds**, who were celebrating their marriage in Hawaii. 飯店裡最好的房型都被正在夏威夷慶祝結婚的<u>新婚</u>夫妻訂走了。
novel [ˈnɑvl] **n** 小說 **adj** 新穎的	Of all the J.R.R. Tolkien **novels**, "The Hobbit" was the first I read and will always be my favorite. 托爾金的<u>小說</u>裡，《哈比人》是我讀到的第一本也是最喜歡的一本。　衍生字 **nov**elist **n** 小說家
novice [ˈnɑvɪs] **n** 新手、 　初學者	Jeff was a **novice** tennis player who had the physical gifts and skill to become a professional in the future. 傑夫是網球<u>新手</u>，他擁有成為未來專業選手肢體上的天賦和技巧。
in**nov**ation [,ɪnəˈveʃən] **n** 革新、改革	Apple's **innovation** with the iPhone has changed the way the world thinks about cell phones. 蘋果手機的<u>革新</u>改變了世界對手機的想像。 衍生字 in**nov**ative **adj** 創新的

- 同源字學更多：**ne**on **n** 氖

❹ **w**ay ↔ **v**ia-、**v**oy-、**v**ey- (MP3 ▶ 4-2-04)

單字源來如此

可用 way，w／v 對應及母音通轉來記憶 via-、voy-、vey-，都和「路」、「方向」有關。trivial（瑣細的）本指「三」（tri- = three）岔「路」（via-）口，古代資訊不流通，大家在三岔路口碰面時，常會聊些鄰里八卦、生活「瑣」事；obvious（明顯的）本指站在「路」（via-）「前」（ob- = in front of），因此容易被看見；voyage（航海）是指在海上航「道」（voy-）上；convey（運送）是指經由「道路」（vey-）來輸送物資。

Unit 4 字母 u / v / w 對應

way [we] **n** 路、方向	Our taxi driver took us to the airport in a different **way** than I would have driven by myself. 我們的計程車司機帶我們走另一條路去機場，那是我自己不會開的路。 衍生字 a**way** adv 離開；air**way** n 風道；any**way** adv 無論如何；door**way** n 出入口；hall**way** n 玄關；sub**way** n 地鐵；free**way** n 高速公路；drive**way** n 私人車道；al**way**s adv 總是
via [ˋvaɪə] **prep** 經由、取道	We could arrive **via** two different routes, so we chose the one that offered the best scenery. 經由兩條不同路線都可以抵達，所以我們選了景色最好的路線。
tri**vi**al [ˋtrɪvɪəl] **adj** 瑣細的、不重要的	Although it seems **trivial** to make the bed every morning, my parents insist that it is important. 雖然每天早上鋪床似乎很瑣碎，但我爸媽堅持這是很重要的事。
ob**vi**ous [ˋɑbvɪəs] **adj** 明顯的、顯著的	Bob was the **obvious** choice for Player of the Day after leading the team in scoring with three goals. 帶領全隊踢進三球之後，包柏顯然是當日最佳球員的人選。
voyage [ˋvɔɪɪdʒ] **n** 航海、航行	Amelia Earhart was the first female pilot to make the incredible **voyage** across the Atlantic Ocean by herself. 愛蜜莉亞‧艾爾哈特是第一位獨自完成驚人航行、飛越大西洋的女性飛行員。
con**vey** [kənˋve] **v** 運送、傳遞	Sign language is a way to **convey** words with gestures and signals instead of sounds. 手語是一種用手勢和肢體動作代替聲音傳遞話語的方式。 ● 同源字學更多：**wag** v 擺動（尾巴）；**weigh** v 稱……的重量；**weigh**t n 體重

❺ sweet ↔ suad-、suas- (MP3▶ 4-2-05)

單字源來如此

可用 sweet，w／u 對應、[t]／[d]／[s] 轉音及母音通轉來記憶 suad-、suas-，「甜的」的意思。persuade（說服）是給人「甜」（suad-）頭，誘使他人做事；勸阻（dissuade）是給人「甜」（suad-）頭，要人「不」（dis- = not）做某事。

sweet [swit] **adj** 甜的	Although I like all fruit, I prefer those that are **sweet**, such as mangoes and cherries. 雖然我喜歡所有水果，但較偏愛甜的水果，像芒果和櫻桃。
per**suad**e [pɚˋswed] **v** 說服、勸服	The little girl was able to **persuade** the squirrel to come closer by offering it some peanuts. 那小女孩拿了一些花生勸誘松鼠靠近。 衍生字 per**suas**ion **n** 說服力；per**suas**ive **adj** 勸說的
dis**suad**e [dɪˋswed] **v** 勸阻	Our school had an assembly that focused on trying to **dissuade** students from ever doing drugs. 我們學校開了一個特別勸阻學生不要吸毒的會議。

❻ wake ↔ vig-、veg- (MP3▶ 4-2-06)

單字源來如此

可用 wake，w／v 對應、[k]／[g] 轉音及母音通轉來記憶 vig-、veg-，「醒來」、「醒著」的意思。醒著代表有活力，vegetable（蔬菜）給人生長蓬勃，充滿活力的意象。

wake [wek] **v** 醒來、醒著	The first thing I do when I **wake** in the morning is make a cup of coffee. 我早上醒來的第一件事就是泡一杯咖啡。
vigor [ˋvɪgɚ] **n** 精力、活力	The runner became famous for his amazing **physical vigor** after completing his second marathon that month. 跑者因為該月完成兩場馬拉松的驚人體能而成名。 衍生字 **vig**orous **adj** 精力充沛的、壯健的

Unit 4 字母 u / v / w 對應

| **veg**etable
[ˈvɛdʒətəb!]
n 蔬菜、青菜 | Charlene's mom made her eat all of her **vegetables** before she would serve the ice cream for dessert.
夏琳的媽媽要她把所有蔬菜吃完，這才拿出冰淇淋當點心。
衍生字 **veg**etation **n** 植被；**veg**etarian **n** 素食主義者 |

❼ word ↔ verb- (MP3 ▶ 4-2-07)

單字源來如此

可用 word，w／v 對應及母音通轉來記憶 verb-，「字」的意思，又有「語言」、「話」等衍生意思。proverb（諺語）是「前」（pro-）人所說的「話」。

verbal [ˈvɝb!] **adj** 言辭上的、言語的	Students would have to pass both a written and **verbal** exam to prove they can speak and write in English. 學生必須通過筆試和口說測驗來證明自己能夠以英文說寫。
pro**verb** [ˈprɑvɝb] **n** 諺語、俗語	There is an old **proverb** that says "it is better to be slapped by truth than kissed by a lie." 有句老諺語說：「被真相打臉好過被謊言親吻。」
ad**verb** [ˈædvɝb] **n** 副詞	In a beautifully written example, the writer was able to demonstrate the **adverb** form of "beautiful." 作家用寫得很美的例子來展示「beautiful」的副詞怎麼用。

❽ wade ↔ vad- (MP3 ▶ 4-2-08)

單字源來如此

可用 wade，w／v 對應及母音通轉來記憶 vad-，「走」的意思。invade（侵入）是「走」（vad-）到他人領域「內」（in-）。

| **wade**
[wed]
v 涉水而行 | With no bridge in sight, the group had to **wade** through the knee-deep water to get across the stream.
眼望所及沒看見橋，那群人只得涉水而行走過及膝的河流。 |

| inva**de** [ɪnˋved] **v** 侵入、侵略 | Japan had tried to **invade** Taiwan for many years in the late-1500s, but was fought off each time. 日本在十六世紀晚期時，有很多年試圖侵占台灣，但每次都被擊退。 衍生字 in**vas**ion **n** 侵略、侵犯 |

⑨ water ↔ und- （MP3 ▶ 4-2-09）

單字源來如此

可用 water，w／u 對應、[t]／[d] 轉音及母音通轉來記憶 und-，表示「水（流動）」。abound（充足）本意是「水流」（und-）「出來」（ab- = away），因為充足才會流出來；redundant（過剩的）本意是「水」（und-）「再次」（re-）流出來，表示已經過多了；surround（圍繞）表示「水」（ound- = und-）「超過」（sur- = super- = over）負荷，滿了出來，可想像淹水時四周遭水圍繞著。

ab**ound** [əˋbaʊnd] **v** 大量存在、充足	Countless walking trails **abound** in the beautiful forest park located three hours west of the city. 位於城市西邊三小時的美麗森林公園有數不清的眾多步道。 衍生字 ab**und**ant **adj** 大量的、充足的；ab**und**ance **n** 豐富、充足
red**und**ant [rɪˋdʌndənt] **adj** 多餘的、過剩的	The speaker started to sound **redundant** after telling the same story for the third time. 同一個故事講了第三次以後，大家開始覺得講者廢話連篇。
surr**ound** [səˋraʊnd] **v** 圍繞、圍繞	A great wall was built to **surround** the city of Valencia, serving as defense against possible invasion. 瓦倫西瓦市周圍建了一座巨大城牆用以抵禦可能入侵的人。

⑩ one ↔ uni- （MP3 ▶ 4-2-10）

單字源來如此

可用 one，w／u 對應（one 發 [wʌn]）及母音通轉來記憶 uni-，「一」的意思。uniform（制服）即是統「一」形式的衣服。

Unit 4 字母 u / v / w 對應

unique [juˋnik] **adj** 獨一無二的、獨特的	Because everyone has their own **unique** set of fingerprints, police have been able to use them to identify suspects. 因為每個人都有獨特的指紋，所以警方可以用指紋來指認嫌疑犯。
unify [ˋjunə‚faɪ] **v** 使成一體、統一	The manager invited everyone to his house for a casual dinner in an attempt to **unify** the office. 為了讓辦公室有凝聚力，主管邀請大家到家裡吃頓簡單的晚餐。
unity [ˋjunətɪ] **n** 單一、團結、團隊	**Unity** of the tribes could not happen because they spoke different languages and had many different customs. 部落不可能統一，因為他們說不同的語言，而且有許多不同的傳統。
unit [ˋjunɪt] **n** 單位、單元	While most things can be measured in **units**, emotions like happiness, sorrow, or anger cannot. 雖然大部分東西都可以用單位計算，但像快樂、悲傷或憤怒的情緒卻無法泡製。
uniform [ˋjunə‚fɔrm] **adj** 一致的、相同的 **n** 制服	All departments within the company had **uniform** training standards to ensure that every employee was prepared on their first day. 公司內所有部門統一訓練標準，以確保每位員工在第一天就能準備好。
union [ˋjunjən] **n** 結合、合併、團隊	A **union** was formed when both sides decided to join together instead of fighting against each other. 當雙方決定共同參與而非彼此攻擊時，團隊就產生了。 衍生字 re**uni**on **n** 團聚、重聚
unite [juˋnaɪt] **v** 使聯合、統一	The entire town **united** to welcome their hero home after many long years of serving the country. 整個城鎮集合起來歡迎為國家貢獻多年後返鄉歸來的英雄。

歷屆試題看這裡！掃 QR Cord 立即練習！
https://video.morningstar.com.tw/0170005/4-2.html

4-2 單字對字根首尾
解答請見 262 頁

4-3 字根首尾對字根首尾

🔍 轉音例字

❶ au- ↔ av- (MP3 ▶ 4-3-01)

單字源來如此

au- 和 av- 同源，u／v 對應及母音通轉，都表示「鳥」，「飛」是衍生意。inaugurate（使正式就任）本指看「鳥」（au-）飛行的方向，古羅馬人盛行鳥卦，凡遇到重大事件都會占卜、打仗、官員正式就任時，都觀察鳥的飛行動作、方向來占卜吉凶。

aviation [ˌevɪˈeʃən] **n** 航空、飛行	Using drones, people work in the world of **aviation** without the need for years of training. 有了無人機，在航空業工作的人便不需要多年訓練了。
in**au**gurate [ɪnˈɔgjəˌret] **v** 為……舉行開幕式	The entire village gathered together to **inaugurate** the opening of their brand new city hall. 整個村子聚在一起為他們全新的鎮公所舉行開幕典禮。

❷ lau- ↔ lav- (MP3 ▶ 4-3-02)

單字源來如此

lau- 和 lav- 的 u／v 對應，都表示「洗」（wash）。lava（熔岩）是火山噴發出來的岩漿，好像從火山口沖「洗」下來。

lava [ˈlɑvə] **n** 熔岩	Ash and **lava** exploded from the volcano as it erupted for the first time in 200 years. 二百年來那座火山首次噴發，灰塵及熔岩迸發出來。

151

laundry [ˋlɔndrɪ] **n** 洗衣店、洗好的衣服	I love the smell of clean **laundry** after it is washed with my favorite soap. 用我最愛的肥皂洗衣服後，我喜歡那乾淨衣服的味道。

③ nau- ↔ nav- （MP3▶4-3-03）

單字源來如此

nau- 和 nav- 同源，u／v 對應，都表示「船」，衍生出「航行」的意思。astronaut（太空人）是在「星」（astro-）際之間的「航行」（naut-）者。

navy [ˋnevɪ] **n** 海軍	The **navy** is the military group responsible for any assignments that occur in the sea. 海軍是負責海上任務的軍事隊伍。 衍生字 **nav**al **adj** 海軍的、軍艦的
navigate [ˋnævə͵get] **v** 駕駛、導航	Humans were better able to **navigate** naturally before the invention of electronic aids like GPS. 在像導航之類的電子輔助產品發明前，人類憑直覺駕駛的能力還比較好。　衍生字 **nav**igation **n** 航海、航行
astro**nau**t [ˋæstrə͵nɔt] **n** 太空人	The first man to walk on the moon was an **astronaut** named Neil Armstrong, who traveled in the Apollo 11 spaceship. 搭乘阿波羅十一號太空船第一個在月球漫步的人，是名叫阿姆斯壯的太空人。

④ solu- ↔ solv- （MP3▶4-3-04）

單字源來如此

solu- 和 solv- 的 u／v 對應，都是「鬆開」的意思。resolve（決心）本意是把東西「鬆開」（solv-），「還原」（re- = back）成各種成分，1520 年代之後才有「決心」的意思。absolute（完全的）本意是「鬆」（solu-）「開」（ab- = away），因此有擺脫束縛、自由的意味，自己能「完全」掌控一切。

solve
[sɑlv]
v 解決、解釋

Sherlock Holmes is famous for **solving** mysteries using his amazing ability to see clues that most do not notice.
福爾摩斯因驚人觀察力著名，他能夠察覺大部分人沒注意到的線索，進而破解神祕事件。

衍生字 **solu**tion **n** 解答、解決辦法

dissolve
[dɪˋzɑlv]
v 分解、使溶解

Instant coffee is made to **dissolve** quickly in hot water, making it fast and easy to prepare.
即溶咖啡可以在熱水中快速溶解，準備起來快速又簡單。

resolve
[rɪˋzɑlv]
v 解決、決心

In 2016, almost 200 countries met at the Paris Climate Agreement and **resolved** to reduce their impact on the environment.
2016 年時，將近兩百個國家出席《巴黎協議》並決議減少國內對環境的影響。

衍生字 re**solu**te **adj** 堅定的、不屈不撓的；re**solu**tion **n** 決心、決定

absolute
[ˋæbsə,lut]
adj 純粹的、完全的

There was **absolute** chaos at the mall today after someone spotted a music idol shopping there.
今天有人看到一位偶像歌手在商場購物之後，商場裡便完全陷入一片混亂。

❺ volu- ↔ volv- (MP3 ▶ 4-3-05)

單字源來如此

volu- 和 volv- 同源，u／v 對應，都表示「滾動」、「旋轉」，衍生出「捲」的意思。evolve（發展）本意是「轉」（volv-）「出來」（e- = ex- = out），involve（牽涉）本意是「捲」（volv-）入某事「內」（in-）。

revolve
[rɪˋvɑlv]
v 旋轉、繞著轉

The Earth rotates every 24 hours, but takes 365 days to completely **revolve** around the sun.
地球每 24 小時自轉一圈，但要花 365 天才能完全繞太陽一圈。 衍生字 re**volu**tion **n** 革命；re**volu**tionary **adj** 革命的

Unit 4　字母 u / v / w 對應

e**volv**e [ɪ`vɑlv] **v** 進化、發展	My older sister's company has **evolved** from a casual hobby into a million-dollar business. 我姊姊的公司從原本做興趣的發展成百萬事業。 衍生字 e**volu**tion **n** 發展、演化
in**volv**e [ɪn`vɑlv] **v** 牽涉、使參與	Professor Thomas has each student teach a portion of his class so they can be **involved** in learning and instructing. 湯瑪斯教授讓每個學生教一部份的課，好讓他們能夠參與學習和教學。　衍生字 in**volv**ement **n** 纏繞、牽連

- 同源字學更多：**vol**ume **n** 體積、容積；re**vol**t **v** 反叛、造反

歷屆試題看這裡！掃 QR Cord 立即練習！
https://video.morningstar.com.tw/0170005/4-3.html

4-3 字根首尾對字根首尾
解答請見 262 頁

> **名字裡的世界：字源探索之旅**

Vincent（文森）、Victor（維克特）

名字的歷史和文化意蘊

Vincent（文森）源自於古羅馬人名 *Vincentius*，可以上溯至拉丁語動詞 *vincere*，其含義為「征服」（conquer）。這個名字在早期基督徒中十分流行，許多聖人都承襲這一名字。叫 Vincent 的名人如天主教殉道者薩拉戈薩的文森（Vincent of Saragossa）和荷蘭後印象派畫家文森‧梵谷（Vincent van Gogh, 1853-1890）等。

和 Vincent 有血緣關係的人名 Victor（維克特）則源自古法語的 *victor*，亦即「征服者」（conqueror）、「勝利者」（winner），同樣可以上溯自拉丁語動詞 *vincere*（征服）。自古羅馬時期起，這個名字就在早期基督徒中十分普遍，並且被多位早期聖人以及三位教宗所承襲。但在中世紀的英格蘭，Victor 是相對罕見的英文名字，到了 19 世紀，這個名字才又變得常見。叫 Victor 的名人，如法國作家維多‧雨果（Victor Hugo, 1802-1885），他是《巴黎聖母院》和《悲慘世界》的作者。值得一提的是，Victoria（維多利亞）是 Victor 的女性名字，如羅馬神話中勝利女神的名字；也是英國維多利亞女王（Queen Victoria, 1819-1901）的名字。

英語詞彙探幽

Vincent、Victor、Victoria 字裡頭藏著字根 *vinc*、*vict*（征服）。以 *vinc*、*vict* 為基礎，我們可以學到一系列單字：

1. in**vinc**ible 是由 *in-*（意為「不能」）、*vinc*（意為「征服」）、*-ible*（形容詞字尾）三個詞素組合而成，意思是「不能征服的」、「無敵的」。
2. con**vinc**e 是由 *con-*（在此加強語氣用）、*vinc*（意為「征服」）、*-e*（動詞字尾）三個詞素組合而成，convince 的意思是「（用言語）完全征服（某人）」，引申為「說服」。

Unit 5

字母 h / s 對應

（希臘語字母「h」對應拉丁語、英語字母「s」）

Unit 5 字母 h / s 對應

5-1 單字對單字

🔍 轉音例字

❶ cathedral ↔ sit　▶ h／s 互換　MP3 ▶ 5-1-01

> **單字源來如此**
> 這組單字的核心語意是 sit（坐）。cathedral（大教堂）字面意思指的是「坐」（hed- = sit）「下」（cata-），特指主教所「坐」的椅子，譬喻為大教堂。

| cat**hed**ral
[kəˋθidrəl]
n 大教堂 | Most European cities were built around large **cathedrals** that were both religious structures and important meeting places.
多數歐洲城市都圍繞**大教堂**而建，大教堂同時是宗教建築和重要聚會場所。 |

5-2 單字對字根首尾

🔍 轉音例字

❶ same- ↔ homo （MP3 ▶ 5-2-01）

單字源來如此
可用 same，s／h 對應及母音通轉來記憶 homo-，「相同的」的意思。

same [sem] **adj** 同一的、相同的	We could not help but laugh when my friend and I arrived to the show wearing the **same** shirt. 我和朋友穿著相同襯衫抵達秀場時，我們不禁笑了出來。
homosexual [ˌhoməˋsɛkʃʊəl] **adj** 同性戀的	Scientists have discovered that 10% of rams are **homosexual**, meaning they are only interested in mating with other male sheep. 科學家發現 10% 的公羊是同性戀，表示牠們只與其他公羊交配。

159

Unit 5 字母 h／s 對應

5-3 字根首尾對字根首尾

🔍 轉音例字

❶ hyper- ↔ super- （MP3▶5-3-01）

> **單字源來如此**
> hyper- 和 super- 同源，h／s 對應及母音通轉，都表示「上方」、「高過」、「超級」，over 也是同源字。superstition（迷信）是「立」（stit-）在「上方」（super-）的主宰信念，往往是迷思，未必正確。

supermarket [ˋsupɚˌmarkɪt] **n** 超級市場	The **supermarket** is the easiest place to shop for groceries because they have everything I need in one location. 超市是買生活用品最方便的地方，因為我需要的東西都可以在一個地方買齊。
superior [səˋpɪrɪɚ] **adj** 上級的、占優勢的 **n** 上司	Despite facing a **superior** army, the clever general used his mind to win the battle. 雖然面對強勢敵軍，聰明的將軍還是用機智贏得勝仗。 衍生字 **super**iority **n** 優越、上級
superstition [ˌsupɚˋstɪʃən] **n** 迷信、迷信行為	There is a Chinese **superstition** that the number 4 is unlucky, while Americans believe the unlucky number to be 13. 中國迷信認為 4 是不吉利的數字，美國人則認為 13 才是不吉利的數字。 衍生字 **super**stitious **adj** 迷信的
supersonic [ˌsupɚˋsɑnɪk] **adj** 超音波的、超音速的	The airplane manufacturer unveiled a new **supersonic** jet built specifically to deliver international freight. 該飛機製造商首次展示一架專為國際貨運而建造的新型超音速噴射機。

5-3 字根首尾對字根首尾

hypersonic [ˌhaɪpɚˋsɑnɪk] **adj** 高超音速的	Russia's new **hypersonic** missiles travel more than 5 times faster than sound can travel through air. 俄國的新型高超音速飛彈能夠以比聲音穿過空氣快 5 倍的速度飛行。

- 同源字學更多：**super**b **adj** 極好的；**supr**eme **adj** 最高的；**over** **prep** 在……之上；**over**all **adj** 從頭到尾的；**over**night **adv** 在夜間；**over**seas **adv** 在國外；**over**coat **n** 大衣；**over**pass **n** 天橋；**over**come **v** 克服；**over**do **v** 做得過分；**over**eat **v** 吃得過量；**over**flow **v** 溢出；**over**hear **v** 偶然聽到；**over**lap **v** 部分重疊；**over**look **v** 俯瞰；**over**sleep **v** 睡過頭；**over**take **v** 趕上；**over**throw **v** 推翻；**over**turn **v** 顛覆；**over**whelm **v** 征服；**over**work **v** 過勞；**sur**round **v** 圍繞；**sur**pass **v** 超越

❷ hemi- ↔ semi- (MP3 ▶ 5-3-02)

單字源來如此

hemi- 和 semi- 同源，h／s 對應，「半」的意思。

hemisphere [ˋhɛməsˌfɪr] **n** 半球、 半球體	I was surprised to learn that Indonesia has the highest population of any country in the southern **hemisphere**. 知道印尼是南半球人口最多的國家讓我很訝異。
semiconductor [ˌsɛmɪkənˋdʌktɚ] **n** 半導體	Silicon is the most common **semiconductor**, and is a substance that provides a good way to control electrical currents. 矽利康是最常見的半導體，也是控制電流很好的物質。

歷屆試題看這裡！掃 QR Cord 立即練習！
https://video.morningstar.com.tw/0170005/5-3.html

5-3 字根首尾對字根首尾
解答請見 262 頁

名字裡的世界：字源探索之旅

George（喬治）

名字的歷史和文化意蘊

George（喬治）源自於法文 *Georges*，可上溯至晚期拉丁語 *Georgius* 和希臘語 *Georgos*，希臘語 *Georgos* 是由希臘語中的 *gē*（土地）和 *ergos*（工作的人）組成，其含義為「農夫」或「耕地的人」。George 這個名字是由參加十字軍東征的士兵帶回英格蘭的，我們一起來看這則典故：聖喬治（Saint George）是來自卡帕多西亞（Cappadocia）的羅馬士兵，3 世紀時，他在戴克里先皇帝（Emperor Diocletian）迫害基督徒期間成為殉道者。後來的聖喬治主要受到東方基督教徒的崇敬，但歸來的十字軍士兵將他的故事帶到了西歐。直到 18 世紀時喬治一世（George I）登上英國王位，這個名字在英格蘭才開始廣泛使用。此後，五位英國國王都曾使用喬治這個名字。

George 這個名字的其他著名使用者包括兩位希臘國王、作曲家喬治・弗里德里克・韓德爾（George Frideric Handel, 1685-1759）、美國第一任總統喬治・華盛頓（George Washington, 1732-1799）。George 也是作家喬治・艾略特（George Eliot, 1819-1880）和喬治・歐威爾（George Orwell, 1903-1950）的筆名，他們的真名分別是瑪麗・安妮・艾凡斯（Mary Anne Evans）和埃里克・亞瑟・布萊爾（Eric Arthur Blair）。

英語詞彙探幽

George 字裡頭藏著字根 *geo*（土地）。以 *geo* 為基礎可以學到一系列單字：

1. **geo**metry（幾何學）是由 *geo*（意為「土地」）、*metr*（意為「測量」）、*-y*（名詞字尾）三個詞素組合而成，字面意義是「土地的測量」，這一概念起源於古代埃及人對土地的測量工作。當面對尼羅河的周期性泛濫，古埃及人需重新測量土地，確認洪水改變後土地的新界線。時至今日，幾何學已經發展成為一門研究形狀、大小、相對位置及空間特性的數學分支。

2. **geo**logy（地質學）是由 *geo*（意為「土地」）和 *-logy*（意為「學問」）兩個詞素組合而成。現今的地質學是針對地球的歷史、起源和結構進行研究的學科。

3. **geo**graphy（地理學）是由 *geo*（意為「土地」）、*graph*（意為「寫作」、「描述」）、*-y*（名詞字尾）三個詞素所組成，意為「對土地的描述」。地理學涵蓋從物理地球的山脈、河流、氣候等自然現象，到人類社會如城市發展、文化擴散和經濟活動等各個方面。

Unit 6

母音轉換
(含少數母音相同的同源詞素／單字)

Unit 6 母音轉換

6-1 單字對單字

轉音例字

❶ answer ↔ swear (MP3 ▶ 6-1-01)

單字源來如此

這組單字的核心語意是「發誓」（swear）。answer（答覆）本指在他人面「前」（an- = ante-）「發誓」（swear）以回應指控，後來語意變寬，指「答覆」。

answer [ˈænsɚ] **n v** 答覆、答案	The **answer** took the team many days of research to discover. 這個答案花了團隊好幾天查資料才找出來。
swear [swɛr] **v** 發誓、宣誓	Before speaking in a courtroom, the witness is required to **swear** to tell the truth. 在法庭發言之前，見證者必須宣誓所說的話屬實。

❷ bite ↔ bait (MP3 ▶ 6-1-02)

單字源來如此

這組單字的核心語意是「咬」（bite）。bait（誘餌）是引誘動物上鉤，讓動物「咬」（bite）的餌。

bite [baɪt] **v** 咬	We knew it was Dave that took a **bite** of the cake, because he still had chocolate on his lips. 我們知道是戴夫咬了一口蛋糕，因為他的嘴唇上還有巧克力。

164

bait [bet] **n** 誘餌	I did not think he would catch many fish using French fries instead of worms as **bait**. 他用薯條而不用蟲子當誘餌，我不覺得他會釣到太多魚。

● 同源字學更多：**bit**ter **adj** 苦的；**byt**e **n** 字節；**boat** **n** 小船

❸ b**o**mb ↔ b**oo**m (MP3 ▶ 6-1-03)

單字源來如此

這組單字的核心語意是「炸彈」（bomb）。boom（發出隆隆聲）可聯想成是「炸彈」（bomb）的爆炸聲響。

bomb [bɑm] **n** 炸彈	Airports in the USA now require people to remove their shoes after someone tried to use one as a **bomb**. 自從有人企圖用鞋子當炸彈之後，現在美國機場會要求大家脫去鞋子。 衍生字 **bomb**ard **v** 砲擊、轟炸
boom [bum] **v** 發出隆隆聲、使興旺	The thunder **boomed** loudly following each flash of lightning as we watched from the comfort of the house. 我們舒服地在屋裡看著閃電伴隨每次雷聲隆隆作響。

❹ b**ea**rd ↔ b**a**rber (MP3 ▶ 6-1-04)

單字源來如此

這組單字的核心語意是「鬍鬚」（beard）。以前的 barber（理髮師）會替顧客修剪頭髮和刮「鬍子」（beard）。

beard [bɪrd] **n** 鬍鬚、山羊鬍	The suspect was described by the witness as having a thick, grey **beard** that covered most of his face. 證人描述嫌犯濃密的灰色鬍鬚遮蓋了大半張臉。

| **bar**ber
[ˋbɑrbɚ]
n 理髮師 | The man had been getting the same haircut from the same **barber** for over 40 years.
那個人四十多年來都給同一個理髮師剪同樣的髮型。
衍生字 **bar**bershop **n** 理髮店 |

❺ c**o**ffee ↔ c**a**fé ↔ c**a**ffeine ↔ c**a**feteria (MP3▶6-1-05)

單字源來如此

這組單字的核心語意是「咖啡」（coffee）。cafeteria（自助餐館）本指「咖啡廳」（café），1890 年代才有自助餐館的衍生意思。

coffee [ˋkɔfɪ] **n** 咖啡	Colombia is considered by most experts to produce the highest quality **coffee** in the world. 多數專家認為哥倫比亞生產的咖啡是全世界品質最高的。
café [kəˋfe] **n** 咖啡廳、屋外飲食店、小餐館	I prefer the coffee and atmosphere at the local **café** to the experience I have visiting Starbucks. 比起去星巴克的經驗，我比較喜歡當地咖啡店的咖啡和氣氛。
caffeine [ˋkæfin] **n** 咖啡鹼、咖啡因	The girl could not fall asleep because she had consumed too much **caffeine** earlier that day. 那女孩因為那天稍早喝了太多咖啡因而睡不著覺。
cafeteria [͵kæfəˋtɪrɪə] **n** 自助餐館、自助食堂	While most kids sat in the **cafeteria**, Joe preferred to take his lunch outside to eat. 雖然大部分孩子都坐在自助食堂裡，喬卻比較喜歡拿午餐到外面吃。

6 crust ↔ crystal (MP3▶6-1-06)

單字源來如此

這組單字的核心語意是「結凍」（freeze）或「變硬」（harden）。crust（地殼）是由岩漿凝固「變硬」（harden）所形成的，crystal（水晶）需要經歷火山與地震的交相洗禮，形成過程中會「變硬」（harden）。

crust [krʌst] **n** 麵包皮、地殼、凍結的冰面	The **crust** of ice that had formed upon the chilly lake was thick enough for us to walk across safely. 寒冷湖水上的冰殼厚得足以讓我們安全走過。
crystal [ˋkrɪstl] **n** 水晶	The princess looked very elegant wearing her crown, decorated with the finest **crystals** in the kingdom. 公主戴著王國裡最好的水晶妝點而成的皇冠，看起來非常優雅。

7 card ↔ cartoon ↔ carton ↔ chart (MP3▶6-1-07)

單字源來如此

這組單字的核心語意是「紙」（paper）。cartoon（卡通）以前是先畫在「紙」上當草圖。

card [kɑrd] **n** 紙牌	Our family only needs to have a deck of **cards** and a piece of paper to have fun together. 我們全家只要一疊紙牌和一張紙就可以一起玩得很開心。 **衍生字** post**card** **n** 郵政明信片；dis**card** **v** 拋棄；**card**board **n** 硬紙板
cartoon [kɑrˋtun] **n** 動畫、卡通	"Fantasmagorie" was the first time that animated drawings was used in film, making it the original **cartoon**. 《幻影集》首次將動畫圖像用在電影裡，是第一部原創卡通。

Unit 6 母音轉換

carton [`kɑrtn̩] **n** 紙盒、紙板箱	My mother always picks up a **carton** of milk tea for me when I am having a bad day. 每次我心情不好，我媽媽總會拿一盒奶茶給我。
chart [tʃɑrt] **n** 圖、圖表	The **chart** showed that company's sales had been rising every week for the past year. 圖表顯示過去一年來，公司每星期的銷售額都在成長。 衍生字 **chart**er **n** 特許狀、憑證

❽ empire ↔ imperial ↔ imperative （MP3▶6-1-08）

單字源來如此

這組單字的核心語意是「帝國」（empire）。imperative（專橫的）和 empire（帝國）語意相關。

empire [`ɛmpaɪr] **n** 帝國	The king ruled his **empire** alone, refusing to accept advice from any of his advisors. 國王獨自管理王國，拒絕接受任何人的意見。 衍生字 **emper**or **n** 皇帝
imperial [ɪm`pɪrɪəl] **adj** 帝國的	During the British **imperial** period, India suffered greatly at the expense of those who ruled over them. 大英帝國統治期間，印度的代價便是受盡統治者施加的苦難。
imperative [ɪm`pɛrətɪv] **adj** 命令式的、專橫的、極重要的	In order for the mission to be a success, it was **imperative** that the men followed their orders exactly. 為了使任務成功，要那些人確實遵守命令是必要的。

6-1 單字對單字

⑨ feast ↔ festival (MP3 ▶ 6-1-09)

單字源來如此

這組單字的核心語意是「盛宴」（feast）。festival（節日）指能舉辦「盛宴」（feast）慶祝的日子。

feast [fist] **n** 盛宴、筵席	Thanksgiving is a holiday where my family members join for a large **feast** and share what we are thankful for. 感恩節是我家人聚在一起享用大餐和分享我們感恩之情的節日。
festival [ˈfɛstəv!] **n** 節日、喜慶日	The roads were shut down, due to a religious **festival** being celebrated over the next three days. 這些路因為接下來三天的宗教慶典被封起來了。

⑩ imitate ↔ emulate (MP3 ▶ 6-1-10)

單字源來如此

這組單字的核心語意是「模仿」（imitate）。

imitate [ˈɪməˌtet] **v** 模仿	Donald Trump does not find it funny when comedians **imitate** the way he looks and speaks. 搞笑演員模仿川普的樣子和說話方式時，川普並不覺得好笑。　**衍生字** **imit**ation **n** 效仿
emulate [ˈɛmjəˌlet] **v** 模仿、 　同……競爭	Wanting to become a better basketball player, Kobe Bryant **emulated** the techniques he observed watching Michael Jordan. 柯比・布萊恩想成為更好的籃球員，便模仿觀看麥可・喬丹比賽時發現的技巧。

● **同源字學更多**：**im**age **n** 肖像；**im**agine **v** 想像；**im**aginary **adj** 虛構的；**im**aginable **adj** 能想像的；**im**agination **n** 想像力；**im**aginative **adj** 富於想像力的

169

⑪ long ↔ linger (MP3▶6-1-11)

單字源來如此

這組單字的核心語意是「長久的」（long）。linger（徘徊）指停留「久」（long）一些。

long [lɔŋ] **adj** 長、長久的	A **long** wire ran across the house that connected the computer in the living room to the Internet in the office. 屋裡一條長長的網路線把客廳的電腦接到辦公室的網路孔上。
linger [`lɪŋɚ] **v** 繼續逗留、徘徊	The strong smell of fish **lingered** long after they had removed it from the trunk of the car. 他們把魚從車廂搬下來以後，魚的濃郁腥味久久不散去。

⑫ please ↔ pleasant ↔ plead (MP3▶6-1-12)

單字源來如此

這組單字的核心語意是「取悅」（please）。plead（為……辯護）本指please（取悅），在法庭上律師可以提出「取悅」原告、「說服」法官的證據，來替他人辯護。

please [pliz] **v** 使高興、使喜歡	All it takes to **please** my father is a hot meal and a cold tea. 只要一餐熱食和一杯冷茶就可以讓我爸爸很開心。 衍生字 **pleas**ant **adj** 令人愉快的、舒適的； 　　　un**pleas**ant **adj** 使人不愉快的； 　　　**pleas**ure **n** 愉快、高興； 　　　dis**pleas**e **v** 使不高興、得罪；
plead [plid] **v** 為……辯護、懇求、作為答辯提出	I had to **plead** with my boss to get an extra day off of work to attend a family gathering. 我得拜託老闆讓我多放一天假參加家族聚會。 衍生字 **plea** **n** 請求、懇求

⑬ paste ↔ pasta (MP3▶6-1-13)

單字源來如此

這組單字的核心語意是「麵團」（dough）。

paste [pest] **n** 漿糊、麵糰、醬	The chef cooked the tomatoes and spices into a thick **paste**, which would become the sauce for his main dish. 廚師把番茄和香料煮成濃稠醬料，可以用來當主菜的醬汁。
pasta [ˋpɑstə] **n** 義大利麵	Our family eats at Italian restaurants often because it is easy to find **pasta** dishes that are vegetarian. 我們家經常到義大利餐廳吃飯，因為很容易找到素食義大利麵。 衍生字 **past**ry **n** 油酥、麵糰

⑭ red ↔ ruby (MP3▶6-1-14)

單字源來如此

這組單字的核心語意是「紅」（red），ruby 和 red 同源。

red [rɛd] **adj** 紅的、紅色的	His skin was bright **red** where he had forgotten to apply sunscreen on his back. 他背上忘了擦防曬乳的地方皮膚都曬紅了。 衍生字 **red**dish **adj** 帶紅色的、淡紅的
ruby [ˋrubɪ] **n** 紅寶石	In the safe, they discovered many precious gems, including the brightest red **ruby** any of them had ever seen. 他們在保險箱裡發現了許多珍貴寶石，包括他們見過最耀眼的紅寶石。

⑮ among ↔ mingle (MP3▶6-1-15)

單字源來如此

這組單字的核心語意是 mingle（混合）。

Unit 6 母音轉換

among [əˋmʌŋ] prep 在……之中	**Among** the 20 people there who had come to attend the lecture, not a single one was female. 來聽課的二十個人中，沒有一位是女性。
mingle [ˋmɪŋgl] v 使混合、（社交場合）相往來	The host asked us to **mingle** with the other guests until he was free to chat. 主人要我們先跟其他客人聊天，等他有空再過來聊。

⑯ shell ↔ shelter ↔ shield （MP3 ▶ 6-1-16）

單字源來如此

這組單字的核心語意是「保護」（protect）。

shell [ʃɛl] n 殼、果殼	The hermit crab will eventually outgrow its **shell** and needs to find a newer, larger one. 寄居蟹最後會長出殼外，於是便需要找一個更新更大的殼。
shelter [ˋʃɛltɚ] n 遮蓋物、避難所 v 保護、掩蔽	The hikers decided to find **shelter** from the rain until after the storm had passed. 健行的人決定找個遮蔽處來避過風雨。
shield [ʃild] n 盾	Armed with a sword and **shield**, the brave knight was ready to defend his kingdom. 勇敢的騎士裝備好寶劍和盾牌，準備保衛自己的王國。

● 同源字學更多：shelf n 擱板；school n 學校

⑰ shade ↔ shady ↔ shadow （MP3 ▶ 6-1-17）

單字源來如此

這組單字的核心語意是「陰影」（shade）。

shade [ʃed] n 蔭、陰涼處	We sat under the **shade** of the large tree in order to escape the heat of the sun. 我們坐在大樹陰涼處躲太陽。　衍生字 shady adj 成蔭的

172

shadow	The hiring of the new manager cast a **shadow** of doubt on John's hopes to be promoted.
[ˋʃædo]	
n 蔭、陰暗處	雇請新經理這件事讓約翰晉升的希望蒙上一層懷疑的陰影。

⑱ base ↔ bass （MP3▶6-1-18）

單字源來如此

這組單字的核心語意是「底部」（base），base（基礎）和 bass（男低音）為「同音異形同源字」。

base	They stood at the **base** of the mountain and stared high up to the peak that they would be climbing to.
[bes]	
n 基礎	他們站在山腳下抬頭望著將要爬上的山頂。
	衍生字 **base**ball n 棒球；**base**ment n 地下室；**bas**ic adj 基本的；**bas**is n 基礎
bass	The boom of the **bass** rattled the windows as the young man tested his new sound system.
[bes]	
n 男低音、低沉的聲音	那年輕人測試新音響時，低沉的男聲讓窗戶格格作響。

⑲ beef ↔ buffalo （MP3▶6-1-19）

單字源來如此

這組單字的核心語意是「牛」。

beef	**Beef** is thought to be the least healthy meat option available for humans to eat.
[bif]	
n 牛肉	牛肉被視為人類最不健康的肉類選擇。
buffalo	The **buffalo** were a major resource of survival for Native Americans, who relied on them for more than just food.
[ˋbʌfl͵o]	
n 水牛、北美野牛	北美野牛對美國原住民來說不只是食物，也是主要生存資源。
	● 同源字學更多：**cow** n 母牛；**cow**boy n 牛仔

Unit 6 母音轉換

⑳ ball ↔ bulk ↔ belly (MP3▶6-1-20)

單字源來如此

這組單字的核心語意是「膨脹」（swell），衍生出「流出來」（overflow）的意思。belly（腹部）通常鼓「脹」（swell），尤其在吃飽飯之後。

ball [bɔl] **n** 球	I was surprised when I threw my dog a **ball** and he returned with a stick. 我丟球給我家的狗去撿，結果他咬了根木棍回來時，我驚呆了。 衍生字 **ball**ot **n** 選票；**ball**oon **n** 氣球
bulk [bʌlk] **n** 體積、主體 大多數	The **bulk** of the assignment is not due for another week, but the first part is due tomorrow. 作業主體還有一個禮拜才要交，但第一部份明天就要交。 衍生字 **bul**ky **adj** 體積大的
belly [ˋbɛlɪ] **n** 腹部	Santa Claus is said to have a round **belly** that shakes like a bowl full of jelly when he laughs. 聽說聖誕老人有個圓圓的肚子，笑的時候像一碗滿滿的果凍一樣震動。

- **同源字學更多**：bull **n** 公牛；bowl **n** 碗；bill **n** 帳單；bulletin **n** 公告；bulge **v** 腫脹；boast **v** 自誇；bucket **n** 水桶；budget **n** 預算；fool **adj** 愚蠢的；fluent **adj** 流利的；flush **v** 湧流；fluid **adj** 流動的；influence **n v** 影響；influential **adj** 有很大影響的

㉑ cook ↔ kitchen (MP3▶6-1-21)

單字源來如此

這組單字的核心語意是「煮」（cook）。kitchen（廚房）是「煮」（cook）飯的地方。

cook [kʊk] **v** 烹調	My mom had spent the entire day **cooking** food for the family gathering that night. 我媽媽花了一整天時間烹調全家那晚聚餐的食物。 衍生字 **cook**er **n** 烹調器具

174

kitchen [ˋkɪtʃɪn] **n** 廚房	The sign of a good chef is a clean **kitchen**, even when it is very busy. 好廚師的標誌就是乾淨的廚房，尤其在忙碌的時候。
	• 同源字學更多：**cuis**ine **n** 烹飪；bis**cuit** **n** 餅乾

㉒ ch**ick** ↔ c**o**ck (MP3 ▶ 6-1-22)

單字源來如此

這組單字的核心語意是「雞」（chicken）。

chick [tʃɪk] **n** 小雞	The mother hen was followed closely by six baby **chicks** that had hatched a few days ago. 母雞後面緊跟著六隻幾天前剛孵出來的小雞。 **衍生字** **chick**en **n** 雞
cock [kɑk] **n** 公雞	Every morning, the **cock** crows loudly to let the farm know that the day is about to begin. 每天早上公雞都會大叫，讓農場知道一天即將開始。 **衍生字** pea**cock** **n** 孔雀

㉓ d**i**p ↔ d**ee**p (MP3 ▶ 6-1-23)

單字源來如此

這組單字的核心語意是「深」（deep）。dip（浸泡）是使某物浸泡、「深」（deep）入到液體中。

dip [dɪp] **n** 浸泡	The kids cooled off by taking a **dip** in the cold water of the nearby river. 孩子們在附近涼爽的河裡浸泡一下，讓自己靜下來
deep [dip] **adj** 深的	Because the stream was too **deep** to walk across, we had to build a bridge. 因為這條溪太深了走不過去，我們只得搭一座橋。

Unit 6 母音轉換

㉔ d**i**sk ↔ d**e**sk （MP3 ▶ 6-1-24）

單字源來如此

這組單字的核心語意是「扁平表面」（flat surface）。

disk [dɪsk] **n** 圓盤、唱片	I always keep a backup copy of the **disk** in case something should happen to the original. 我總想把光碟備份起來，以免原版出問題。
desk [dɛsk] **n** 書桌	The stranger left a note on the detective's **desk** with a helpful clue to solve the case. 陌生人在警探的書桌上留了張紙條，上面有破案的重要線索。

- 同源字學更多：di**sh** **n** 盤子，碟子；**dict**ate **v** 命令；**dict**ation **n** 口述；**dict**ator **n** 獨裁者；**dict**ionary **n** 字典；pre**dict** **v** 預言；ad**dict v** 使沉溺；contra**dict v** 反駁；de**dic**ate **v** 以……奉獻；in**dic**ate **v** 表明、顯示；in**dex n** 索引；con**di**tion **n** 情況；ju**dge v** 審判；preju**dice n** 偏見；prea**ch v** 宣揚；reve**nge n** 報復；tea**ch v** 教導；**toe n** 腳趾；to**k**en **n** 標記；di**g**it **n** 手指、數字

㉕ dr**i**p ↔ dr**o**p （MP3 ▶ 6-1-25）

單字源來如此

這組單字的核心語意是「滴落」（drip）。

drip [drɪp] **v** 滴下	Icicles form in places where **dripping** water freezes on its slow journey toward the ground. 滴下的水在緩緩流向地面時凝結形成冰柱。
drop [drɑp] **v** 滴落 **n** 一滴	When I felt the first **drop** of water hit my head, I knew the typhoon was about to hit. 當我感覺到第一滴雨水滴到頭上時，就知道颱風快到了。

- 同源字學更多：dri**zz**le **v** 下毛毛雨

㉖ brood ↔ breed (MP3 ▶ 6-1-26)

單字源來如此

這組單字的核心語意是「孵」（breed）。我們可用 brood（一窩）來指孵化的小雞、小鴨等動物。

brood [brud] **n** 一窩、所有孩子	Kate homeschools her **brood**, so she never has to worry about the quality of education her children receive. 凱特在家教自己的孩子們，所以她從不用煩惱自己孩子們的教育品質。
breed [brid] **v** 繁殖	A liger is the largest cat in the world, which comes from **breeding** a male lion and a female tiger. 獅虎是世界上最大的貓，由雄獅和雌虎繁衍而來。

- 同源字學更多：**bread** **n** 麵包；**brew** **v** 釀造；**broth** **n** 高湯；**broil** **v** 烤

㉗ drive ↔ drift (MP3 ▶ 6-1-27)

單字源來如此

這組單字的核心語意是「驅使」（drive）。drift（漂流）指某物受到力量影響而前進，通常指在風力、動力「驅使」（drive）下前進。

drive [draɪv] **v** 開車	I asked my dad to **drive** me to school because it was too far to walk there. 我請爸爸開車載我去學校，因為用走的過去太遠了。 **衍生字** **driv**er **n** 司機；**driv**eway **n** 車道
drift [drɪft] **n** 漂流	In geology class, we learned about the **drift** of the continents over hundreds of millions of years. 地質學課時，我們學到大洲幾億年來的漂移。

Unit 6 母音轉換

㉘ dry ↔ drain ↔ drought （MP3 ▶ 6-1-28）

> **單字源來如此**
> 這組單字的核心語意是「乾」（dry）。drain（排水管）可使水排「乾」（dry）。

dry [draɪ] **adj** 乾的、乾燥的	All electronics should be kept completely **dry**, as moisture can cause them to stop working. 所有電子產品都要完全保持乾燥，因為水氣會讓它們停止運作。
drain [dren] **n** 排水管	The **drain** in the kitchen started flooding after a bottle cap got stuck in it. 廚房的排水管被瓶蓋堵住之後就開始淹水了。
drought [draʊt] **n** 乾旱	The summer **drought** had left the forest very dry and at risk for major fires. 夏季乾旱讓森林非常乾燥，極有起大火的風險。

㉙ fail ↔ false （MP3 ▶ 6-1-29）

> **單字源來如此**
> 這組單字的核心語意是「錯誤」（fault）。

fail [fel] **v** 失敗、不及格	Thomas Edison once famously said, "I did not **fail**, I found 1000 ways that did not work." 愛迪生曾說過一句名言：「我沒有失敗，我找到了一千種不可行的方法。」 **衍生字** failure **n** 失敗
false [fɔls] **adj** 不正確的	The theory that the Earth is flat was proven to be **false** thousands of years ago. 「地平說」在幾千年前就被證明是錯誤的。 ● 同源字學更多：fault **n** 缺點

③⓪ fau**cet** ↔ suf**foc**ate （MP3 ▶ 6-1-30）

單字源來如此

這組單字的核心語意是「喉嚨」（throat）。suffocate（窒息）指「喉嚨」（throat）「下方」（suf- = sub- = under）卡住，導致呼吸道受阻，而無法呼吸。

faucet [ˋfɔsɪt] **n** 水龍頭	They found the bathroom completely flooded after someone had left the **faucet** on all night. 他們發現有人讓水龍頭流了整晚，浴室全部淹水了。
suf**foc**ate [ˋsʌfə͵ket] **v** 窒息、悶住	If you **suffocate** a flame by preventing it from getting oxygen, it will immediately die out. 用阻隔氧氣的方式來悶住火焰，火焰會馬上熄滅。

③① **h**ot ↔ **h**eat （MP3 ▶ 6-1-31）

單字源來如此

這組單字的核心語意是「熱的」（hot）。

hot [hɑt] **adj** 熱的、辣的	I prefer a cold climate to a **hot** one, because I can always add more clothing if I need to. 比起熱天，我更喜歡冷天，因為只要需要，隨時可以多穿一件衣服。
heat [hit] **n** 熱	The summer **heat** in the Sahara Desert makes it an extremely difficult place for anything to live. 撒哈拉沙漠夏天的熱氣讓它變成一個任何生物都難以生存的地方。　**衍生字** heater **n** 暖氣機

③② **c**at ↔ **ki**tten （MP3 ▶ 6-1-32）

單字源來如此

這組單字的核心語意是「貓」（cat）。

cat [kæt] **n** 貓	After we found a **cat** stealing our dog's food, we adopted it to be part of our family. 我們發現有隻貓在偷吃我們家狗食之後，就收養牠成為我們家庭的一員。
kitten [ˈkɪtn] **n** 小貓	Our mother cat just gave birth to four **kittens**, all of which look completely different. 我們的母貓剛剛生了四隻小貓，每隻看起來都完全不一樣。

33 hair ↔ horror (MP3▶6-1-33)

單字源來如此

這組單字的核心語意是「毛髮」（hair）。當人覺得「恐怖」（horror）時，常會「毛髮」（hair）直豎。

hair [hɛr] **n** 毛髮	The girl was excited to show off her **hair** after getting it cut and colored by a professional. 那女孩給專業理髮師剪加染髮之後興奮地到處炫耀。
horror [ˈhɔrɚ] **n** 恐怖、震驚	Martha woke up relieved to discover the **horror** she had seen was all just a dream. 瑪莎醒來發現她看見的恐怖場景只是一場夢，感覺鬆了口氣。 **衍生字** **horr**ible **adj** 可怕的、令人毛骨悚然的；**horr**ify **v** 使恐懼、使驚懼

34 leap ↔ gallop (MP3▶6-1-34)

單字源來如此

這組單字的核心語意是「跳」（leap）。gallop（疾馳）通常指連跑帶「跳」（leap）前進。

leap [lip] **v** 跳、跳躍	We had to build our fence extremely high to prevent our dog from **leaping** over it and escaping. 我們得把圍籬建得非常高，以免我們的狗跳過去跑掉。

| gallop
[ˋgæləp]
v 疾馳、飛跑 | The messenger's **horse galloped quickly**, as he rushed to deliver important news to the king.
信差快馬加鞭，急著把重要消息傳給國王。 |

㉟ heal ↔ health （MP3 ▶ 6-1-35）

單字源來如此

這組單字的核心語意是「健康的」（healthy）。

| heal
[hil]
v 治癒 | Oil from the aloe plant is useful for **healing** and soothing many different types of burns.
蘆薈油對治療和舒緩各種類型的燙傷很有效。 |
| health
[hɛlθ]
n 健康 | My mother's **health** has improved ever since she started eating better and exercising more often.
自從我母親開始注重飲食和更常運動之後，健康便改善了。
衍生字 healthy **adj** 健康的；healthful **adj** 有益於健康的 |

㊱ lime ↔ lemonade （MP3 ▶ 6-1-36）

單字源來如此

這組單字的核心語意是「柑橘類水果」（citrus fruit）。

| lime
[laɪm]
n 萊姆 | A slice of **lime** is often used to decorate a drink, and it also adds a little sour taste to it.
萊姆切片常被使用來裝飾飲品，也添加飲料少許酸味。 |
| lemonade
[͵lɛmənˋed]
n 檸檬水 | The little girl sold **lemonade** to everyone in the neighborhood to pay for her new bicycle.
小女孩為了買新腳踏車跟鄰居兜售檸檬水。 |

37 loan ↔ lend MP3 ▸ 6-1-37

單字源來如此

這組單字的核心語意是「借出」（lend）。

loan [lon] n 貸款	Many students who cannot afford an expensive college education will take out a **loan** to pay for it. 很多無法負擔大學教育的學生會**貸款**繳學費。
lend [lɛnd] v 借出	Jenny asked Mark to **lend** her his new laptop computer to use for her upcoming sales presentation. 珍妮要馬克**借**她剛買的新筆電，即將到來的銷售說明要用。

38 lion ↔ leopard MP3 ▸ 6-1-38

單字源來如此

這組單字的核心語意是「獅子」（lion），leopard（豹）是一種長得像「獅子」（leo-）的動物。

lion [ˋlaɪən] n 獅子	The **lion** is called the "king of the jungle," even though they do not actually live in jungles. **獅子**被稱為「叢林之王」，但他們其實並不住在叢林裡。
leopard [ˋlɛpɚd] n 豹、美洲豹	You can tell the difference between the **leopard** and tiger by looking to see if it has spots or stripes. **美洲豹**和老虎的差別就看牠們身上是斑點還是條紋。

39 air ↔ malaria ↔ artery MP3 ▸ 6-1-39

單字源來如此

這組單字的核心語意是「空氣」（air）。malaria（瘧疾）字面上的意思是「壞」（mal- = bad）「空氣」（ar- = air），古代醫學不發達時期，很多人誤以為瘧疾是瘴氣所造成的，但事實上，瘧疾是病原瘧原蟲藉由蚊子散播開來的。

air [ɛr] **n** 空氣	After living in the city his whole life, the man would never forget his first breath of fresh mountain **air**. 一輩子住在城市裡，那人永遠也忘不了在山裡呼吸到的第一口新鮮空氣。
mala**ria** [mə`lɛrɪə] **n** 瘧疾	**Malaria** is a serious disease spread mostly by mosquitoes in some tropical parts of the world. 瘧疾是一種在某些熱帶地區、多半由蚊子傳播的嚴重疾病。
artery [`ɑrtərɪ] **n** 動脈	If an **artery** becomes clogged, blood cannot flow through and it can lead to a heart attack. 如果動脈堵塞，血液無法流過就有可能造成心臟病。

⓴ ma**s**ter ↔ mi**s**tress　MP3 ▶ 6-1-40

單字源來如此

這組單字的核心語意是「主人」（master）。值得一提的是，master 的母音 a 表「大」，mistress 的母音 i 表「小」，在傳統重男輕女的社會中，男性角色的重要性大過於女性（詳情請參閱《音義聯想單字記憶法》第 274 頁）。

master [`mæstɚ] **n** 大師、主人	The delicious dinner we all enjoyed tonight was obviously the work of a **master** chef. 我們今晚全都很享受的美味晚餐，顯然是主廚的傑作。 衍生字 **master**piece **n** 傑作、名著；**master**y **n** 支配、統治
mistr**ess** [`mɪstrɪs] **n** 女主人、 情婦	The mansion was filled with servers, who would do whatever the **mistress** asked of them without question. 大廈裡都是僕人，女主人要他們做什麼他們就做什麼。

- 同源字學更多：**mag**nify **v** 放大、擴大；**mag**nitude **n** 巨大；**mag**nificent **adj** 壯麗的、宏偉的；**maj**or **adj** 重要的；**maj**ority **n** 大多數；**maj**esty **n** 陛下；**max**imum **adj** 最大的；**may**or **n** 市長；**May** **n** 五月；**mis**ter **n** 先生；**much** **adj** 許多

Unit 6 母音轉換

㊶ mother ↔ matter (MP3▶6-1-41)

單字源來如此

這組單字的核心語意是「母親」（mother）。matter（物質）泛指所有組成可觀測物體的基本成份，物質彷彿是構成萬物的「母親」（mother）。

mother [ˋmʌðɚ] **n** 母親	My **mother** was an amazing woman who always supported all of my brothers and sisters. 我母親是個了不起的女人，她總是支持著我所有兄弟姊妹。 衍生字 step**mother** **n** 繼母；grand**mother** **n** 外婆、奶奶；**mother**hood **n** 母性、母親的身分
matter [ˋmætɚ] **n** 物質、 事情、問題	To settle the **matter** regarding who would get the last piece of cake, the two flipped a coin. 為了決定誰可以得到最後一塊蛋糕這件事，那兩人丟銅板決定。 衍生字 **mater**ial **n** 材料；**mater**ialism **n** 實利主義

- 同源字學更多：**metro**politan **adj** 大都市的

㊷ breath ↔ breathe (MP3▶6-1-42)

單字源來如此

這組單字的核心語意是「呼吸」（breath）。

breath [brɛθ] **n** 呼吸、氣息	The girl took a deep **breath** of air before going under the water to look for her lost necklace. 下水尋找丟掉的項鍊前，女孩深吸一口氣。
breathe [brið] **v** 呼吸	A snorkel is a plastic tube that allows you to **breathe** with your face underwater. 浮潛用的呼吸管是個塑膠管，讓你臉在水下時可以呼吸。

㊸ oil ↔ gasoline ↔ petroleum ↔ cholesterol

單字源來如此 (MP3▶6-1-43)

這組單字的核心語意是「油」（oil）。cholesterol（膽固醇）是由「膽」（chole-）「固」（ster-）「醇」（ol- = oil）所構成。

184

oil [ɔɪl] n 油	Failing to change the **oil** in your vehicle will eventually cause the engine to have problems. 沒有把汽車的**油**換好，最後會導致引擎出問題。
gas**oli**ne [ˋgæsə,lin] n 汽油	The high cost of **gasoline** has created a greater need for public transportation options, such as trains and buses. **汽油**的高成本讓大家更需要有大眾運輸的選項，例如火車和公車。
petr**ol**eum [pəˋtrolɪəm] n 石油	**Petroleum** is a type of oil that comes from below the ground and is the source of gasoline. **石油**是一種來自地底的油，也是汽油的原料。
choleste**rol** [kəˋlɛstə,rol] n 膽固醇	**Cholesterol** is found in most fatty meats, and can be dangerous if too much is eaten. 大多數含有油脂的肉類中都有**膽固醇**，如果吃太多可能會造成危害。

44 quiet ↔ tranquil (MP3 ▸ 6-1-44)

單字源來如此

這組單字的核心語意是「安靜的」（quiet）。tranquil（平靜的）本意思是「極度」（trans-）「安靜的」（quil-）。

quiet [ˋkwaɪət] adj 安靜的	I find it much easier to work in a **quiet** place, free from noise and distraction. 我覺得在**安靜的**地方比較能好好工作，沒有噪音和分心的事物。
tran**quil** [ˋtræŋkwɪl] adj 平靜的	The **tranquil** lake put everyone at peace as they began a session of group yoga. **平靜的**湖水讓所有人沉靜下來，開始進行團體瑜珈課程。 衍生字 tran**qui**lizer n 鎮定劑；tran**qui**lity n 安靜

㊺ slide ↔ sled (MP3 ▶ 6-1-45)

單字源來如此

這組單字的核心語意是「滑」（slide）。

slide [slaɪd] **v** 滑行	The hill was too steep and slippery to climb without **sliding** down every couple of steps. 這山坡又陡又滑，每走兩步就會滑下來。 衍生字 land**slide** **n** 坍方
sled [slɛd] **n** 雪橇	The little girl was excited to try out her new **sled** on the freshly fallen snow. 小女孩興奮地要在剛下的雪裡試滑她的新雪橇。

㊻ sneak ↔ snake (MP3 ▶ 6-1-46)

單字源來如此

這組單字的核心語意是「偷偷地走」（sneak）。snake（蛇）行動往往是鬼鬼祟祟的，常「偷偷出沒」（sneak）於草叢間。

sneak [snik] **v** 偷偷地走	I am never able to **sneak up on** my younger brother because his hearing is too good. 我從來沒辦法悄悄走近我弟弟身邊，因為他的聽力太好了。 衍生字 **sneak**ers **n** 運動鞋
snake [snek] **n** 蛇	**Snakes** do not have teeth, so they have to eat by swallowing their food whole and slowly digesting it. 蛇沒有牙齒，所以牠們得把食物整個吞下去再慢慢消化。

㊼ sip ↔ soup ↔ supper (MP3 ▶ 6-1-47)

單字源來如此

這組單字的核心語意是「啜飲」（sip）。古人吃「晚餐」（supper）往往會配「湯」（soup）。

sip [sɪp] **v** 啜飲	The woman used a straw to **sip** her drink without getting lipstick on the glass. 那女人用吸管喝飲料，沒在玻璃杯上留下唇印。
soup [sup] **n** 湯	Whenever we were sick as children, our mother would feed us chicken and noodle **soup**. 我們小時候生病時，媽媽就會餵我們吃雞湯麵。
supper [ˋsʌpɚ] **n** 晚餐	Workers in colder countries often enjoy a **supper** of meat and potatoes to keep the body warm. 較寒冷國家的工人常會享用肉類及馬鈴薯烹煮的晚餐來讓身子保持暖和。

48 suck ↔ soak （MP3 ▶ 6-1-48）

單字源來如此

這組單字的核心語意是「吸」（suck），soak（浸泡）指吸水物質泡在液體中會「吸」（suck）液體。

suck [sʌk] **v** 吸	She used a vacuum to **suck** up all the tiny pieces of glass that had shattered across the floor. 她用吸塵器把所有散落地板的玻璃小碎片吸起來。
soak [sok] **v** 浸泡	To cook noodles, all you need to do is let them **soak** in boiling water until they are soft. 煮麵的時候，只要把麵浸在滾水裡，直到軟了就行了。

49 wither ↔ weather （MP3 ▶ 6-1-49）

單字源來如此

這組單字的核心語意是「乾枯」（wither）。

wither [ˋwɪðɚ] **v** 枯萎、乾枯	As the weather turned colder, the leaves started to **wither** and fall from the trees. 天氣漸漸轉涼，樹上的葉子開始枯萎掉落。

weather [ˋwɛðɚ] n 天氣 v（使）風化、平安度過（暴風雨）	The Titanic was a massive ship that was built to **weather** any storm, and was thought to be unsinkable. 鐵達尼號原本是艘可以**經受任何風雨**的巨船，被認為是不可能沉的船。

(50) part ↔ portion MP3 ▸ 6-1-50

單字源來如此

這組單字的核心語意是「部分」（part）。

part [pɑrt] n 部分	Although the entire book was good, my favorite **part** was the sudden surprise at the end. 雖然整本書都好看，但我最喜歡的**部分**是結尾突然出現的驚喜。 衍生字 **part**ial adj 局部的；a**part** adv 分開地；**part**ly adv 部分地；a**part**ment n 公寓套間；de**part** v 出發；de**part**ure n 出發、啟程；de**part**ment n 部門；**part**icipate v 參加；**part**icipation n 參加、參與；**part**icular adj 特殊的、獨特的；**part**icularly adv 特別、尤其；**part**ner n 伙伴；**part**nership n 合夥關係；**part**y n 聚會、派對；**par**cel n 包裹
portion [ˋporʃən] n 一部分；份量	Each person attending the food-eating contest received the same **portion**, but only one was able to finish it. 大胃王比賽給每個參賽者相同**份量**的食物，但只有一個人吃得完。

(51) line ↔ linen MP3 ▸ 6-1-51

單字源來如此

這組單字的核心語意是「線」（line）。

line [laɪn] n 繩、線	He drew a **line** to connect the two points, revealing the direction we needed to go. 他畫**線**把二點連起來，指出我們要去的方向。 衍生字 air**line** n 航線；head**line** n 標題；dead**line** n 截止期限；coast**line** n 海岸線；under**line** v 在……的下面劃線；pipe**line** n 導管；out**line** n 外形、輪廓；**line**r n 班機

| linen
[ˋlɪnən]
n 亞麻線、亞麻布 | Sleeping in a bed with freshly-washed **linen** makes for a very satisfying night's rest.
睡在剛洗好的亞麻床單上讓人晚上可以心滿意足地休息。 |

52 gather ↔ together （MP3 ▶ 6-1-52）

單字源來如此

這組單字的核心語意是「聚集」（gather）。

| gather
[ˋgæðɚ]
v 摘、採集、召集 | My cousin and I were out all day **gathering** berries for my mother to make a pie.
為了讓我媽媽做派，我和表哥出去採莓果採了一整天。
衍生字 gathering **n** 集會、聚集 |
| together
[təˋgɛðɚ]
adv 一起、共同 | When Michael Jordan and Scottie Pippen played **together**, the Chicago Bulls were impossible to beat.
當麥可·喬丹和斯科蒂·皮蓬一起出場時，芝加哥公牛隊所向披靡。　**衍生字** altogether **adv** 完全 |

53 ripe ↔ reap （MP3 ▶ 6-1-53）

單字源來如此

這組單字的核心語意是「成熟的」（ripe），reap（收割）的時期是在作物「成熟」（ripe）時。

| ripe
[raɪp]
adj 成熟的 | One taste of the strawberries was enough to know that they were not yet **ripe**.
嚐一口草莓就知道它們還沒成熟。 |
| reap
[rip]
v 收割 | The farmer would **reap** the rewards of his hard work when the crops were ready to be harvested.
穀物豐收時，農夫就可以收割辛苦工作的成果。 |

Unit 6 母音轉換

54 die ↔ dead ↔ death (MP3 ▶ 6-1-54)

單字源來如此
這組單字的核心語意是「死」（die）。

die [daɪ] **v** 死	The circle of life explains how some creatures need to **die** in order for new life to begin. 生命循環解釋了某些生物死亡是為了新生命的開始。 衍生字 **dy**ing **adj** 垂死的
dead [dɛd] **adj** 死的	It is important to remember that, long after they are **dead**, we still have the memories of people we loved. 很重要的是要記得，在我們所愛的人過世很久以後，我們還擁有和他們的回憶。
death [dɛθ] **n** 死亡	Many scientists think that the **death** of the dinosaurs was the result of a large meteor that hit the Earth. 許多科學家認為恐龍的死亡是一棵巨大隕石撞上地球的結果。

55 rise ↔ raise (MP3 ▶ 6-1-55)

單字源來如此
這組單字的核心語意是「上升」（rise）。

rise [raɪz] **v** 上升、起立	Everyone was asked to **rise** and show patriotic support as they played the national anthem. 他們演奏國歌時，所有人都要起立行禮。 衍生字 arise **v** 產生
raise [rez] **v** 舉起、抬起	The woodsman **raised** his axe over his head and slammed it down, splitting the wood in two. 樵夫將斧頭高舉過頭砍下，將木頭劈成兩半。

56 embassy ↔ ambassador (MP3 ▶ 6-1-56)

單字源來如此

這組單字的核心語意是「大使」（ambassador）。

embassy [ˋɛmbəsɪ] **n** 大使館	When our passports were stolen on vacation, we had to visit our **embassy** to figure out how to get home. 護照在度假時被偷了，我們得去大使館想辦法看怎麼樣才能回家。
ambassador [æmˋbæsədɚ] **n** 大使	An **ambassador** was sent to represent the president at the United Nations meeting after he suddenly fell ill. 總統突然生病後，一位大使被指派代表總統出席聯合國會議。

57 esteem ↔ estimate (MP3 ▶ 6-1-57)

單字源來如此

這組單字的核心語意是「估價」（esteem）。

esteem [ɪsˋtim] **n** 尊重、估價	The town held the local hero in the highest **esteem** after he risked death to save a young boy. 當他冒死救了小男孩之後，整個鎮上都以最高敬意對待這位在地英雄。
estimate [ˋɛstə͵met] **v** 估計、評估	The history expert **estimated** the value of the painting to be worth over a million dollars. 歷史專家評估這幅畫的價值會超過一百萬元。

58 peer ↔ compare ↔ umpire (MP3 ▶ 6-1-58)

單字源來如此

這組單字的核心語意是「相等」（equal）。compare（比喻為）是將兩樣有「相似」、「相等」（par-）屬性的事物、人拿來做比擬，umpire（裁判員）的字面上意思是「不」（um- = not）「相等」（pir- = par- = peer），即非兩造的第三公正方。

Unit 6　母音轉換

peer [pɪr] **n** 同等地位的人、同輩、同事	Dave is seen as a leader amongst his **peers** because he is the oldest and most social of the group. 戴夫在同儕中被視為領袖，因為他是裡面年紀最大和最有人緣的人。
com**par**e [kəmˋpɛr] **v** 比較、對照、比喻為	When shopping for a new camera, the photographer **compared** Canon to Nikon to decide which was better for him. 要買新相機時，那攝影師比較了 Canon 和 Nikon 看哪個比較適合他。 衍生字　com**par**ison **n** 比較；com**par**able **adj** 可比較的
um**pir**e [ˋʌmpaɪr] **n** 裁判員	The home crowd applauded the **umpire** for making the right call on a difficult play. 本地群眾對裁判在這場難分高下的比賽中做出公正的判決而大聲喝采。

59 fl**ee** ↔ fl**y**　MP3▶ 6-1-59

單字源來如此

這組單字的核心語意是「逃脫」（escape），印歐語源頭的核心語意是「流」（flow）。

flee [fli] **v** 逃離	The attack of Godzilla forced the citizens of Tokyo to **flee** as quickly as they could. 哥吉拉的攻擊迫使東京市民得盡快逃離。
fly [flaɪ] **v** 逃跑、飛	Every year, geese **fly** south as the northern weather gets cold in what is known as their annual migration. 每年當北方氣候變冷，鵝群就會飛到南方，這是他們一年一次的遷徙。

- 同源字學更多：**fleet** **adj** 快速的；**flutter** **v** 拍動；**flight** **n** 飛行；**flow** **v** 流動；**float** **v** 漂浮；**flood** **n** 水災；**fowl** **n** 家禽；**pneu**monia **n** 肺炎

192

⑥⓪ custom ↔ costume (MP3▶ 6-1-60)

單字源來如此

這組單字的核心語意是「習慣」（custom），costume（戲服）是演戲時每個角色「習慣」（custom）穿的服裝。

custom [`kʌstəm] **n** 習俗、習慣	It is a **custom** of the French to kiss both cheeks when saying hello to close friends and family. 跟親近的朋友和家人打招呼時親吻雙頰是法國人的習俗。 **衍生字** ac**custom** **v** 使習慣
costume [`kɑstjum] **n** 戲裝、服裝	In America, Halloween is celebrated with children dressing up in **costumes** and asking the neighbors for candy. 在美國，萬聖節時孩子們會變裝打扮到鄰居家要糖果來慶祝。

⑥① day ↔ dawn (MP3▶ 6-1-61)

單字源來如此

這組單字的核心語意是「天」（day），dwan（黎明）是白「天」（day）的開始。

day [de] **n** 白天、一天	The hotel clerk usually slept during the **day** because he had to be at the desk throughout the night. 那個旅館服務生通常在白天睡覺，因為他必須在服務台待整夜。 **衍生字** holi**day** **n** 節日、假日；to**day** **n** 今天；**dai**ly **adj** 日常的
dawn [dɔn] **n** 黎明	A good photographer will always be up before **dawn** to photograph the beautiful light of sunrise. 為了拍攝日出的美麗光彩，好攝影師一定會在黎明破曉前就起床。

⑥② fun ↔ fond (MP3▶ 6-1-62)

單字源來如此

這組單字的核心語意是「有趣的」（fun），可用有趣的事物，受人「喜愛」（fond）來聯想。

Unit 6 母音轉換

fun [fʌn] **n** 娛樂、樂趣 **adj** 有趣的	All of the kids had lots of **fun** playing with the animals at the petting zoo. 所有孩子在動物園的觸摸體驗區跟動物們玩得很開心。 衍生字 **fun**ny **adj** 有趣的
fond [fɑnd] **adj** 愛好的	I like all flavors of ice cream, but I am particularly **fond** of chocolate with mint. 我喜歡所有口味的冰淇淋，但我尤其愛好巧克力薄荷口味的。

63 grope ↔ gripe （MP3▶6-1-63）

單字源來如此
這組單字的核心語意是「抓」（grasp）。

grope [grop] **v** 觸摸、探索、暗中摸	The driver **groped** under the seat blindly while trying to find the coins that had rolled underneath. 司機在座位底下胡亂摸找，試圖找滾到底下的零錢。
gripe [graɪp] **v** 握緊、發牢騷	Coach Ken told his team never to **gripe** to the referees about a bad call. 肯恩教練要隊員絕對不可以因為被判壞球去找裁判興師問罪。

64 hat ↔ hood ↔ heed （MP3▶6-1-64）

單字源來如此
這組單字的核心語意是「遮蔽」（shelter），衍生「保護」（protect）、「注意」（pay attention）等語意。

hat [hæt] **n** 帽子	**Hats** were originally made and worn to help keep the sun out of farmers' eyes. 帽子本來是做來讓農夫戴著防止陽光照到眼睛的。

hood [hʊd] **n** 頭巾、似風帽的東西	The witness did not get a good look at the robber's face because he was wearing a **hood** and sunglasses. 目擊者並沒有清楚看到搶匪的臉，因為他穿著**連帽 T 恤**並戴著太陽眼鏡。
heed [hid] **n** 注意、聽從	The ranger strongly suggested the hiker take **heed** of his words and find shelter before the storm. 國家公園管理員強烈建議遊客**謹記**他的話，在暴風雨來之前找好躲避處。

65 nun ↔ nanny　MP3 ▶ 6-1-65

單字源來如此

這組單字的核心語意是「女性長輩」（female adult）。

nun [nʌn] **n** 修女	In order to become a **nun**, a woman must choose a life of poverty and dedication to God. 為了成為**修女**，女人必須選擇過貧困和為神奉獻的生活。
nanny [ˋnænɪ] **n** 保姆	The children all saw their **nanny** as a second mom and a true member of the family. 孩子們都把自己的**保姆**當作第二個母親和家裡真正的成員。

66 pick ↔ peck　MP3 ▶ 6-1-66

單字源來如此

這組單字的核心語意是「選擇」、「啄食」（pick）。

pick [pɪk] **v** 挑選、選擇、啄食	Each student who had received a good grade was allowed to **pick** one reward from the teacher's box of candy. 每位得到好成績的學生都可以從老師的糖果盒裡**挑**一顆糖果。

195

peck [pɛk] n 啄；匆匆的吻	My aunt always says hello with a big hug and a **peck** on the cheek. 我阿姨總是用大大的擁抱和輕**吻**臉頰打招呼。 衍生字 woodpecker n 啄木鳥

- 同源字學更多：**peak** n 山頂

(67) bead ↔ bid MP3 ▶ 6-1-67

單字源來如此

這組單字的核心語意是「問」（ask）、「祈求」（pray）。bead（珠子、佛珠）是「祈求」神明庇佑用的器具，bid（喊價）是「祈求」用好價格買到該商品。

bead [bid] n 珠子、汗珠、淚珠	As the heat rose, small **beads** of sweat began to form on the hiker's face. 隨著溫度漸漸上升，健行者臉上的小**汗珠**開始冒出來。
bid [bɪd] v 命令、喊價、投標	The auction winner had **bid** $10,000, which was more than double what the painting was worth. 拍賣得標者**出價**一萬元，比那幅畫原價的兩倍還高。

(68) lead ↔ lad MP3 ▶ 6-1-68

單字源來如此

這組單字的核心語意是「引領」（lead）。lad（男孩）尚需成人「引領」（lead）才能成長茁壯。

lead [lid] v 引導	A good leader is one that **leads** by their actions, as well as their words. 好的領導者是用自身言行來**領導**。 衍生字 **lead**er n 領袖、領導者；mis**lead** v 誤導；**lead**ership n 領導才能

lad [læd] **n** 小伙子、少年	The person next to me on the train was a young **lad** wearing a suit and a tie. 火車上坐我旁邊的是個穿西裝打領帶的小伙子。
	• 同源字學更多：**load** **n** 負荷

⑥⑨ l**i**ft ↔ l**o**ft （MP3 ▶ 6-1-69）

單字源來如此

這組單字的核心語意是「舉高」（raise）。

lift [lɪft] **v** 舉起	Ants are the strongest animal on the planet, able to **lift** 1000 times their body weight over their heads. 螞蟻是地球上最強壯的動物，可以把體重 1000 倍的重物舉過頭。
loft [lɔft] **n** 閣樓	The room I sleep in was a **loft** that my parents converted to a bedroom when we moved in. 我睡覺的房間原本是閣樓，我爸媽在我們搬進來時把它布置成臥房。

⑦⓪ l**a**me ↔ l**u**mber （MP3 ▶ 6-1-70）

單字源來如此

這組單字的核心語意是「跛腳的」（lame）。lumber（笨重地移動）本指因為「跛腳」（lum- = lame）而造成移動上的困難。

lame [lem] **adj** 跛腳的、無聊的	The family all laughed at the **lame** joke their father had told them. 聽到爸爸講的冷笑話，全家人都笑了。
lumber [ˈlʌmbɚ] **v** 笨重地移動	The sleepy child **lumbered** into the kitchen only half awake and wishing to go back to bed. 昏昏欲睡的孩子拖著沉重的腳半睡半醒走進廚房，只希望能回去睡覺。

Unit 6 母音轉換

71 harbor ↔ bury (MP3 ▶ 6-1-71)

單字源來如此

這組單字的核心語意是「保護」（protect）。harbor（海港）有保護的功用，可用避風港聯想，bury（埋葬）是用土覆蓋「保護」屍體。

harbor [ˋhɑrbɚ] **n** 海港	An old proverb says, "ships are safe staying in the **harbor**, but that's not what they were built for." 古老俗諺說：「船待在港灣裡很安全，但船不是造來放在港灣裡的。」
bury [ˋbɛrɪ] **v** 埋葬	The pirates waited until after dark to **bury** the treasure, so that no one could see them. 海盜等到天黑後才埋寶藏，這樣就不會有人看到。

● 同源字學更多：borrow **v** 借；bargain **n** 協議

72 spell ↔ gospel (MP3 ▶ 6-1-72)

單字源來如此

這組單字的核心語意是「故事」（story）或「命令」（command）。spell（咒語）是以某種特別的順序或特殊音節念出的一串語句，彷彿在下「命令」（command）召喚幽靈，以得到特殊的力量；gospel（福音）本意是「好的」（go- = good）「故事」（spel- = spell = story），在希臘文中表示「好消息」，聖經中的原意為「（天國來的）好消息」。

spell [spɛl] **n** 咒語	The witch put a magic **spell** on the young prince, turning him into a toad. 女巫對年輕的王子施了魔咒，讓他變成一隻癩蛤蟆。
gospel [ˋgɑsp!] **n** 福音、真理	The research had a lot of good information, but nothing could be taken as **gospel** without further testing. 這項研究有很多好的資訊，但沒有更詳細的測試之前不能當成真理。 衍生字 spelling **n** 拼字

73 culture ↔ colony (MP3 ▶ 6-1-73)

單字源來如此

這組單字的核心語意是「耕種」（cultivate）或「居住於」（inhabit）。culture（文化）發軔大多和「耕種」（cultivate）有關，colony（殖民地）是在另外一地方植入新的體制，培養新的「文化」，也會移入新人口，「居住於」（inhabit）該處。

culture [ˈkʌltʃɚ] **n** 文化	Each country has a different **culture**, and exploring it is what I enjoy most about traveling.　每個國家都有不同文化，而探索文化是我在旅行時最喜愛的事。
colony [ˈkɑlənɪ] **n** 殖民地	The English came to form a new **colony** in the land that Columbus had found, free of religious limitation. 英國人來到哥倫布發現的大陸建立新殖民地，擺脫宗教束縛。　衍生字 **col**onial **adj** 殖民地的

- 同源字學更多：**cul**tivate **v** 耕種；**col**lar **n** 衣領；**cyc**le **n** 週期；bi**cyc**le **n** 腳踏車；en**cyc**lopedia **n** 百科全書；**wheel** **n** 輪子；**pole** **n** 極地；ba**zaar** **n** 市場

74 grace ↔ congratulate (MP3 ▶ 6-1-74)

單字源來如此

這組單字的核心語意是「表達喜悅」（show joy）。

grace [gres] **n** 恩惠、 　善意、優美	The ballerina moved with such **grace** that she looked like an angel to the audience. 女芭蕾舞者姿態優雅得讓觀眾覺得她看起來像天使一樣。 衍生字 **gra**cious **adj** 親切的；dis**grac**e **n** 羞恥；dis**grac**eful **adj** 可恥的；**gra**teful **adj** 感激的；**gra**titude **n** 感激之情
con**gra**tulate [kənˈgrætʃə,let] **v** 祝賀	My parents bought me a new phone to **congratulate** me on earning the highest grades in the class. 我父母親買新手機給我，恭喜我得到全班最高分。 衍生字 con**gra**tulation **n** 祝賀詞

- 同源字學更多：a**gree** **v** 同意

75 cosmetic、cosmopolitan (MP3▶6-1-75)

單字源來如此

這組單字的核心語意是「宇宙」（cosmo），宇宙運行有一定的秩序和規律，而規律產生美感；cosmetic（化妝品）是提升人體外貌美麗程度的物質，讓外表有種調和之美；cosmopolitan（國際性的）本意是像「宇宙」（cosmo）般的大「城市」（polit- = city）。

cosmetic [kɑz`mɛtɪk] **n** 化妝品 **adj** 表面的	The **cosmetic** damage on the used camera I purchased did not affect its ability to take photos. 我買的二手相機表面的瑕疵並不影響拍照功能。 衍生字 **cosme**tics **n** 化妝品
cosmopolitan [,kɑzmə`pɑlətṇ] **adj** 國際性的	As a trading port and hub of international activity, Seattle has become a popular **cosmopolitan** city. 作為貿易港及國際娛樂活動的中心，西雅圖已成為一座受歡迎的國際化城市。

76 lay ↔ lie ↔ low (MP3▶6-1-76)

單字源來如此

這組單字的核心語意是「放下」（lay），衍生意思有「躺」、「臥」、「低」等。

lay [le] **v** 放、擱	I asked my girlfriend to find a good spot to **lay** the picnic blanket down while I prepared the sandwiches. 我準備三明治時要女友找個適當地方鋪野餐墊。
lie [laɪ] **v** 躺、臥	The nurse told the sick student to **lie** down for a while to give his body plenty of time to rest. 護士要生病的學生躺下來讓身體有足夠時間休息。
low [lo] **adj** 低的	The ceiling was too **low** for most people of average height to comfortably stand up. 這天花板對大部分平均身高的人來說太低了，無法舒服地站著。

- 同源字學更多：**law n** 法律；out**law n** 歹徒、罪犯；**law**ful **adj** 合法的；**law**less **adj** 非法的；**law**yer **n** 律師；fel**low adj** 同伴的；**li**tter **n** 廢棄物

(77) lack ↔ leak MP3 ▸ 6-1-77

單字源來如此

這組單字的核心語意是「缺少」（lack），而 leak（裂縫）是某處「缺少」（lack）了一處。

lack [læk] v 缺少	Walt Disney was fired from his first job because they said he **lacked** creativity and imagination. 華特・迪士尼的第一份工作被炒魷魚，因為他們說他**缺乏**創造力和想像力。
leak [lik] n 漏洞、裂縫	A **leak** in the pipes caused the basement to fill up with water, damaging everything in it. 水管**破洞**導致地下室淹水，全部的東西都泡湯了。

● 同源字學更多：lake n 湖

(78) lean ↔ ladder MP3 ▸ 6-1-78

單字源來如此

這組單字的核心語意是「傾斜」（lean）。ladder（梯子）是可「傾斜」（lean）靠著牆壁的工具。

lean [lin] v 傾斜	The tourists **leaned** over the railing as far as they could, trying to get a better look. 遊客把身體盡可能**探出**欄杆外，試圖看得更清楚些。
ladder [ˋlædɚ] n 梯子	The firefighters used their **ladder** to rescue a woman who was trapped on the third floor. 消防隊員用**梯子**搭救一名被困在三樓的女子。

● 同源字學更多：lid n 蓋子

(79) council ↔ reconcile MP3 ▸ 6-1-79

單字源來如此

這組單字的核心語意是「會議」（council）。reconcile（使和解）是透過一次「又」一次（re- = again）的「會議」（council）協商以達成和解。

Unit 6 母音轉換

council [ˈkaʊnsl̩] **n** 會議	The country assembled a **council** of its greatest economists to try to solve the financial crisis. 國家召集最好的經濟學家來開會，試圖解決財務危機。
re**concile** [ˈrɛkənsaɪl] **v** 使和解	It only took my friend and I two hours to **reconcile** after having a disagreement. 爭執過後，我和朋友只花二小時就和好了。

- 同源字學更多：ex**claim** **v** 呼喊；**cal**endar **n** 日曆；**claim** **v** 要求；ex**claim** **v** 呼喊；**cla**ss **n** 階級

⑧⓪ sh**oo**t ↔ sh**ou**t （MP3 ▶ 6-1-80）

單字源來如此

這組單字的核心語意是「丟」（throw）。shout（呼喊）就是把聲音給「丟」（throw）出來。

shoot [ʃut] **v** 發射	You should never pretend to **shoot** a gun at somebody, even if you are certain it is empty. 即便確定槍是空的，也絕不可以假裝對別人開槍。 衍生字 shot **n** 射擊
shout [ʃaʊt] **v** 呼喊	Tim does not hear well, so you will have to **shout** when you are speaking to him. 提姆聽不太到，所以你跟他說話時要大聲喊。

- 同源字學更多：**shut** **v** 關閉；**shut**tle **v** 往返運行；**sheet** **n** 床單；**sc**out **n** 偵察員

⑧① s**a**lt ↔ s**a**lad （MP3 ▶ 6-1-81）

單字源來如此

這組單字的核心語意是「鹽」（salt）。salad（沙拉）本指用「鹽」（salt）醃漬的蔬菜，salary（薪資）本指給羅馬士兵買「鹽」（salt）的錢。

salt [sɔlt] **n** 鹽	Most restaurants will set the table with **salt** and pepper, as they are commonly added to food. 大部分餐廳都會在桌上放鹽和胡椒，因為把它們加在食物裡很常見。　衍生字 **sal**ty **adj** 有鹽分的、鹹味濃的
salad [ˋsæləd] **n** 沙拉	Jane has been eating a lot more **salad** in an attempt to improve her diet and lose weight. 為了要改善飲食和減重，貞恩近來吃很多沙拉。
salary [ˋsælərɪ] **n** 薪資、薪水	Employee **salaries** are meant to be kept secret to avoid competition and jealousy amongst the workers. 員工薪資本該要保密，以避免員工之間的競爭和嫉妒心態。

82 carol ↔ chorus ↔ choir　MP3 ▶ 6-1-82

單字源來如此

這組單字的核心語意都和「唱」（sing）有關。

carol [ˋkærəl] **n** 頌歌	The children joined to sing a lovely **carol** that could be heard throughout the entire town. 孩子們參與一首可愛的頌歌合唱，整個鎮上的人都會聽見這首歌。
chorus [ˋkorəs] **n** 合唱團、副歌	Some say that the key to writing a good song is to have a memorable **chorus**. 有人說寫出好歌的關鍵就是譜出一段令人難忘的副歌。
choir [kwaɪr] **n** 唱詩班、合唱團	Our church **choir** has some of the best singers and dancers in the entire country. 我們教會唱詩班有全國最好的歌手和舞者。

歷屆試題看這裡！掃 QR Cord 立即練習！
https://video.morningstar.com.tw/0170005/6-1.html

6-1 單字對單字
解答請見 263 頁

6-2 單字對字根首尾

🔍 轉音例字

❶ beat ↔ bat- （MP3 ▶ 6-2-01）

> **單字源來如此**
> 可用 beat 母音通轉來記憶 bat-,「打」的意思。debate（辯論）的目的就要「打」（bat- = beat）「倒」（de- = down）對方。

battle [ˋbæt!] **n** 戰鬥、戰役	The final **battle** in the American Civil War took place at a ranch called Palmito. 美國南北戰爭的最後一場戰役發生在名叫帕米多的大牧場。
batter [ˋbætɚ] **v** 連續猛擊、搗毀、打碎	Although the car's paint had been **battered** by years of bad weather, the engine still worked perfectly. 雖然這台車的外漆多年來被惡劣天氣摧毀，但引擎還是可以完美運作。 **衍生字** **bat**tery **n** 電池、砲台
com**bat** [ˋkɑmbæt] **n** **v** 戰鬥、反對、對付	An exterminator was called in by Chef Henry to **combat** the rats that infested the restaurant. 主廚亨利引進一種滅鼠藥來對付在餐廳到處肆虐的老鼠。
de**bat**e [dɪˋbet] **n** **v** 辯論、討論	Citizens of the city gathered at town hall to **debate** the increase in taxes being proposed. 城市的市民在市政大廳集合，辯論提高稅收的提案。

❷ bind ↔ band-、bond- （MP3▶6-2-02）

單字源來如此

可用 bind 母音通轉來記憶 band-, bond-，「捆」、「綁」的意思。husband（丈夫）本義是「房子」（hus- = house）的「持有者」（band- = householder）。

bind [baɪnd] **v** 捆、綁	One stick is easily broken, but if you **bind** many together, they become very strong. 一支木棍很容易折斷，但如果把很多木棍綁在一起，它們就會很強壯。
hus**band** [ˋhʌzbənd] **n** 丈夫	She met her **husband** in high school, and they dated for many years before getting married. 她在高中時認識她丈夫，交往了許多年才結婚。
bound [baʊnd] **adj** 被縛住的	A marriage that is **bound** together by love and understanding will never end in divorce. 用愛和理解繫住的婚姻永遠也不會離婚。
bandage [ˋbændɪdʒ] **n** 繃帶	The nurse changed the old **bandage** on the wound with a clean one to prevent infection. 護士換掉傷口上的舊繃帶，換上新的以避免傷口感染。

● 同源字學更多：rib**bon** **n** 緞帶；**bend** **v** 使彎曲

❸ cause ↔ cus- （MP3▶6-2-03）

單字源來如此

可用 cause 母音通轉來記憶 cus-，「原因」、「動機」的意思。accuse（指控）表示要控訴他人之前要先找個「原因」。

cause [kɔz] **n** 原因、動機	The **cause** of the fire was determined to be a cigarette that had not been properly put out. 火災的起因確定是一支沒有完全熄滅的香菸。 衍生字 be**cause** **conj** 因為

Unit 6 母音轉換

accuse [ə`kjuz] **v** 指控、歸咎於	One should never **accuse** another of cheating, unless they are absolutely certain it is true. 除非絕對地確定是真的，否則不應該指責別人是騙子。 衍生字 ac**cus**ation **n** 指控
excuse [ɪk`skjuz] **n** 藉口、辯解	The teacher accepted the student's **excuse** for being late when she explained there were problems at home. 學生說家裡有事才遲到的時候，老師接受了她的理由。

❹ common ↔ commun- (MP3▶6-2-04)

單字源來如此

可用 common 母音通轉來記憶 commun-，「共同的」的意思。community（社區）是許多住戶「共同的」（commun-）生活空間，communism（共產主義）是一種共享經濟結合集體主義的政治思想，communicate（傳達）是「共同」（commun-）交流、傳達彼此意見。

common [`kɑmən] **adj** 常見的、共同的	The most **common** word that is written in the English language is the word "the." 英文中最常寫到的字是「the」。 衍生字 **common**place **n** 老生常談
community [kə`mjunətɪ] **n** 社區、社會	The entire **community** embraced the return of the soldier who had left to fight for his country. 整個社區欣然歡迎離家為國打仗的士兵歸來。
communism [`kɑmjʊ,nɪzəm] **n** 共產主義	The idea of **communism** is one that focuses more on the idea of community ownership than individual ownership. 共產主義的概念是全體資產更重於個人資產。 衍生字 **commun**ist **n** 共產主義者
communicate [kə`mjunə,ket] **v** 交流、傳達、傳染	New technology has changed the way we **communicate** with each other to a more digital format. 新科技已經讓我們彼此交流的方式變得更數位化了。 衍生字 **commun**ication **n** 溝通、傳染；**commun**icative **adj** 暢談的

❺ clear ↔ clar- (MP3 ▶ 6-2-05)

單字源來如此

可用 clear 母音通轉來記憶 clar-,「清楚的」的意思,declare(宣稱)是要把事情給講「清楚」(clar-)。

clear [klɪr] **adj** 清楚的、清澈的	The ocean water was so **clear** that we could see all the way to the bottom. 海水如此清澈,我們都能直接看到海底了。 衍生字 **clear**ance **n** 清除
clarity [ˋklærətɪ] **n** 清楚、清澈	The professor added **clarity** to the lesson by using many examples that every student could understand. 教授用許多每個學生都能理解的例子讓課堂內容更清楚。 衍生字 **clar**ify **v** 闡明、淨化
de**clar**e [dɪˋklɛr] **v** 宣布、宣稱	Abraham Lincoln **declared** all slaves to be free men following the North's victory in the American Civil War. 南北戰爭的北方勝利後,林肯宣布所有奴隸都自由了。 衍生字 de**clar**ation **n** 宣布

名字裡的世界:字源探索之旅

Claire(克萊兒)、Clara(克拉拉)

名字的歷史和文化意蘊

Claire 源自於法語的 *claire*,而 Clara 源自於拉丁語的 *Clara*,兩字都可以上溯至拉丁語的 *clarus*,其含義為「清楚的」、「明亮的」。在 20 世紀的法國,Claire 是一個普遍的女性名字,儘管在近年來,其人氣已被 Clara 超越。在英國,特別是在 1970 年代,Claire 也曾經是非常流行的名字。

英語詞彙探幽

Claire 和 Clara 字裡頭藏著字根 *clar*(清楚的)。以 *clar* 為基礎,我們可以學到一系列單字:

1. **clar**ify 是由 *clar*(意為「清楚的」、「明亮的」)和 *-ify*(動詞字尾,表示「使成為」)兩個詞素組合而成,意思是「使更清晰易懂」、「澄清」。
2. **clar**ity 是由 *clar*(意為「清楚的」、「明亮的」)和 *-ity*(名詞字尾,表示「性質」或「狀態」)兩個詞素組合而成,意思是「清晰」、「清楚」。

Unit 6 母音轉換

3. de**clar**e 是由 *de-*（此處是「加強語氣」）和 *clar*（意為「清楚的」、「明亮的」）兩個詞素組合而成，意思是「宣布」、「聲明」。declare 是一種明確且公開表達的行為。

❻ counter ↔ contra- （MP3 ▶ 6-2-06）

單字源來如此

可用 counter 母音通轉來記憶 contra-，「相反的」、「對立的」（against）的意思。

counter [ˋkaʊntɚ] **v** 反對 **adj** 相反的、對立的	The car salesman **countered** my offer with a price that was, unfortunately, out of my price range. 不幸地，那名汽車銷售員給我一個超出預算的價格，讓我打了退堂鼓。
en**counter** [ɪnˋkaʊntɚ] **v** 遭遇、遇到	We were unlikely to **encounter** bears on our hike, but we took bear spray just in case. 我們爬山時不太可能遇到熊，但我們還是帶著防熊噴霧劑以防萬一。
counterclockwise [͵kaʊntɚˋklɑk͵waɪz] **adj** 逆時針方向的 **adv** 逆時針方向	The speaker asked each girl to move one seat **counterclockwise** as part of a story she was telling. 講者請每位女孩像她講的故事一樣朝逆時針方向移動一個座位。
counterpart [ˋkaʊntɚ͵pɑrt] **n** 對應的人	The hotel manager spoke with his **counterpart** in Hawaii to try and get a discount for his favorite guests. 飯店經理跟夏威夷那邊對應的主管溝通，想為他最喜歡的客人爭取到折扣。
contrary [ˋkɑntrɛrɪ] **adj** 相反的、對立的	**Contrary** to popular belief, shaving does not cause hair to grow back thicker and darker. 和大家認為的相反，刮除毛髮並不會讓毛髮變得更加粗黑。

contrast
[ˈkɑn,træst]
n 對比、對照
[kənˈtræst]
v 使對比、使對照

Photographers will often dress their models in red to create **contrast** between them and the most commonly occurring natural colors.
攝影師經常讓模特兒穿紅色衣服來創造他們和常見自然景色的**對比**。

control
[kənˈtrol]
n **v** 控制、抑制

The driver lost **control** of the car after hitting a thick spot of ice on the road.
司機開車撞上路上的厚冰之後失去了車子的**控制**。

7 cross ↔ cruc- 〔MP3 ▶ 6-2-07〕

單字源來如此

可用 cross 母音通轉來記憶 cruc-，「十字」、「交叉」的意思，「跨越」是衍生意思。crucial（決定性的）可想像為站在十字路口，左轉、右轉或是前進，需要做出決定。

cross
[krɔs]
n 十字架、十字形
v 跨越

The Christian symbol of a **cross** represents the sacrifice that Jesus made out of love for mankind.
基督教的象徵——**十字架**——代表耶穌出於愛世人而受死。
衍生字 a**cross** **adv** 橫越、穿過；**cross**ing **n** 交叉、橫渡

crucial
[ˈkruʃəl]
adj 決定性的、艱難的

The team's best player scored a **crucial** basket in the final minute of the game.
球隊最佳球員在比賽最後一分鐘投進**決定性**的得分球。

cruise
[kruz]
v 巡航、航行

On sunny days, I like to **cruise** the streets in my new car without having to go anywhere in particular.
晴天的時候，我喜歡開著新車在街上漫無目的地**兜風**。
衍生字 **crui**ser **n** 遊艇

Unit 6 母音轉換

❽ city ↔ civi- (MP3 ▶ 6-2-08)

單字源來如此

可用 city 來記憶 civi-，「文明」的意思，city（城市）是「文明」的象徵，city 和 civi- 同源。

city [ˋsɪtɪ] **n** 城市	My mother does not like to visit the **city**, as she finds the speed of life too fast there. 我母親覺得都市生活速度太快，不喜歡到都市來。 衍生字 **citi**zen **n** 市民、居民
civic [ˋsɪvɪk] **adj** 城市的、市民的	In order to help the city, a group of **civic** volunteers meets every week to discuss future opportunities. 為了幫助這個城市，一群市民志工每星期聚會討論未來的機會。
civil [ˋsɪv!] **adj** 市民的、國民的、有教養的	Our daughter's boyfriend is a very polite and **civil** young man who treats her well. 我們女兒的男朋友對她很好，是個很有禮貌又有教養的年輕人。 衍生字 **civi**lize **v** 教化、使文明；**civi**lian **n** 百姓、**adj** 民用的；**civi**lization **n** 文明、文化

❾ eight ↔ oct- (MP3 ▶ 6-2-09)

單字源來如此

可用 eight 母音通轉來記憶 oct-，「八」的意思。October（十月）原是羅馬舊曆的八月，新曆法延後二個月，變成十月；octopus（章魚）字面意思就是「八」（oct-）「爪」（pus- = foot）章魚。

octopus [ˋɑktəpəs] **n** 章魚	It is common in Asian culture to eat **octopus**, though you will rarely find it on menus in the US. 雖然在美國很少會看到章魚出現在菜單上，但在亞洲文化裡吃章魚是很普遍的。

October [ɑk`tobɚ] **n** 十月	My favorite month is **October** because the weather is more mild and the leaves begin changing colors. 我最喜歡的月份是<u>十月</u>，因為天氣比較舒適，葉子也開始轉換顏色。

❿ fl**ower** ↔ fl**or**- （MP3 ▶ 6-2-10）

> **單字源來如此**
> 可用 flower 母音通轉來記憶 flor-，「花」的意思。羅馬神話中司花朵的女神是 Flora，後來用 flora 指「植物群」。

flower [`flaʊɚ] **n** 花、精華	The boy gave his girlfriend a dozen roses, one **flower** for each month they have been together. 男孩給他女朋友十二朵玫瑰花，<u>一朵花</u>是一個月，代表他們在一起的時間。
flora [`florə] **n** 植物群	I was amazed to see all the different **flora** that grew in the jungles of South America. 看到南美叢林裡生長的各形各色<u>植物群</u>讓我驚嘆不已。

● 同源字學更多：**flour** **n** 麵粉；**flour**ish **v** 茂盛、繁榮；**bloss**om **n** 花、**v** 開花；**bloom** **n** 花、**v** 開花

名字裡的世界：字源探索之旅

Flora（芙蘿拉）

名字的歷史和文化意蘊

Flora 源自於拉丁語的 *flos*，其含義為「花朵」（flower）。Flora 約自 1500 年起被用來指羅馬的花神，同時也是春天之神。此外，他是西風之神齊菲兒（Zephyr）的妻子。自文藝復興時期開始，Flora 首次在法國被當作女性的名字；到了 1777 年，則擴展其涵義，指某一特定國家、地區或時期，也可以指一個群落的植物。法國大革命曆法中有一個月被命名為 *Floréal*（4 月 20 日至 5 月 20 日）。自 1640 年代以來，Flora 一詞被用作植物目錄的標題，但直到卡爾・林奈（Carl Linnaeus）於 1745 年發表其瑞典植物研究著作《瑞典植物志》（*Flora Suecica*）後，這一用法才被廣泛普及。

英語詞彙探幽

Flora 字裡頭藏著字根 *flor*（花）。以 *flor* 為基礎可以學到一系列單字：

1. **flor**ist 是由 *flor*（意為「花」）和 *-ist*（名詞字尾，表示從事某種活動的人）兩個詞素組合而成，意思是「花商」、「花店店員」。
2. ef**flor**escence 是由 *e-*（表示「外」或「出」）、*flor*（意為「花」）和 *esc*（意為「變」）、*-ence*（名詞字尾）四個詞素組合而成，意思是「開花」、「開花期」。
3. 此外，單字從古法語借入英語中常會產生雙母音化現象（diphthongization），例如 **flor**ish 中的 *flour* 即是 *flor* 產生雙母音化現象而來的，*-ish* 是動詞字尾，flourish 是「使之有花」，即「開花」，引申為「繁榮」、「昌盛」、「興旺」。

⓫ face ↔ fic- (MP3 ▶ 6-2-11)

單字源來如此

可用 face 母音通轉來記憶 fic-，「臉」、「面」的意思。superficial（膚淺的）指的是「表面」（fic-）之「上」（super-）。

face [fes] **n** 臉、表情	We could all tell from the look on his **face** that he was enjoying his chicken soup. 從他的<u>表情</u>我們看得出來他很享受他的雞湯。 **衍生字** sur**face** **n** 表面、外觀
super**fic**ial [ˋsupɚˋfɪʃəl] **adj** 表面的、膚淺的	Spiritual people are not interested in **superficial** things in the world, as they are focused more on religion. 屬靈人對於<u>表面</u>之事不感興趣，因為他們更專注在宗教上。

⓬ heir ↔ her- (MP3 ▶ 6-2-12)

單字源來如此

可用 heir 母音通轉來記憶 her-，都和「繼承」、「遺留」有關。inherit 表示「內部」（in-）「遺留」（her-）下來的，也就是「繼承」。

heir [ɛr] **n** 繼承人、繼承者	Prince Charles was the first **heir** to the throne, as he was the eldest of the king's sons. 查理王子是王位的第一繼承人，因為他是國王最年長的兒子。
in**her**it [ɪn`hɛrɪt] **v** 繼承	I will **inherit** my parents' house, while my elder sister will receive most of their money. 我將繼承父母的房子，而我姊姊是得到他們大部分的錢。
heritage [`hɛrətɪdʒ] **n** 遺產、血統	Although the boy was born in America, his **heritage** is a mix of Chinese and Japanese. 雖然男孩在美國出生，他卻有著中國和日本混血血統。

⑬ join ↔ junct- (MP3 ▶ 6-2-13)

單字源來如此

可用 join 母音通轉來記憶 junct-，「連結」的意思。joint 是二塊或二塊以上的骨之間能活動的連接，也就是「關節」；conjunction（連接詞）指的是「連結」（junct-）在「一起」（con-）的語詞。

join [dʒɔɪn] **v** 參加、使結合	Our friends asked us if we would like to **join** them on a holiday trip this summer. 我們朋友問我們這個暑假要不要參加他們的旅遊團。
joint [dʒɔɪnt] **n** 關節、接縫	My grandpa has severe **joint** pain in his elbow from too many years of playing tennis. 我祖父因為多年來打網球，手肘關節痛得厲害。 衍生字 joint **adj** 聯合的；jointly **adv** 聯合地
con**junct**ion [kən`dʒʌŋkʃən] **n** 關聯、連接、連接詞	Although it is common to use **conjunctions** when speaking casually, they are used less often in professional writing. 雖然日常說話時用連接詞很普遍，但在專業寫作時並不那麼常用到。

Unit 6 母音轉換

⑭ la**ngu**age ↔ li**ngu**- (MP3 ▶ 6-2-14)

> **單字源來如此**
>
> 可用 language 母音通轉來記憶 lingu-,「語言」的意思。如果觀察 tongue（舌頭）這個字,會發現後半的拼字和 language 的前半很像,二字同源,有了舌頭,才能說話。事實上,tongue 也有「語言」的意思,mother tongue 即「母語」。

language [ˈlæŋgwɪdʒ] **n** 語言	No matter where you are and what **language** is spoken there, a smile will always be understood. 無論你在何處,那裡說的是什麼語言,一個微笑總能行遍天下。
linguist [ˈlɪŋgwɪst] **n** 語言學者、通曉數種外語者	The professor was an impressive **linguist** who was always very careful and clever with his words. 那位教授是很出色的語言學家,用字總是非常審慎明智。

● 同源字學更多:tongue **n** 舌頭、說話能力

⑮ **le**tter ↔ **li**ter- (MP3 ▶ 6-2-15)

> **單字源來如此**
>
> 可用 letter 母音通轉來記憶 liter-,都和「文字」有關。

letter [ˈlɛtɚ] **n** 信、文字	When I studied overseas, I sent my mom a **letter** every week to tell her about my life. 我在國外讀書時,每週都寫一封信給媽媽跟她說自己的生活。
literal [ˈlɪtərəl] **adj** 如實的、逐字的、照字面的	The expression "raining cats and dogs" is not **literal**, but rather a funny way to say it is raining hard. 「下貓下狗」這個說法並不能照字面解釋,而是說下大雨的一種有趣方式。

literate [ˋlɪtərɪt] **adj** 能讀寫的、有文化修養的	**Literate** people in ancient societies controlled knowledge because they were the only ones able to read. 古代社會的文人掌握知識大權，因為他們是唯一識字的人。 衍生字 **liter**acy **n** 識字、讀寫能力；**liter**ary **adj** 文學的、精通文學的；**liter**ature **n** 文學、文學作品

⓰ **lea**gue ↔ **lig**-　(MP3 ▶ 6-2-16)

單字源來如此

可用 league 母音通轉來記憶 lig-，都和「綁」有關。league（聯盟）是人或組織緊密結合，綁在一起，religion（宗教）指透過教義、儀式將一群人緊密綁在一起，oblige（迫使）本意是「將……綁起來」，1560 年代語意轉變後出現「施恩於」的意思。

league [lig] **n** 聯盟、盟約	The NBA in America is considered to be the most highly-skilled basketball **league** in the world. 美國 NBA 被視為世界上最高水準的籃球聯盟。
re**lig**ion [rɪˋlɪdʒən] **n** 宗教、信條	The USA was founded on the principle that citizens of this new world had the right to freedom of **religion**. 美國的建國原則是，這個新世界的公民皆有宗教信仰的自由。　衍生字 re**lig**ious **adj** 宗教的、虔誠的
ob**lig**e [əˋblaɪdʒ] **v** 幫忙、迫使、施恩於	I could not **oblige** the stranger when he asked for money, because I needed it for the bus. 那陌生人跟我要錢時我無法幫忙他，因為我需要錢搭公車。 衍生字 ob**lig**ation **n** 義務、責任

● 同源字學更多：al**ly** **n** 同盟國；re**ly** **v** 依靠；ral**ly** **v** 召集；**li**able **adj** 可能的

Unit 6 母音轉換

⑰ loose ↔ lys-、lyz- (MP3 ▶ 6-2-17)

單字源來如此

可用 loose 母音通轉來記憶 lys-、lyz-,「鬆散的」、「散漫的」的意思。analyze(分析)本指從「背後」(ana- = back)開始鬆開(loose),引申為「拆解」、「解析」,paraplyze(使癱瘓)本意是「旁邊」(para- = beside)都「鬆掉」(loose)了,身體四肢鬆垮垮就是「癱瘓」,感官失去知覺就是「麻痺」。

loose [lus] **adj** 鬆散的、散漫的	My pants were far too **loose** to wear without a belt after I had started exercising and losing weight. 開始運動和減重之後,我的褲子沒繫腰帶會太鬆而無法穿。
ana**lyz**e [ˋænl͵aɪz] **v** 分析、解析	The research team **analyzed** the results of the experiment to see what they could learn from it. 研究團隊分析實驗結果看看可以從中得到什麼新知。 衍生字 ana**lys**is **n** 分析、解析;ana**lys**t **n** 分析者、善於分析者
para**lyz**e [ˋpærə͵laɪz] **v** 使麻痺、使癱瘓、使不能活動	The bright headlights of the approaching car **paralyzed** the deer in the road, causing the driver to hit the brakes. 駛近車輛的明亮車頭燈讓鹿癱瘓在路中央,導致駕駛趕緊踩剎車。 衍生字 para**lys**is **n** 癱瘓

⑱ lean ↔ climo-、clin- (MP3 ▶ 6-2-18)

單字源來如此

可用 lean 母音通轉來記憶 climo- 和 clin-,lean 的 c 雖然脫落,但仍是同源,「傾斜」、「倚」的意思。climate(氣候)本指「傾斜面」,據說早期地理學家利用太陽照在地球傾斜面的角度及日光的長短來劃分不同氣候區;decline(衰退)本意是「從」(de- = from)某處開始「傾斜」(clin-),使某物滑到較低的位置,因此有「衰退」的引申義,「婉拒」是讓人處於下風處,無法達成目標。

lean [lin] **v** 傾斜、倚	The janitor **leaned** the mop against the wall while he went to answer the phone. 警衛去接電話時把拖把斜靠在牆上。
clim**ate** [ˋklaɪmɪt] **n** 氣候、風氣	Penguins live only in cold **climates** that can support the type of fish that they eat. 企鵝只住在可以養活牠們所食魚類的寒冷氣候裡。
clim**ax** [ˋklaɪmæks] **n** 頂點、高潮	The **climax** of the movie occurs when Luke Skywalker learns that Darth Vader is his father. 電影的高潮是路克・天行者發現達斯・維達就是他父親。
incl**ine** [ɪnˋklaɪn] **v** 彎腰、傾向	Jill is a food lover who is always **inclined** to try new foods wherever she travels. 吉兒是個愛吃鬼，傾向於到哪裡都要嘗試新食物。
decl**ine** [dɪˋklaɪn] **v** 衰退、婉拒 **n** 衰退	The population of wolves **declined** after the government gave the local people permission to hunt them. 政府允許當地人狩獵狼群之後，狼隻數量便減少了。

⑲ **mark**et ↔ **merc**- （MP3▶6-2-19）

單字源來如此

可用 market 及母音通轉來記憶 merc-，「商業」、「市場」的意思。market（市場）是進行商業活動的場所，commerce（貿易）是「一起」（com-）在「市場」（merc-）從事的商業活動。

market [ˋmɑrkɪt] **n** 市場	Our family goes to the **market** every Sunday to buy food and supplies for the entire week. 我們家每個星期日都會去市場買整星期的食物和生活用品。
com**merc**e [ˋkɑmɝs] **n** 商業、貿易、交流	Before there were official currencies, **commerce** relied mainly on a system of trading and negotiating. 官方貨幣出現以前，交易主要仰賴貨物交換和議價制度。 衍生字 com**merc**ial **adj** 商業的、**n** 商業廣告

Unit 6 母音轉換

merchant [ˋmɝtʃənt] **n** 商人、零售商	When one local **merchant** donated blankets to the homeless, he inspired other store owners to help as well. 當一位在地商人捐毯子給遊民時，他帶動了其他店家老闆也來幫忙。
merchandise [ˋmɝtʃən,daɪz] **n** 商品、經商	The store owner discovered that nearly half of his **merchandise** had been damaged by the fire. 店家主人發現他近半的商品都被火給毀損了。

- 同源字學更多：**merc**y **n** 慈悲、仁慈

⑳ m**i**d ↔ m**e**d- (MP3 ▶ 6-2-20)

單字源來如此

可用 mid 母音通轉來記憶 med-，「中間」的意思。medieval（中世紀的）指的是歐洲歷史的一段「中間」（med-）「時期」（ev- = age），meditate（調停解決）即居「中」（med-）處理事情，immediate（立即的）表示「沒有」（im- = in- = not）「中間」（med-）的時間差。

middle [ˋmɪd!] **adj** 中間的、中等的	I have one older brother and one younger sister, which makes me the **middle** child. 我有一個哥哥和一個妹妹，所以我是中間的小孩。
a**mid** [əˋmɪd] **prep** 在……之中	They almost forgot to say happy birthday **amid** all of the excitement of the party. 在派對歡鬧氣氛之中，他們差點忘了說生日快樂。 衍生字 a**mid**st **prep** 在……之中
midst [mɪdst] **n** 中間、當中	In the **midst** of all the chaos, the monk was able to find peace by thinking about his blessings. 在一切混亂當中，那修道士藉著思念神的祝福而找到內心平靜。
medium [ˋmidɪəm] **n** 中間、傳導體	The artist decided to use a canvas as his **medium** for his next great painting. 藝術家決定用帆布當下一幅大畫作的材料。 衍生字 **med**ia **n** 媒介、工具

medieval [ˌmɪdɪˋivəl] **adj** 中世紀的、守舊的	England is full of old castles, towers, and other ruins that date back to **medieval** times. 英格蘭到處都是古堡、塔樓和其他中世紀的遺跡。
mediate [ˋmidɪˌet] **v** 調停解決、傳達	Fearing the argument would turn violent, the police were sent to **mediate** the disagreement between the two store owners. 唯恐爭執演變成暴力，警方被派去調停二位店主之間的爭執。
im**med**iate [ɪˋmidɪɪt] **adj** 立即的、即刻的	There was an **immediate** need for drinkable water as the town had been without it for days. 鎮上已經好幾天沒水了，急需飲用水。
inter**med**iate [ˌɪntɚˋmidɪɪt] **adj** 居中的、中型的	As a beginner, I cannot enter the chess tournament because they only accept **intermediate** and advanced players. 身為初學者，我不能參加西洋棋比賽，因為他們只收中階和高階選手。

㉑ name ↔ nom-、onym- MP3▶ 6-2-21

> **單字源來如此**
>
> 可用 name 母音通轉來記憶 nom- 和 onym- 二字根，「名字」的意思。anonymous（匿名的）是「缺乏」（an- = without）「名字」（onym-）的，synonym（同義字）本意是「同」（syn- = same）「名字」（onym-）。

nominate [ˋnɑməˌnet] **v** 提名、任命	Joan was **nominated** for Employee Of The Month at the office due to her impressive sales. 喬安因為亮眼的銷售成績而被營業處提名為本月最佳員工。 衍生字 **nom**ination **n** 提名、任命；**nom**inee **n** 被提名人
an**onym**ous [əˋnɑnəməs] **adj** 匿名的、姓氏不明的	The donor wished to remain **anonymous** as he believed the gift would be more meaningful this way. 捐贈者希望保持匿名，因為他認為這樣禮物才更有意義。

Unit 6 母音轉換

synonym [ˋsɪnə,nɪm] **n** 同義字	Joyful and happy are **synonyms** that are appropriate for describing someone who is feeling positive. 愉悅和快樂是<u>同義詞</u>，適合用來形容某人感覺很好。

• 同源字學更多：re**now**ned **adj** 有名的、有聲譽的

㉒ n**u**mber ↔ n**u**mer- (MP3 ▶ 6-2-22)

單字源來如此

可用 number 母音通轉來記憶 numer-，「數字」的意思。

number [ˋnʌmbɚ] **n** 數字	All of the kids chose a **number** between 1 and 10, with a prize awarded to anyone who guessed correctly. 所有孩子從 1 到 10 中選一個<u>數字</u>，猜對了就可以得到獎品。 衍生字 out**number** **v** 數量上超過
numerous [ˋnjumərəs] **adj** 許多的、很多的	Inventor Thomas Edison had made **numerous** attempts to invent the lightbulb before eventually finding success. 發明家愛迪生發明燈泡時嘗試了<u>無數次</u>才終於成功。 衍生字 in**numer**able **adj** 無數的、數不清的

㉓ n**o**se ↔ n**o**s- (MP3 ▶ 6-2-23)

單字源來如此

可用 nose 母音通轉來記憶 nos-，「鼻」的意思。nostril（鼻孔）是由「鼻子」（nos-）和「孔」（tril-）組合而成。

nose [noz] **n** 鼻	Elephants are the only animal that can use their **nose** as a snorkel that allows them to breathe while underwater. 大象是唯一<u>鼻子</u>像潛水呼吸管一樣可以在水下呼吸的動物。
nostril [ˋnɑstrɪl] **n** 鼻孔	Dogs are able to breathe through one **nostril** while smelling through the other at the same time. 狗可以一隻鼻孔呼吸，同時用另一隻<u>鼻孔</u>聞氣味。

㉔ no ↔ ne-、neg- （MP3▶6-2-24）

單字源來如此

可用 no 母音通轉來記憶 ne-、neg- 這二字根，「沒有」、「不」的意思。neglect（忽略）是「沒有」（ne-）被「選擇」（lect-），negotiate（協商、談判）本意是「不」（neg-）「輕鬆」（oti-），談判並非易事。

negative [ˋnɛgətɪv] **adj** 否定的、負面的	A wise man once said, "**negative** thoughts are not the path to a positive life." 一位智者曾說過：「負面思考不是通往正向生活的途徑。」
neglect [nɪgˋlɛkt] **v** 忽視、忽略	After 36 hours of staying awake, it was time to stop **neglecting** my bed and get some sleep. 在 36 小時清醒沒睡之後，現在該是不再忽視我的床、睡個覺的時候了。
negotiate [nɪˋgoʃɪ͵et] **v** 談判、協商	The two companies came together to **negotiate** a plan to work together on a project. 這二家公司來一起協商合作一宗專案計畫。 衍生字 **neg**otiation **n** 談判、協商

㉕ nine ↔ novem- （MP3▶6-2-25）

單字源來如此

可用 nine 母音通轉來記憶 novem-，「九」的意思。November（十一月）在羅馬舊曆法原本是九月，在新曆法中延後二個月而變成十一月。

November [noˋvɛmbɚ] **n** 十一月	By the end of **November**, most of the leaves have fallen and winter is starting to arrive. 十一月底前，大部分樹葉都掉了，冬天即將到來。

Unit 6 母音轉換

㉖ order ↔ ordin-、orn- （MP3▶6-2-26）

單字源來如此

可用 order 母音通轉來記憶 ordin-，「順序」、「次序」的意思，orn- 是其衍生字根。subordinate（下級的）是指「順序」（ordin-）排在他人之「下」（sub-）的，extraordinary（異常的）是指「超出」（extra-）一般「順序」（ordin-），因此有「特別的」意思，coordinate（同等重要的）則指將不同對象「一起」（co- = com- = together）擺放在相同的「序位」（ordin-）上，大家份量相同，ornament（裝飾品）本意是使有「秩序」（orn-）的物品，引申為「裝飾品」。

order [ˋɔrdɚ] **n** 順序、次序、命令 **v** 下令	The general gave the **order** to retreat when he realized they could not win the battle. 將軍意識到他們打不贏這場仗時便下令撤退。 衍生字 **order**ly **adj** 整齊的、有條理的；dis**order** **n** 混亂、無秩序；**ordin**ary **adj** 通常的、平常的
sub**ordin**ate [səˋbɔrdnɪt] **adj** 下級的	Although the soldier was **subordinate** to his general, they both had mutual respect for each other. 雖然士兵是將軍的下屬，但他們對彼此都互相尊重。
extra**ordin**ary [ɪkˋstrɔrdn͵ɛrɪ] **adj** 異常的、特別的、非凡的	Bobby Fisher used his **extraordinary** mind to become the youngest player to ever become an international Grand Master in chess. 鮑比‧費雪憑藉過人的心智成為有史以來最年輕的世界棋王。
co**ordin**ate [koˋɔrdnɪt] **adj** 同等重要的 **v** 協調	The two men were **coordinate** rank, despite one having been in the army for much more time. 雖然二人中有一位在軍中待得久多了，但他們是同樣重要的位階。
ornament [ˋɔrnəmənt] **n** 裝飾品	The family always gets together on December 1st to decorate their Christmas tree with many colorful **ornaments**. 這家人總會在十二月一日聚在一起用很多五顏六色的裝飾品布置他們的聖誕樹。

㉗ old ↔ ul-、el- （MP3▶6-2-27）

單字源來如此

可用 old 母音通轉來記憶 ul- 和 el-，「成長」、「老的」的意思。adolescent（青少年）是經歷「成長」（ol-）這個「變化過程」（-esc）的「人」（-ent），adult（成年人）是逐漸變「老」（ul-）的人。

ad**ol**escent [ˌædl`ɛsnt] **n** 青少年	The Harry Potter books were written in a way that they can be loved by children, **adolescents**, and adults. 《哈利波特》系列寫得讓小孩、青少年和大人都喜歡。 衍生字 ad**ol**escence **n** 青春期
ad**ul**t [ə`dʌlt] **adj** 成年的 **n** 成年人	Her father gave me permission to take his daughter on a date as long as an **adult** was always present. 她父親同意我跟他女兒約會，只是要有大人在場。 衍生字 ad**ul**thood **n** 成年
elder [`ɛldɚ] **adj** 年齡較大的	The **elder** sister was very protective of her younger sibling, especially when boys tried talking to her. 那個姊姊非常保護她妹妹，尤其是有男孩子想要跟她聊天的時候。　衍生字 **el**derly **adj** 年長的；**el**dest **adj** 年齡最大的

● 同源字學更多：ab**ol**ish **v** 廢除；**al**titude **n** 高度；enh**a**nce **v** 提高；w**o**rld **n** 世界

㉘ peace ↔ pac- （MP3▶6-2-28）

單字源來如此

可用 peace 母音通轉來記憶 pac-，「和平」的意思。

peace [pis] **n** 平靜、和睦	No man can find **peace** in this world unless they first find peace within themselves. 先找到內在平靜才能在這世上找到平靜。
pacific [pə`sɪfɪk] **adj** 平靜的、 　　愛好和平的	Gandhi's hunger strike was a **pacific** way of protesting British rule without causing violence or anger. 甘地的絕食是一種不挑起暴力和憤怒、和平向英國統治抗議的方式。

223

㉙ pr**i**ce ↔ pr**e**c- (MP3 ▶ 6-2-29)

單字源來如此

可用 price 母音通轉來記憶 prec-，「價錢」的意思。appreciate（升值）是「價格」（prec-）往上跑，後來語意轉成抽象，側重一個人的「價值」（value）的意思，因此出現「欣賞」、「感激」等衍生意思。

price [praɪs] **n** 價格、價錢	The **price** of the shoes was more than I could afford for the time being.　鞋子的價格超出我目前所能負擔的。 衍生字 **pric**eless **adj** 無價的、稀世之珍的
precious [ˋprɛʃəs] **adj** 貴重的、寶貴的	Even though the ring was worth nothing, it was **precious** to him because it was a gift from his wife. 雖然這戒指不值錢，對他來說卻很珍貴，因為是他老婆送的禮物。
ap**prec**iate [əˋpriʃɪ͵et] **v** 升值、欣賞、感激	People are more likely to want to help, if you show how much you **appreciate** them. 只要表達出自己有多感謝，大家多半樂意給予幫助。 衍生字 ap**prec**iation **n** 升值、鑑賞、賞識

● 同源字學更多：pri**z**e **n** 獎品、獎金

㉚ p**eo**ple ↔ p**o**pul- (MP3 ▶ 6-2-30)

單字源來如此

可用 people 母音通轉來記憶 popul-，「人」的意思。

people [ˋpip!] **n** 人	Of the 20 **people** in the living room, only six had actually been invited to the party. 客廳的二十個人裡，真正受邀參加派對的只有六個人。
popular [ˋpɑpjələ] **adj** 民眾的、受歡迎的	Nike is the most **popular** brand of shoes in the US, with Adidas being a very close second. Nike 是美國最受歡迎的鞋子品牌，愛迪達則是緊追在後的第二名。　衍生字 **popul**arity **n** 流行、大眾化

populate
[`pɑpjə,let]
v 居住於

Humans and animals have always preferred to **populate** areas that are near plentiful, fresh water.
人類和動物總是喜歡居住在附近有豐沛淡水水源的區域。

衍生字 **popul**ation **n** 人口

- 同源字學更多：**pub**lic **adj** 公眾的；**pub**licity **n** 公眾的關注；**pub**lish **v** 出版；**pub**lisher **n** 出版者；**pub**lication **n** 出版物；re**pub**lic **n** 共和國

31 pain ↔ pun-、pen- (MP3 ▶ 6-2-31)

單字源來如此

可用 pain 母音通轉來記憶 pun-、pen-，「處罰」的意思。punish（懲罰）通常會給人帶來身體或心理上的「疼痛」，penalty（刑罰）也會帶來痛楚。

---

pain
[pen]
n 疼痛

The patient told the doctor that she was experiencing **pain** in her head and stomach.
患者告訴醫生她的頭和肚子很痛。

punish
[`pʌnɪʃ]
v 懲罰

Most studies have confirmed that it is better to reward good behavior than to **punish** bad.
多數研究證實獎勵好行為比懲罰壞行為要來的好。

衍生字 **pun**ishment **n** 處罰

penalty
[`pɛnltɪ]
n 刑罰、處罰

As a **penalty** for bad behavior, Mark's parents took his scooter away for the rest of the week.
馬克的爸媽沒收他的滑板當作他不乖的處罰，這星期都不能再玩。

32 remember ↔ memor- (MP3 ▶ 6-2-32)

單字源來如此

可用 remember 來記憶 memor-，都和「記憶」有關。commemorate（慶祝）的目的是紀念事件和回憶過往，節慶、事件若不慶祝，容易為人所遺忘。

Unit 6 母音轉換

rememb**er** [rɪˋmɛmbɚ] **v** 想起、記得	It was important that she **remember** to pay the rent today or she would be charged a late fee. 很重要的是她得記得今天要繳租金，否則之後會被收遲繳手續費。
memory [ˋmɛmərɪ] **n** 記憶、記憶力	Mike Ross had a photographic **memory**, meaning he could perfectly remember things he had only seen once. 麥可‧羅斯有過目不忘的記憶力，表示他完全能夠記得只看過一次的東西。 衍生字 **memor**ize **v** 記住、背熟；**memor**able **adj** 難忘的、顯著的；**memor**ial **n** 紀念館、紀念活動
com**memor**ate [kəˋmɛmə͵ret] **v** 慶祝、紀念	The town put up a statue in the square to **commemorate** a local woman who had achieved great things. 鎮民在廣場立雕像紀念當地一位做了許多好事的女性。

33 ray ↔ radi- (MP3 ▶ 6-2-33)

單字源來如此

可用 ray 來記憶 radi-，都和「光」、「放射」有關。radius（半徑範圍）指的是一某點為圓心所放射出來的範圍。

ray [re] **n** 光線、電流	After a long, cold winter, it was nice to sit quietly and soak in some **rays** of sunlight. 漫長的寒冬過後，沐浴在些許陽光光輝下靜靜坐著多美好。
radio [ˋredɪ͵o] **n** 無線電、收音機	The band celebrated joyously when they first heard their song being played on the **radio**. 樂團開心慶祝他們第一次聽見自己的歌在收音機裡播放。
radiate [ˋredɪ͵et] **v** 散發、輻射	Bill was a very likable guy because he was smart, funny, and always **radiated** positivity. 比爾是個很討喜的人，因為他很聰明風趣，總是散發正能量。 衍生字 **radi**ation **n** 發熱、輻射；**radi**ator **n** 暖房裝置、散熱器；**radi**ant **adj** 光芒四射的、明亮照耀的

| radius
[ˋredɪəs]
n 半徑距離、半徑範圍 | On impact, the bomb would destroy everything that was within a **radius** of two miles.
只要一受撞擊，炸彈就會摧毀半徑兩英里內的所有東西。 |

34 star ↔ aster-、astro- (MP3 ▶ 6-2-34)

單字源來如此

可用 star 母音通轉來記憶 aster-、astro-，「星星」的意思。disaster（災難）指的是「壞的」（dis- = ill）「星星」（aster- = star），古代人相信凶星會帶來災難；astronaut（太空人）是指在「星星」（astro-）之間「航行」（naut-）的人。

disaster [dɪˋzæstə] n 災難、不幸	Every family should have an emergency plan prepared in case a natural **disaster** occurs and they need to react quickly. 為了發生天然災害時能夠即刻應對，每個家庭都應該事先準備緊急計畫。　衍生字 disastrous adj 災害的、災難性的
astronaut [ˋæstrəˏnɔt] n 太空人	The first **astronaut** was not a human, but a monkey from the United States named Albert. 第一位太空人並不是人類，而是一隻來自美國，名叫亞伯特的猴子。
astronomy [əsˋtrɑnəmɪ] n 天文學	The **astronomy** club provided a telescope for each student to allow them to look closely at the stars. 天文學社為每位學生準備一支望遠鏡，讓他們可以近距離看到星星。　衍生字 astronomer n 天文學家

35 seed ↔ semin- (MP3 ▶ 6-2-35)

單字源來如此

可用 seed 母音通轉來記憶 semin-，「種子」的意思。seminar（研討會）的本意是「苗圃」（plant nursery），研討會是提供研究員發表和討論其研究成果的會議，是研究人員間訊息交流相當重要的會議。

seed [sid] **n** 種子、籽	John Chapman was an American pioneer who planted apple **seeds** all over the country, earning him the nickname Johnny Appleseed. 約翰‧查普曼是一位將蘋果種子種植到美國全國的拓荒者，讓他有了「蘋果籽約翰」的綽號。
seminar [ˈsɛmə,nɑr] **n** 研討會、專題討論會	Attendees of the **seminar** would learn all about how to run a successful small business. 參加這場研討會的人將學到如何成功經營小本生意。

㊱ sound ↔ son- (MP3 ▶ 6-2-36)

單字源來如此

可用 sound 母音通轉來記憶 son-，「聲音」的意思。consonant（子音）是搭配母音「一起」（together）發的「聲音」（sound）。

sound [saʊnd] **n** 聲音、響聲	The **sound** of frogs was a pleasant reminder that I was out of the city and back in the country. 蛙叫聲令人舒心，提醒我已身在都市之外，回到鄉村。
con**son**ant [ˈkɑnsənənt] **n** 子音 **adj** 符合的	The English alphabet has 20 **consonants** and 6 vowels, although the letter "Y" can be both. 英文字母有 20 個子音和 6 個母音，雖然 Y 兩種都是。

㊲ self ↔ sui- (MP3 ▶ 6-2-37)

單字源來如此

可用 self 母音通轉來記憶 sui-，「自己」的意思。suicide（自殺）的意思是「殺」（cid-）「自己」（sui-）。

self [sɛlf] **n** 自己、自我	Though her **public self** is confident and social, she is actually a very different person in private. 雖然她的公眾自我有自信又會社交，但她私底下其實是一個非常不同的人。

| **sui**cide
[ˋsuə,saɪd]
n 自殺 | Mary cried all night when she heard on the news that her favorite music idol had committed **suicide**.
瑪莉聽到最喜愛的音樂偶像自殺的消息時，哭了一整夜。 |

㊳ same ↔ sem-、simil-、simul- （MP3▶6-2-38）

單字源來如此

可用 same 母音通轉來記憶 sem-、simil-、simul-，「相同」、「相似」的意思，「單一」、「簡單」（simple）是衍生語意。simultaneous（同時發生的）表示「相同」（simul-）的時間內發生，assemble（聚集）原本是使「相同」（sem-），後來表示把相同之物放在一起，引申出「聚集」的意思。

same [sem] **adj** 同樣的	My older sister and I have the **same** birthday, except that we were born two years apart. 我和我姊姊同一天生日，只是我們相差二年出生。
similar [ˋsɪmələ] **adj** 相像的、類似的	Many great friendships begin when two people share a **similar** interest in something like art or music. 許多好友情誼始於兩個人對某種事物有相似的興趣，如藝術或音樂。　衍生字 **simil**arity **n** 類似、相似
simple [ˋsɪmp!] **adj** 簡單的、簡明的	Since her company earned less than $50,000 in donations, Christine only needed to file the **simple** tax form. 由於她的公司獲得不到五萬元的捐贈，克里斯汀只需要繳出簡單的報稅表格。 衍生字 **sim**ply **prep** 簡易地、簡明地；**sim**plify **v** 精簡；**sim**plicity **n** 簡易、簡明
simultaneous [ˌsaɪmlˋtenɪəs] **adj** 同時發生的、同步的	In one **simultaneous** motion, the magician made the coin disappear from one hand and appear in the other. 魔術師同時讓硬幣從一隻手消失，又從另一隻手跑出來。 衍生字 **simul**taneously **adv** 同時地
as**sem**ble [əˋsɛmb!] **v** 集合、召集	The best players in the league are **assembled** to play against each other in the All-Star game. 聯盟最佳選手被召集到全明星賽裡對打。 衍生字 as**sem**bly **n** 與會者、集會

Unit 6 母音轉換

resemble [rɪˋzɛmb!] **v** 像、相似、類似	The child's drawing **resembled** a bird, but no one was sure what it was meant to be exactly. 那孩子的畫像一隻鳥，但沒人能確定那到底是什麼。 衍生字 **resem**blance **n** 相似、相貌相似

- 同源字學更多：**seem** **v** 似乎；**sin**cere **adj** 誠摯的；**sin**cerely **adv** 真誠地；**sin**cerity **n** 真誠；**sin**gle **adj** 單一的；**sin**gular **adj** 單數的

㊴ str**i**ct ↔ str**u**ct-、str**e**ss-、str**ai**n- (MP3 ▶ 6-2-39)

單字源來如此

可用 strict 母音通轉來記憶 struct-、stress-、strain-，「延展」、「拉緊」的意思，「束縛」、「限制」、「建築」是延伸語意。district（轄區）指受人控管、管轄的區域，和「限制」（strict-）語意關聯，destruction（破壞、毀滅）本意是「建築」（struct-）「倒塌」（de- = down），引申為「毀滅」，instruct（指示）本意是在「內部」（in-）「建築」（struct-），可聯想為在人腦內「建構」知識、輸入指令到腦內。

strict [strɪkt] **adj** 嚴格的、嚴厲的	Many public and private schools have very **strict** rules regarding what students are allowed to wear. 很多公私立學校對學生穿著有非常嚴格的要求。 衍生字 re**strict** **v** 限制、約束；re**strict**ion **n** 限制、約束
di**strict** [ˋdɪstrɪkt] **n** 區、轄區	Kim was recognized for having the best sales of anyone from any store in the **district**. 金是這個區域商家裡公認銷售量最好的銷售員。
structure [ˋstrʌktʃɚ] **n** 結構、建築物	A park ranger built a **structure** that could be used as an emergency shelter if the weather suddenly turned bad. 公園管理員搭了一間在天氣突然變差時可以當作緊急避難所的建築。 衍生字 **struct**ural **adj** 建築上的、構造上的
con**struct** [kənˋstrʌkt] **v** 建造、蓋	My parents hired a team to come to our property and **construct** our future home. 我爸媽雇了一組人來我們的土地上蓋未來的家。 衍生字 con**struct**ion **n** 建造、建設；con**struct**ive **adj** 建設性的、積極的

destruction [dɪˋstrʌkʃən] **n** 破壞、毀滅	The earthquake caused major **destruction** across the entire country, leaving many families without homes. 地震造成整個國家嚴重的破壞，許多家庭流離失所。 衍生字 de**struct**ive **adj** 破壞的、毀滅性的
instruct [ɪnˋstrʌkt] **v** 指示、命令	The doctor **instructed** his patient to take two pills every day and get plenty of rest. 醫生指示患者每天吃兩顆藥，而且要充分休息。 衍生字 in**struct**ion **n** 指示、教導；in**struct**or **n** 教師、指導者
stress [strɛs] **n** 壓力 **v** 強調	The **stress** of working 12-hour days at the office was starting to make the store manager have health problems. 在辦公室一天工作 12 小時的壓力讓店長的健康開始出現問題。　衍生字 di**stress** **n** 悲痛、苦惱
strain [stren] **v** 拉緊、使勁	The weight lifter **strained** to get the bar over his head for the final time.　舉重選手最後一次使力把槓鈴舉過頭。 衍生字 re**strain** **v** 抑制、遏制；re**strain**t **n** 抑制、克制

● 同源字學更多：de**stroy** **v** 毀壞、破壞；indu**stry** **n** 工業、企業；indu**stri**al **adj** 工業的、產業的；indu**stri**alize **v** 使工業化；**strat**egy **n** 策略；**stray** **v** 迷路；in**stru**ment **n** 儀器；ob**struct** **v** 妨礙；ob**struct**ion **n** 妨礙

㊵ sp**ar**se ↔ sp**ers**-　MP3 ▶ 6-2-40

單字源來如此
可用 sparse 母音通轉來記憶 spers-，「撒」、「稀疏的」的意思。

sparse [spɑrs] **adj** 稀疏的、稀少的	The soldiers' supplies were getting **sparse**, due to their delivery truck being unable to reach them. 因為運貨車無法到達他們的所在地，軍人的補給越來越少。
disperse [dɪˋspɝs] **v** 驅散、分散	Before I leave a country, I like to **disperse** whatever foreign money I have left amongst the homeless. 在我離開一個國家前，我喜歡把剩下的外幣零錢分給遊民。

Unit 6 母音轉換

㊵ turn ↔ tour- （MP3▶6-2-41）

單字源來如此

可用 turn 母音通轉來記憶 tour-，「旅遊」的意思。tourism（旅遊）指的是到處轉一轉，tournament（比賽）原指騎士騎馬進行長槍比武，會有「轉」（turn）圈，伺機攻擊的動作。

tur n [tɝn] **v** 使轉動、轉向、轉彎	I knew when my friend was late, she had **turned** onto the wrong road. 我知道當我朋友遲到的時候，就是她<u>轉</u>錯路了。
tour ism [ˋtʊrɪzəm] **n** 旅遊、旅遊業	Iceland's **tourism** has grown to become its main source of income in just nine years. 冰島的<u>觀光業</u>在短短九年內成長為主要經濟來源。 **衍生字** tour ist **n** 旅遊者、觀光者
tour nament [ˋtɝnəmənt] **n** 比賽、錦標賽	Each player in the **tournament** had one chance to beat their opponent or they were eliminated. <u>錦標賽</u>的每個選手都有一次機會打敗對手或被淘汰。

㊶ tone ↔ tun- （MP3▶6-2-42）

單字源來如此

可用 tone 母音通轉來記憶 tun-，「音色」、「音調」的意思。monotony（單調）是「單一」（mono-）的「音調」（ton-）。

ton e [ton] **n** 語氣、音調	Though he said he was not angry, I could tell from his **tone** that he truly was. 雖然他說他沒生氣，但我可以從他的<u>語調</u>聽出來他真的生氣了。
mono ton y [məˋnɑtənɪ] **n** 單調、無變化	I began a life of travel to escape the **monotony** of working from 8am until 5pm every day. 為了逃離每天<u>一成不變</u>的朝八晚五工作，我開始了旅行的生活。 **衍生字** mono ton ous **adj** 聲音單調的、無聊的

intonation
[ˌɪntoˈneʃən]
n 語調、聲調

The **intonation** in the detective's voice implied that he was suspicious about something the suspect had said.
偵探的語調聽得出來他很懷疑嫌犯所說的話。

㊸ point ↔ punct- (MP3 ▶ 6-2-43)

單字源來如此

可用 point 母音通轉來記憶，核心語意都和「刺」、「戳」（prick）有關，衍生「尖」（sharp）、「點」（point）的意思。任命（appoint）是將人派到某個「點」（point）上，使失望（disappoint）本意是使某對象「離開」（dis- = away）某個「點」（point）或某個職缺，因此產生「失望」。

point
[pɔɪnt]
n 尖、尖端
v 瞄準、指出

The **point** of her pencil needed to be sharpened so that she could write more neatly.
她的筆尖該削了，這樣才能寫得更整齊些。

appoint
[əˈpɔɪnt]
v 任命、指派

I was excited when the store owner **appointed** me to be the new manager while she was away on vacation.
當老闆指定我在她去度假時當新主管時，我覺得非常興奮。
衍生字 ap**point**ment **n** 約會、任命

disappoint
[ˌdɪsəˈpɔɪnt]
v 使失望

We always go to the same restaurant because the amazing chef's cooking never **disappoints** us.
我們總是去同一家餐廳，因為那個厲害廚師煮的東西從來沒讓我們失望過。 衍生字 disap**point**ment **n** 失望、沮喪

punctual
[ˈpʌŋktʃʊəl]
adj 準時的

Steve was a professor who demanded his students be **punctual**, telling them "if you're not early, then you're late."
史提夫是個要求學生要準時的教授，他告訴他們：「要是沒有早到，就是遲到。」 衍生字學更多 **pun**ch **v** 戳、刺、用拳猛擊

44 fact ↔ fec-、fic-、-fy (MP3 ▸ 6-2-44)

單字源來如此

可用 fact 母音通轉來記憶 fec-、fic-、-fy，「做、使……、簡單」的意思。manufacture（製造）本指用「手」（manu-）「做」（fact-），後來語意轉變，產生「（大量）製造」的意思，facility（設施）是指讓人「容易」（fac-）做事的設備，faculty（能力）本指「輕易」（fac-）達成任務的特質，因從事某一專門職業的人員都擁有（輕易）完成該領域任務的能力，又衍生「（從事某一專門職業的）全體人員」的意思，infect（感染）是指病菌在人體「內」（in-）「做」（fect-）工，perfect（完美）指的是「徹底」（per- = completely）「做」（fect-）完，defect（缺陷）指的是「做」（fect-）不成功，有瑕疵，sufficient（足夠的）指的是「從下面」（sub-）做上來，越累積越多，sacrifice（犧牲）被視為「做」（fic-）「神聖」（sacr-）的事情，difficult（困難的）是做起事來「不」（dif- = dis- = not）「容易」（fic-）。

fact
[fækt]
n 事實

It's a **fact** that Tom eats a lot of ice cream, and it's his opinion that chocolate is the best flavor. 湯姆吃很多冰淇淋是「**事實**」，而他覺得巧克力最好吃是他的「想法」。

衍生字 **fact**or n 因素、要素；**fact**ory n 工廠；**fact**ion n 宗派、小集團

manufacture
[ˌmænjəˋfæktʃə]
v 製造、加工

Many of the electronics that get exported and sold worldwide are **manufactured** in this Asian country.
許多外銷全世界的電子產品都是這個亞洲國家**製造**的。

衍生字 manu**fact**urer n 廠商、製造公司

artifact
[ˋɑrtɪˌfækt]
n 手工藝品、加工品

The hero of the novel was always on a dangerous quest for **ancient** **artifacts** that possessed magical powers.
小說裡的英雄總為了有神奇力量的**古物**踏上危險的探索之旅。

facility
[fəˋsɪlətɪ]
n 能力、設施、場所

The only people allowed in the secured **facility** were police and employees of the hospital.
唯一能允許進入這特定**場所**的只有警方和醫院員工。

衍生字 **fac**ilitate v 使容易、幫助

6-2 單字對字根首尾

faculty [ˈfækl̩tɪ] **n** 機能、全體教職員	The school **faculty** is a team of experienced adults who all care about the future of their students. 學校教職員是一群有經驗、關心學生未來的成年人。
in**fect** [ɪnˈfɛkt] **v** 侵染、感染	In popular movies, a zombie will **infect** humans with the zombie virus if it bites them. 熱門電影裡，殭屍咬到人類就會把殭屍病毒傳染給人類。 衍生字 in**fect**ion **n** 傳染；in**fect**ious **adj** 傳染的
per**fect** [ˈpɝfɪkt] **adj** 完美的、對……最適當的	It was a **perfect** day to go for a long drive and see the beautiful countryside. 那是個非常適合開車兜風看美麗鄉間風光的日子。 衍生字 per**fect**ion **n** 完美
af**fect** [əˈfɛkt] **v** 影響、發生作用	Being chosen to host the Olympics is an honor that **affects** the entire country in many ways. 獲選主辦奧運是一項殊榮，而且會在各方面影響整個國家。 衍生字 af**fect**ion **n** 影響；af**fect**ionate **adj** 充滿深情的
ef**fect** [ɪˈfɛkt] **n** 作用、影響	The medicine had an immediate **effect** in reducing the pain and fever the patient was experiencing. 這種藥物有減緩患者疼痛和發燒的立即效果。 衍生字 ef**fect**ive **adj** 有效的
de**fect** [dɪˈfɛkt] **n** 缺點、瑕疵	My new phone had a **defect** that it would turn off every five minutes, so I had to return it. 我的新手機有瑕疵，每五分鐘就會關機，所以我得退回去。
ef**fic**ient [ɪˈfɪʃənt] **adj** 效率高的、有能力的	An assembly line is generally considered the most **efficient** way to produce any product quickly. 裝配線普遍被視為快速生產產品最有效率的方式。 衍生字 ef**fic**iency **n** 效能、功效
suf**fic**ient [səˈfɪʃənt] **adj** 足夠的、充分的	The city set aside a budget of $50,000 to beautify the city park, which was more than **sufficient**. 該市預留一筆美化城市公園的五萬元預算，這筆錢綽綽有餘。 衍生字 suf**fic**iency **n** 足量、充足

Unit 6 母音轉換

deficiency [dɪˋfɪʃənsɪ] **n** 不足、缺乏	A **deficiency** in Vitamin C will often result in a person feeling tired and ill. 缺乏維他命 C 常會使人感覺疲憊和生病。 衍生字 defic**ient** **adj** 缺乏的
arti**fic**ial [ˌɑrtəˋfɪʃəl] **adj** 人造的、假的	Our neighbor now has an **artificial** leg after suffering a serious injury fighting in the war. 我們鄰居在打仗時受重傷，現在有一隻腿是假的。
sacri**fic**e [ˋsækrəˌfaɪs] **n** **v** 犧牲	The chess player was happy to **sacrifice** one of his pawns in order to win the game two moves later. 為了在二步棋後贏得比賽，西洋棋選手很樂意犧牲一顆子。
pro**fic**iency [prəˋfɪʃənsɪ] **n** 精通、熟練	One of the students in my class has shown great **proficiency** in learning foreign languages. 我班上有個學生學習外語的能力非常強。
dif**fic**ult [ˋdɪfəˌkəlt] **adj** 困難的、艱難的	Mt. Everest is the tallest and most **difficult** mountain to climb in the entire world. 聖母峰是全世界最高和最難爬的山。 衍生字 dif**fic**ulty **n** 困難、艱難
of**fic**e [ˋɔfɪs] **n** 辦公室	Everyone in the **office** was in a hurry to leave so they could begin the holiday weekend. 辦公室裡的每個人都趕著離開，好開始週末假期。 衍生字 of**fic**er **n** 警官、軍官；of**fic**ial **n** 官員、**adj** 官方的
satis**fy** [ˋsætɪsˌfaɪ] **v** 使滿足	The chocolate was so rich that all it took was one bite to **satisfy** my appetite. 那巧克力如此香濃，只要吃一口就可以滿足我的胃口了。 衍生字 satis**fact**ion **n** 滿足、稱心
signi**fy** [ˋsɪgnəˌfaɪ] **v** 表示、表明	They had left a cross and flowers to **signify** where the soldier had lost his life. 他們留下十字架和鮮花標示出那位士兵生命逝去的地方。 衍生字 signi**fic**ant **adj** 重大的、值得注意的

identify [aɪ`dɛntə,faɪ] **v** 指認、識別	The witness was asked to come to the police station and **identify** the person she saw rob the store. 目擊者被請到警察局指認搶劫那家店的人。 衍生字 identification **n** 認出、識別
magnify [`mægnə,faɪ] **v** 放大、擴大	We use microscopes to **magnify** tiny things, like germs, that are too small to see with just our eyes. 我們用顯微鏡來放大微小事物，例如小到只用肉眼無法看見的細菌。 衍生字 magnificent **adj** 壯麗的、很動人的
certify [`sɝtə,faɪ] **v** 證明、保證	A piece of paper was issued to **certify** that the diamond was real, once the expert had evaluated it. 一經專家鑑定，就會核發一張文件證明鑽石是真的。 衍生字 certificate **n** 證明書、執照
qualify [`kwɑlə,faɪ] **v** 使具有資格、使合格	In order to **qualify** for the contest, you had to be less than 16 years of age and female. 要符合競賽資格，必須是小於十六歲的女性。 衍生字 qualification **n** 賦予或取得資格、能力
terrify [`tɛrə,faɪ] **v** 使害怕、使恐怖	My little brother would **terrify** me by hiding in closets and jumping out when I didn't expect it. 我弟弟會躲在衣櫃裡，出其不意跳出來嚇我。 衍生字 terrific **adj** 可怕的、嚇人的
classify [`klæsə,faɪ] **v** 分類、分等級	In the journalism industry, it does not **classify** as real news until it has been confirmed by three sources. 在新聞業，要有三個來源認證才會被分類為真新聞。
intensify [ɪn`tɛnsə,faɪ] **v** 加強、使變激烈	A small dial can be used to **intensify** the amount of wind the fan produces. 一個小小的控制器就可以用來增強風扇產生的風量。
beautify [`bjutə,faɪ] **v** 使更加美麗、美化	The hotel planted palm trees and flowers in order to **beautify** their property for guests. 為了美化環境、造福訪客，飯店種了棕櫚樹和花卉。

Unit 6 母音轉換

justify [ˈdʒʌstəˌfaɪ] **v** 證明、辯護、證明……是正當的	Her parents could not **justify** spending so much money on a birthday party, even if it was an important day. 即便生日是重要的日子,她的爸媽還是無法合理化花這麼多錢辦生日派對。
modify [ˈmɑdəˌfaɪ] **v** 更改、修改	We had to **modify** the dates of our vacation due to a typhoon that closed the airports. 機場因為颱風關閉了,我們得更改度假行程。
notify [ˈnotəˌfaɪ] **v** 通知、告知	A letter was sent to **notify** Mr. Chang that he had been invited to attend the annual charity event. 張先生收到通知信邀請他去參加一年一度的公益活動。
amplify [ˈæmpləˌfaɪ] **v** 增強、擴展	The pressure of finishing the assignment on time was **amplified** by the impact it would have on the student's grade. 是否準時完成作業會影響到學生成績,因而增大了壓力。
diversify [daɪˈvɝsəˌfaɪ] **v** 使多樣化	The large company chose to **diversify** its staff by hiring men and women of all races for its offices. 這家大型公司選擇讓辦公室員工多元化,雇用各種族的男女性員工。
fortify [ˈfɔrtəˌfaɪ] **v** 增強、加強	Many cities are surrounded by large walls that were once used to **fortify** the area during times of war. 許多城市周圍都有戰時用來抵禦外敵的巨大城牆。
purify [ˈpjʊrəˌfaɪ] **v** 淨化、使純粹	In order to **purify** water from an unsafe source, it is best to boil it before drinking. 為了淨化不安全的水源,最好在喝之前先煮沸。

● **同源字學更多**:scien**tific** adj 科學的;fea**sible** adj 可行的、合理的;fea**ture** n 特徵、特色;bene**fit** n 利益;pro**fit** n 利潤 v 從……得到利益;pro**fit**able adj 有利的;bene**fic**ial adj 有益的、有利的;af**fair** n 事情;**deed** n 行為;**deem** v 認為;**theme** n 題材;in**deed** adv 確實;ab**do**men n 腹部

6-2 單字對字根首尾
歷屆試題看這裡!掃 QR Cord 立即練習!
https://video.morningstar.com.tw/0170005/6-2.html
解答請見 263 頁

名字裡的世界：字源探索之旅

Valerie（瓦萊麗）

名字的歷史和文化意蘊

Valerie（瓦萊麗）源自於法語的 *Valérie*，進一步可追溯到拉丁語的 *Valeria*。（拉丁語動詞 *valere*，意為為「強壯」。）

英語詞彙探幽

Valerie 字裡頭藏著字根 *val*（強的）。以 *val* 為基礎，我們可以學到一系列單字：

1. in**val**id 是由 *in-*（意為「不」）、*val*（意為「強的」）、*-id*（形容詞字尾）三個詞素組合而成，字面上的意思是「不強的」，引申為「無效的」、「站不住腳的」。

2. **val**idate 是由 *val*（意為「強的」）、*-id*（形容詞字尾）、*-ate*（動詞字尾）三個詞素組合而成，字面上的意思是「使強大」，引申為「使生效」、「證實」。

6-3 字根首尾對字根首尾

🔍 轉音例字

❶ spec- ↔ spic- (MP3▶ 6-3-01)

單字源來如此

spec- 和 spic- 同源，母音通轉，都是「看見」的意思。spectacle（公開展示）讓人「看到」（spect-）陳列的事物，speculate（沉思）是心中浮現景象，彷彿「看見」（spec-）某事物，inspect（檢查）本意是往「內」（in-）「看」（spect-），suspect（疑有）本意是在從「下面」（sus- = sub-）偷偷「看」（spect-），偷偷摸摸觀察別人，引申為「懷疑」，aspect（觀點）即「看」（spect-）事情的角度，specimen（樣品）是給人觀「看」（spec-）的。

spectacle [ˋspɛktəkl] **n** 公開展示、奇觀	The man became quite the **spectacle** when he arrived to the meeting not wearing any pants. 那男子沒穿褲子來到會議現場，頓時成為焦點。 衍生字 **spect**acular **adj** 壯觀的、壯麗的
spectator [spɛkˋtetɚ] **n** 旁觀者、目擊者	Our coach asked me to attend our games and practices as a **spectator** until my injury had healed. 我們教練要我傷好之前當觀眾來參與我們的比賽和練習。
speculate [ˋspɛkjə͵let] **v** 沉思、推測、做投機買賣	The investors asked our company CEO to **speculate** on how much he expected the business to make that year. 投資人要我們公司執行長預估那年會賺多少。
in**spect** [ɪnˋspɛkt] **v** 檢查、審查	To find out who ate the missing cake, my mom began to **inspect** our fingers for signs of chocolate. 為了找出誰偷吃蛋糕，媽媽開始檢查我們手指有沒有巧克力的蹤跡。 衍生字 in**spec**tion **n** 檢查、審視；in**spec**tor **n** 檢查員、視察員

6-3 字根首尾對字根首尾

suspect
[`sʌspɛkt]
n 嫌疑犯
[sə`spɛkt]
v 疑有、察覺

The **suspect** of the robbery was a man who had been fired from the store a few weeks ago.
搶劫的<u>嫌疑犯</u>是幾個星期前被這家店炒魷魚的男子。

衍生字 su**spic**ion **n** 嫌疑、疑心；su**spic**ious **adj** 疑心的、多疑的

prospect
[`prɑspɛkt]
n 預期、
  盼望的事物

The entire country was in fear of the **prospect** of going to war if the peace talks failed.
整個國家都很擔心若和平會談失敗<u>可能</u>會引發戰爭。

衍生字 pro**spect**ive **adj** 未來的、即將發生的；
      per**spect**ive **n** 看法、觀點

respect
[rɪ`spɛkt]
n v 敬重、
  尊敬

It is important to **respect** your elders, even if you do not always agree with them.
<u>尊重</u>長輩很重要，即便你並不是總是認同他們。

衍生字 re**spect**able **adj** 值得尊敬的、名聲好的；
      re**spect**ful **adj** 恭敬的、尊敬的；
      re**spect**ive **adj** 分別的、各自的

aspect
[`æspɛkt]
n 方面、觀點

One **aspect** of the book that I liked in particular was the way the author created believable characters.
我特別喜歡這本書的<u>地方</u>是，作者創造出讓人信服的角色。

spectrum
[`spɛktrəm]
n 系列、光譜

On a **spectrum** of 1-to-10, the patient described his pain as being a 6.
在 1 到 10 的<u>（疼痛）光譜</u>上，患者描述自己的疼痛是 6。

specimen
[`spɛsəmən]
n 樣品、樣本

The doctor took a blood **specimen** from his patient to examine it for possible infections.
醫生從病患身上抽取血液<u>樣本</u>來檢查是否有感染可能。

- 同源字學更多：de**spis**e **v** 鄙視、看不起；de**spit**e **n** 怨恨、儘管；**spy** **n** 間諜、刺探；**spec**ial **adj** 特別的、特殊的；**spec**ialty **n** 專業、專長；**spec**ialize **v** 專攻、專門從事；**spec**ialist **n** 專科醫生、專家；e**spec**ially **adv** 格外、主要；**spec**ify **v** 詳細指明、明確說明；**spec**ific **adj** 特殊的、具體的；**spec**ies **n** 形式、物種；**spic**e **n** 調味品、香味；ex**pect** **v** 期待；ex**pect**ation **n** 期待；unex**pect**ed **adj** 出乎意料的；unex**pect**edly **adv** 出人意料地

Unit 6 母音轉換

❷ apt- ↔ ept- （MP3 ▶ 6-3-02）

單字源來如此

apt- 和 ept- 同源，母音通轉，「易於……的」、「合適的」的意思。adapt（改寫）是寫成最「合適」（apt-）的版本，aptitude（才能）是能做「合適」（apt-）事情的潛力，adept（熟練的）是指做「合適」（ept-）的事，因此熟練。

apt [æpt] **adj** 易於……的、 　　有……傾向的	The teacher watched one student extra carefully, as she was **apt** to use her phone during tests. 老師格外緊盯著一個學生，因為她一直想在考試時用手機。
ad**apt** [əˋdæpt] **v** 適應、改寫	My body was finally starting to **adapt** to the hot climate after almost a year of living in Africa. 在非洲住了一年後，我的身體終於開始適應炎熱的氣候。 衍生字 ad**apt**ation **n** 改寫、適應
aptitude [ˋæptə͵tjud] **n** 才能、習性	Bill's teacher warned him that his academic **aptitude** would be wasted if he didn't complete his homework assignments. 比爾的老師警告他如果不把作業寫完會浪費他學習的才能。
ad**ept** [ˋædɛpt] **adj** 熟練的	Though Einstein was clearly **adept** at solving complicated math problems, he had trouble learning basic social skills. 雖然愛因斯坦顯然很會解複雜的數學題，但他在學習基本社交技巧上卻很有問題。

❸ ante- ↔ anti-、anc- （MP3 ▶ 6-3-03）

單字源來如此

ante- 和 anti- 同源，「在……之前」、「相反」、「對抗」（against）的意思，anc-（在……之前）也是其字根變體。anticipate（期望）本意是「在……之前」（anti-）就「拿取」（cip- = cap- = take），西元 1749 年衍生出「期望」的意思，antonym（反義字）本意是「相反」（anti- = against）的「名稱」（name）。

antique [æn`tik] **adj** 古老的、 **n** 古董	The girl inherited an **antique** ring that had been passed down from the women of her family for five generations. 那女孩繼承了一枚家族女性傳了五代的古董戒指。
anticipate [æn`tɪsə͵pet] **v** 期望、預料	I was late to work today because I did not **anticipate** having a flat tire on the way. 我今天上班遲到，因為沒想到輪胎會在路上爆胎。 衍生字 **anti**cipation **n** 期望
antibody [`æntɪ͵badɪ] **n** 抗體	My doctor told me to simply rest and let my **antibodies** fight the illness over the next couple days. 醫生告訴我接下來幾天只要好好休息讓抗體抵抗感冒就可以了。 衍生字 **anti**biotic **adj** 抗生的、抗菌的
antonym [`æntə͵nɪm] **n** 反義字	Some **antonym** pairs we use often in driving are "go" and "stop", as well as "fast" and "slow." 我們常用的駕駛反義詞配對有「走」和「停」，還有「快」和「慢」。
ancient [`enʃənt] **adj** 古舊的、 古代的	In the action film, an **ancient** board game is discovered that brings the players into a magical new world. 那部動作片裡，古老的棋盤遊戲帶玩家們進入神奇的新世界。
ancestor [`ænsɛstə] **n** 原型、祖先	Although I was born and raised in the USA, my **ancestors** came from all over Europe. 雖然我在美國出生和長大，但我的祖先來自歐洲各處。

- 同源字學更多：end **v** 結束；end**ing** **n** 結局

④ manu- ↔ mani-、man-、main- MP3▶6-3-04

單字源來如此

manu- 和 mani-、man-、main- 同源，母音通轉，「手」的意思。manufacture（大量製造）本指「手工」（manu-）「製作」（fact-），後來語意轉變，出現工廠大量生產製作的意思。manipulate（操控）原指用「手」（mani-）控制，後來語意轉為抽象，不再限於用手操控，manage（管理）原先是也指用「手」（man-）操控，而 maintain（保養）一開始也是用「手」（main-）。

Unit 6 母音轉換

manual [ˈmænjʊəl] **n** 手冊	We had to read the **manual** to understand how to work our new smart phone. 我們必須看使用手冊了解如何操作新的智慧型手機。
manufacture [ˌmænjəˈfæktʃɚ] **v** 大量製造	Taiwan is well-known throughout the world for the amount of electronics it is able to **manufacture**. 台灣以大量製造電子產品聞名世界。 衍生字 **manu**facturer **n** 廠商、製造公司
manuscript [ˈmænjʊskrɪpt] **n** 手抄本、手稿	When Steve wrote his first **manuscript**, he never imagined it would be made into a movie about his life. 史提夫寫出第一份手稿時，他從未想過自己的人生會被拍成電影。
manipulate [məˈnɪpjəˌlet] **v** 操控、熟練運用	The salesman was able to **manipulate** customers into buying more products by using many different sales tricks. 銷售員會用許多不同的銷售伎倆來驅使消費者買更多產品。
manage [ˈmænɪdʒ] **v** 管理、操控	The new teacher found it difficult to **manage** teaching more than thirty children in one class. 新老師發現要管教一個超過三十個孩子的班級很不容易。 衍生字 **man**agement **n** 經營、處理；**man**ageable **adj** 可管理的；**man**ager **n** 經理、管理人
maintain [menˈten] **v** 維持、保養	If the team wanted to win, they would have to **maintain** their lead for the final five minutes. 如果這一隊想贏，他們就必須在最後五分鐘保持領先狀態。 衍生字 **main**tenance **n** 主張、贍養費、維修

- 同源字學更多：**man**ifest **adj** 明白的、清楚的 **v** 證明；**man**ner **n** 方式、方法；**man**ners **n** 禮儀

❺ damn- ↔ demn- MP3 ▶ 6-3-05

單字源來如此

damn- 和 demn- 同源，母音通轉，「傷害」的意思。condemn（譴責）本意是造成「傷害」（harm），譴責易造成「傷害」。

damage [ˋdæmɪdʒ] **n v** 損害	The phone stopped working after water got inside and **damaged** some of the electrical parts. 某些電子零件因進水而受損後,手機就停止運作了。
con**demn** [kənˋdɛm] **v** 責備、譴責	The world has come to **condemn** the use of coal after realizing how bad it is for the environment. 意識到煤炭對環境多不好之後,全世界開始譴責使用煤炭。

6 nounc- ↔ nunc- (MP3 ▶ 6-3-06)

單字源來如此

nounc- 和 nunc- 同源,母音通轉,「喊叫」的意思。denounce(譴責)本意是對著「下方」(de- = down)喊叫,引申為罵人、「指責」。

de**nounc**e [dɪˋnaʊns] **v** 指責、譴責	A group of factory workers gathered at the manager's office to **denounce** the new policy that reduces vacation time. 一群工廠員工聚集在經理辦公室,譴責減少假期的新政策。
an**nounc**ement [əˋnaʊnsmənt] **n** 通知、宣告	An **announcement** was made informing all of the passengers that the airplane was now ready for departure. 廣播通知所有乘客飛機現在即將起飛。
pro**nounc**e [prəˋnaʊns] **v** 發音、宣稱	English can be a difficult language to speak because the letters are not always **pronounced** the same way. 英文不是一個好講的語言,因為字母不總是有一樣的發音。 衍生字 pro**nunc**iation **n** 發音、讀法

7 ann- ↔ enn- (MP3 ▶ 6-3-07)

單字源來如此

ann- 和 enn- 同源,母音通轉,「年」的意思。anniversary(週年紀念)本意是「轉」(vers- = turn)了一「年」(ann-)。

Unit 6 母音轉換

annual [ˋænjʊəl] **adj** 一年的、一年一次的	Every year, we look forward to our **annual** family vacation somewhere in the United States. 每年我們都很期待一年一度在美國某處的家族旅遊。
anniversary [͵ænəˋvɝsərɪ] **n** 週年紀念、週年紀念日	The founder was throwing a party to celebrate the 50-year **anniversary** of the opening of his company. 創辦人當時正在辦公司五十週年慶祝派對。
bi**enn**ial [baɪˋɛnɪəl] **adj** 兩年一度的	Every two years, the scholarship fund receives a **biennial** donation from the same anonymous donor. 每隔兩年獎學金基金會就會收到同一個匿名捐贈者兩年一次的捐款。

❽ -ory ↔ -ery (MP3▶6-3-08)

單字源來如此

-ory 和 -ery 同源，母音通轉，「場所」的意思。

dormit**ory** [ˋdɔrmə͵torɪ] **n** 大寢室、團體寢室	The university required all first-year students to live in the **dormitory** so they could get to know each other. 大學規定所有一年級學生要住在宿舍，好讓他們認識彼此。
laborat**ory** [ˋlæbrə͵torɪ] **n** 實驗室、研究室	The scientist had spent the last 25 hours in his **laboratory**, as he was very near to making a discovery. 科學家在實驗室裡待了二十五小時，因為他就快要有新發現了。
fact**ory** [ˋfæktərɪ] **n** 工廠、製造廠	The old **factory** produced cars in the past, but was shut down some 20 years ago. 那家老工廠過去是生產汽車的，但大概二十年前倒閉了。

invent**ory** [`ɪnvən,torɪ] **n** 存貨清單、存貨	An **inventory** should be carefully kept, so the store owner would always know exactly how many of each product he carried. 存貨清單要仔細保存好，這樣店主才能確切知道每一樣貨品他還有幾個。
territ**ory** [`tɛrə,torɪ] **n** 版圖、領土、地盤	Tigers in the wild will mark **territory** with their scent so that nearby tigers know the area is already taken. 野生老虎會用氣味標示地盤，這樣附近的老虎就知道這個地方被別人佔了。
nurs**ery** [`nɝsərɪ] **n** 育兒室、托兒所	A **nursery** had been built nearby so the soon-to-be parents would have a room ready for their baby. 附近蓋了間托嬰中心，這樣即將成為爸媽的父母就有地方安置寶寶了。
fish**ery** [`fɪʃərɪ] **n** 漁場、漁業	The nearby **fishery** focused on harvesting milkfish that would be sold and eaten across the country. 附近的漁場主要捕撈國內買賣和食用的虱目魚。
cemet**ery** [`sɛmə,tɛrɪ] **n** 公墓、墓地	No one bought the empty home for years because it was located so close to a **cemetery**. 這些年來沒人買這間空屋，因其位置鄰近墓地。
bak**ery** [`bekərɪ] **n** 麵包店	Jason was happy that his favorite Taiwanese **bakery** chain opened a location near his home in the USA. 傑森很開心他最喜愛的台灣麵包連鎖店在他美國住家附近開店。
groc**ery** [`grosərɪ] **n** 食品雜貨店、食材雜貨	My mom had written a list of **groceries** for me that had items I needed to pick up for dinner. 媽媽列了一張晚餐的食材清單給我，讓我去採買。

⑨ sult- ↔ sault- (MP3▶6-3-09)

單字源來如此

sult- 和 sault- 同源，母音通轉，都是「跳」的意思。assault（攻擊）本意是「朝……」（as- = ad- = to）「跳」（sault-），引申為「攻擊」、「譴責」，result（結果）本意是「跳」（sult-）「回來」（re- = back），可用「之前所付出的努力回來了」做聯想。

as**sault** [əˋsɔlt] **v** 攻擊、譴責	The criminal's jail sentence was doubled for **assaulting** a police officer while trying to escape. 犯人試圖逃跑時攻擊警察，以至於被判處加倍的有期徒刑。
in**sult** [ˋɪnsʌlt] **n** [ɪnˋsʌlt] **v** 侮辱、羞辱	When traveling in a foreign place, it is important to know the customs to avoid accidentally **insulting** or offending locals. 異國旅行時，了解習俗以避免意外騷擾或冒犯當地人是很重要的。
re**sult** [rɪˋzʌlt] **n v** 結果	The patient was very happy when her test **results** showed that she did not have cancer. 患者得知檢查結果顯示自己沒有癌症時很開心。

⑩ pro- ↔ pre- (MP3▶6-3-10)

單字源來如此

pro- 和 pre- 同源，母音通轉，都表示「前」。prophet（預言者）是事情發生「前」（pro-）就「說」（-phet）出來的先知，provoke（煽動）即「往前」（pro-）「叫喊」（vok- = voc-），鼓舞大家採取行動。

profession [prəˋfɛʃən] **n** 職業	He was an accountant by **profession**, but what he really loved to do was sing and dance. 他的職業是會計師，但他真正喜歡的是唱歌和跳舞。 衍生字 **pro**fessional **adj** 職業的；**pro**fessor **n** 教授

prophet [ˈprɑfɪt] **n** 預言者、 預言家	Jonah was a **prophet** who warned his people to ask for forgiveness before it was too late. 約拿是位先知，他警告人們儘早祈求寬恕。
provoke [prəˈvok] **v** 煽動、激起	Allen accidentally **provoked** a swarm of bees when he disturbed their hive while climbing a tree. 艾倫爬樹時不小心驚擾了蜂窩，激怒了一群蜜蜂。
problem [ˈprɑbləm] **n** 問題、 疑難問題	There was a **problem** with the computer that required me to bring it to a repair shop. 這台電腦有問題，我得拿去維修店。
pronoun [ˈpronaʊn] **n** 代名詞	A **pronoun** is a word that replaces the noun in a sentence, such as "I", "me", "myself," or "mine." 代名詞是取代句子中名詞的用詞，例如「I」、「me」、「myself」或「mine」。
prompt [prɑmpt] **adj** 及時的、 迅速的	The hotel guest was impressed by the **prompt** response he received from the manager regarding his complaint. 飯店客人對經理這麼迅速回應他的客訴留下好印象。
protest [prəˈtɛst] **n** **v** 抗議、 反對	The entire school wore jeans and sweaters instead of their uniforms in **protest** of the new school dress code. 全校不穿制服，而是穿牛仔褲和運動服抗議學校新的服裝規定。
profile [ˈprofaɪl] **n** 外形、外觀	An image of a president's **profile** appears on almost every coin or other form of money. 總統的頭像幾乎出現在每一種硬幣或其他形式的錢幣上。
proportion [prəˈporʃən] **n** 比例、比率	The **proportion** of men to women in the country was unbalanced, so many single men could not meet a woman. 這個國家的男女比例失衡，很多單身男性找不到女性可認識。

Unit 6 母音轉換

propaganda [ˌprɑpəˈgændə] **n** 宣傳、宣傳活動	**Propaganda** is a powerful tool that Germany famously used in WWII to convince its citizens to support Adolf Hitler. 德國在二次世界大戰時將宣傳鼓動作為一種有利工具來說服公民支持希特勒。
province [ˈprɑvɪns] **n** 省、州	Rather than having states, Canada has ten **provinces** that make up the country. 加拿大不是以州區分，而是由十個省組成國家。 衍生字 **pro**vincial **adj** 省的
preach [pritʃ] **v** 布道、宣揚	The members of the vegan protest were **preaching** about the reasons why it was wrong to eat food that comes from animals. 素食抗議活動的成員在宣揚不該以動物為食物的理由。
prehistoric [ˌprihɪsˈtɔrɪk] **adj** 史前的	Scientists use many advanced methods to make educated guesses as to what life was like in **prehistoric** times. 科學家們用許多先進方法對史前生活的樣貌做出專業猜測。
prevail [prɪˈvel] **v** 勝過、盛行	The home team **prevailed** in a very close game to become the world champions for a second straight year. 地主隊以非常微小的差距贏得比賽，連續二年成為世界冠軍。
prevent [prɪˈvɛnt] **v** 防止	Sam's mother wanted to **prevent** him from being distracted and failing his test, so she took away his cell phone. 山姆的母親為防止他考試不專心和不及格，收走他的手機。 衍生字 **pre**vention **n** 預防、阻止；**pre**ventive **adj** 預防的、防止的
pregnant [ˈprɛgnənt] **adj** 懷孕的	The gentleman offered his seat on the bus to a **pregnant** woman so that she could rest her legs. 那位紳士在公車上把座位讓給懷孕的婦女，好讓她的腳能休息。 衍生字 **pre**gnancy **n** 懷孕
prepare [prɪˈpɛr] **v** 準備	Kim had studied for six hours to **prepare** for a big exam that was very important to her grade. 金恩讀了六小時的書準備大考，這場大考對她的成績很重要。 衍生字 **pre**paration **n** 準備

prestige
[prɛs`tiʒ]
n 名望、聲望

The **prestige** that came with winning the award meant more to me than the actual trophy.
得獎的名譽對我來說比真正的獎盃意義更大。

衍生字 **pre**stigious **adj** 聲望高的

preserve
[prɪ`zɝv]
v 保存、防腐

To carefully **preserve** my photos for when I am older, I keep them in photo albums in a dry environment.
為了小心保存我的照片直到老，我把它們收藏在相本裡，放在乾燥的地方。　衍生字 **pre**servation **n** 維護

presume
[prɪ`zum]
v 擅自做……、假設、推測

The girl had not eaten yet as she **presumed** her date would be taking her out to dinner.
那女孩還沒吃東西，因為她推測約會對象會帶她出去吃晚餐。

present
[`prɛznt]
adj 出席的、當前的

The teacher became concerned when her student had not been **present** in class for over a week.
學生如果超過一星期沒出現在課堂，老師就會擔心了。

衍生字 **pre**sence **n** 出席；**pre**sentation **n** 授予、展示會

preposition
[͵prɛpə`zɪʃən]
n 介系詞

A **preposition** is a word that connects a noun to another part of the sentence, such as "to," "on," or "with."
介系詞是把名詞連接到句子另一部分的詞，像是「to」、「on」或「with」。

- 同源字學更多：be**fore** **adv** 以前；**pre**mier **n** 首相；ap**pro**ach **n** 接近、靠近；ap**pro**ximate **adj** 近似的、大約的；ap**pro**ve **v** 同意；dis**appro**ve **v** 不同意；ap**pro**priate **adj** 適當的；**pro**bable **adj** 很可能發生的；**pro**bably **adv** 大概；**pro**se **n** 散文；**pro**tect **v** 保護；**pro**tein **n** 蛋白質；**pro**ne **adj** 有……傾向的；**pro**ud **adj** 驕傲的；**pro**per **adj** 適合的；**pro**perty **n** 資產；**para**dise **n** 天堂；**per**form **v** 履行；**per**fume **v** 使充滿香氣；**per**haps **adv** 大概；**per**ish **v** 消滅；**per**manent **adj** 永久的；**per**severe **v** 堅持不懈；**pri**mary **adj** 主要的；**pri**est **n** 牧師；**pri**me **adj** 最初的；**pri**mitive **adj** 原始的；**pri**nce **n** 王子；**pri**ncipal **n** 校長；**pri**nciple **n** 原則；**pri**or **n** 院長；**pri**vilege **n** 特權；de**pri**ve **v** 剝奪；**pri**vate **adj** 私人的；**proof** **n** 證據；water**proof** **adj** 防水的；fire**proof** **adj** 防火的；**pier**ce **v** 突破；**por**tray **v** 畫；**far** **adj** 遠的；**first** **adj** 第一的；**for** **prep** 為；**for**mer **n** 前者；**from** **prep** 從……起；**forth** **adv** 向前；af**for**d **v** 買得起；**fur**nish **v** 提供；**fur**niture **n** 傢俱；**fur**ther **adj** 更遠的

⑪ pel- ↔ puls- （MP3▶6-3-11）

單字源來如此

pel- 和 puls- 同源，母音通轉，都是「推」的意思。propel（推進）是「往前」（pro-）「推」（pel-），expel（驅逐）是「往外」（ex- = out）「推」（pel- = push）。pulse（脈搏）跟「推」有關，當你按著脈搏時，有沒有感覺到有股力量在推？

propel [prə`pɛl] **v** 推進、驅策	The powerful engine **propelled** the fishing boat across the water at a very high speed. 有力的引擎以非常高的速度驅動漁船滑過水面。 衍生字 **propeller** **n** 螺旋槳、推進器
compel [kəm`pɛl] **v** 強迫、強求、使不得不	The principal offered a cash prize to **compel** more students to join the English speech contest. 校長提供獎金來驅使更多學生參加英語演講比賽。
expel [ɪk`spɛl] **v** 驅逐、趕走、噴出	The volcano **expelled** rock, lava, and ash into the air when it erupted last year. 火山去年噴發時在空氣中噴出石頭、熔岩和火山灰。
appeal [ə`pil] **v** 懇求、吸引力	The lawyer had to **appeal** to the judge for a new trial due to information that had just been discovered. 因為剛剛發現的資訊，律師懇求法官再重新開庭。
pulse [pʌls] **n** 脈搏	A strong **pulse** is the sign of a healthy heart and good circulation in the body. 強健的脈搏是心臟健康和血液循環良好的指標。
impulse [`ɪmpʌls] **n** 衝動、刺激	The man had a strange **impulse** to hum loudly whenever he became scared or nervous. 那男子只要被嚇到或緊張的時候就會忍不住大聲發出奇怪的哼聲。

⑫ bene- ↔ bon- （MP3▶6-3-12）

單字源來如此

bene- 和 bon- 同源，母音通轉，都表示「好的」。

benefit [ˋbɛnəfɪt] **n** 利益、優勢	One **benefit** of going to university is getting a better education, and another is the chance to make connections. 上大學其中一個好處就是受到更好的教育，另一個便是結交更多朋友的機會。
bonus [ˋbonəs] **n** 獎金、 額外津貼	The entire office received a **bonus** added to our regular wages to thank us for an amazing year. 歸功於這意氣風發的一年，整個辦事處在常規薪水外都收到了額外獎金。

⑬ tain- ↔ ten-、tin- （MP3▶6-3-13）

單字源來如此

tain- 和 ten-、tin- 同源，母音通轉，「握」的意思。detain（留住）的本意是把人「握著」（tain- = hold）並「拉走」（de- = away），引申出把人拉住，不讓人離開，contain（包含）本意是把東西「握」（tain-）在「一起」（con- = together），entertainment（娛樂）可想成「進到」（enter）心裡，「抓住」（tain-）你的心，引申為饒富趣味的娛樂活動。

de**tain** [dɪˋten] **v** 留住、 使耽擱	Airport workers can **detain** customers and hold them for questioning if they feel they might be doing something illegal. 機場工作人員如果覺得有人從事不法勾當，可以扣留他們進行訊問。
con**tain** [kənˋten] **v** 包含、容納	The envelope **contained** a clue that the detective would need if he wanted to solve the mystery. 信封裡有偵探如果要破解謎團會需要的線索。 衍生字 con**tain**er **n** 容器

Unit 6 母音轉換

ob**tain** [əb`ten] **v** 得到、獲得	We had to visit the hospital where I was born to **obtain** a copy of my birth records. 我們得去我出生的醫院取得出生證明文件。
re**tain** [rɪ`ten] **v** 保留、保持	The problem with cramming for tests is that you will not **retain** most of the information in the long term. 為了考試而補習的問題就是，大半資訊你都沒辦法保留在長期記憶。
sus**tain** [sə`sten] **v** 支撐、承受、保持	The runner knew he could not **sustain** this fast of a pace for the entire race. 跑者知道自己無法保持這個速度跑完全程。
enter**tain**ment [ˌɛntɚ`tenmənt] **n** 招待、款待、娛樂	With smart phones everywhere, there is always instant access to many different forms of news and **entertainment**. 由於智慧型手機隨處都是，就可以隨處立即接收到許多不同的新聞和娛樂。
con**tin**ue [kən`tɪnjʊ] **v** 持續、延伸	They were not able to **continue** the concert after the singer injured himself while dancing onstage. 那個歌手在舞台上跳舞受傷之後，他們就沒辦法繼續完成演唱會了。 衍生字 con**tin**ual **adj** 多次重複的；con**tin**uous **adj** 連續的、不斷的；con**tin**uity **n** 連續性、持續性
con**tin**ent [`kɑntənənt] **n** 大陸、洲	Antarctica is the only **continent** where the land is not owned or controlled by any country. 南極洲是唯一一個沒有被國家擁有或統領的大陸。 衍生字 con**tin**ental **adj** 洲的、大陸的

⑭ nurt- ↔ nutr- MP3▶6-3-14

> **單字源來如此**
>
> nurt- 和 nutr- 同源，都是「營養」的字根，[r]／[t] 顛倒位置，這是「音素換位」（metathesis）的現象。

254

6-3 字根首尾對字根首尾

nurture [ˈnɝtʃə] **n** 營養物、食物、養育	Much of who we are comes from **nurture**, but perhaps an equal part comes from our nature. 不論我們的性格來自於多麼不同的教養方式，但也許有一相同的部份是來自於本性。
nutrition [njuˋtrɪʃən] **n** 營養、滋養	Although the girl wanted to improve her **nutrition**, the only food available to her was unhealthy fast food. 雖然女孩想吃得營養一些，但她只能得到很不健康的速食。 衍生字 **nutr**itious **adj** 有營養的、滋養的

⑮ m**a**nd- ↔ m**e**nd- (MP3▶6-3-15)

單字源來如此

mand- 和 mend- 同源，母音通轉，「命令」、「託付」的意思。recommend（推薦）有將某人「託付」（mend-）給其他人的意味。

com**mand** [kəˋmænd] **v** 命令 **n** 控制；（對語言的）運用自如的能力	Mr. Johnson **commanded** his students to never bring their cell phones with them to class. 強森先生要求學生不許帶手機進教室。
de**mand** [dɪˋmænd] **n v** 要求	The customers began to **demand** their money back when the food had still not arrived an hour after ordering. 點餐後一個小時食物還沒上，客人們開始要求退費。
recom**mend** [ˌrɛkəˋmɛnd] **v** 推薦	When the salesman was asked to **recommend** a camera, his advice was to choose whichever one felt best in his hands. 那銷售員被要求推薦相機時，他的建議是從他手中選一個感覺最好的。

⑯ p**ear**- ↔ p**ar**- (MP3▶6-3-16)

單字源來如此

pear- 和 par- 同源，「出現」的意思，引申為「可看見的」。transparent（透明的）是「穿透」（trans-）某物「出現」（par-）。

255

Unit 6 母音轉換

appear [ə`pɪr] **v** 出現、似乎	I began to get nervous when the taxi did not **appear** on time to bring me to the airport. 帶我去機場的計程車沒有準時**出現**時我開始緊張起來。 衍生字 dis**appear** **v** 消失；**appear**ance **n** 出現、外貌
ap**par**ent [ə`pærənt] **adj** 明顯的	It was very **apparent** to everyone on the jury that the suspect had committed the crime. 陪審團的每個人都認為作案的**顯然**就是那個嫌疑犯。
trans**par**ent [træns`pɛrənt] **adj** 透明的、 一目了然的	There are some interesting fish that have **transparent** bodies, allowing you to see right through them. 有些有趣的魚有**透明的**身體，讓你可以直接看透牠們。

⑰ vit- ↔ viv- (MP3 ▶ 6-3-17)

單字源來如此

vit- 和 viv- 同源，「生命」、「活」的意思。vitamin（維生素）是維持「生命」（vit-）的重要養分，revive（復甦）是「再次」（re-）地「活」（viv-）過來了，vivid（鮮明的）就是「活」（viv-）生生的。

vital [`vaɪt!] **adj** 生命的	The heart is a good example of a **vital** organ, because you cannot live without it. 心臟是有**生命的**器官，因為沒它就活不了。 衍生字 **vit**ality **n** 活力、生氣
vitamin [`vaɪtəmɪn] **n** 維他命、 維生素	There are many **vitamins** that make the body stronger, and the highest amounts are usually found in fruits and vegetables. 很多**維生素**可以讓身體更強壯，通常水果和蔬菜裡含量最多。
re**viv**e [rɪ`vaɪv] **v** 甦醒、復甦	The doctor was able to **revive** the patient by applying an emergency technique called CPR. 醫生用心肺復甦術的急救技巧讓病患**甦醒**過來。 衍生字 re**viv**al **n** 甦醒、復活

sur**viv**e [sə`vaɪv] **v** 倖存、殘留	Animals and plants must store water for long periods of time if they want to **survive** in the desert. 動物和植物若想在沙漠中**存活**就必須存有長時間可用的水。 衍生字 sur**viv**al **n** 倖存；sur**viv**or **n** 倖存者
vivid [`vɪvɪd] **adj** 鮮明的、生動的	Anne was disappointed after waking up from a **vivid** dream where she was rich and famous. 安恩**清楚**夢見自己有錢又出名，醒來後大失所望。 衍生字 **viv**idly **adv** 生動地

歷屆試題看這裡！掃 QR Cord 立即練習！
https://video.morningstar.com.tw/0170005/6-3.html

6-3 字根首尾對字根首尾
解答請見 263 頁

名字裡的世界：字源探索之旅

Vivian（薇薇安）

名字的歷史和文化意蘊

Vivian（薇薇安）起源於拉丁語的 *Vivianus*，其含義為「活著的」（alive），它象徵著生命和活力。隨著時間的流逝，這個名字在不同的文化和語言中演變，形成了多種拼寫與變體，如 Vivien、Vivienne、Viviana 等。Vivian 在英語中既是男性名字也是女性名字，但在現代一般更常見於女性。這個名字在文學作品中也經常出現，例如在亞瑟王傳說中，湖中仙女（Lady of the Lake）有時被稱為 Viviane，增加了該名字的神祕和浪漫色彩。

英語詞彙探幽

Vivian 裡頭藏著字根 *viv*（活著、生命），以 *viv* 為基礎可學到一系列單字：

1. **viv**id 的意思是「生動逼真的」，即「充滿生機的」（full of life）。
2. sur**viv**e 的意思是「倖存」、「生還」，來自於拉丁語 *supervivere*，它是由 *super-*（意為「超過」、「超出」）和 *vivere*（意為「活著」）組合而成。因此，survive 字面上的意思是「活過某事之上」（live beyond）或「比……活的時間長」（live longer than），指的是在逆境或災難之後繼續存活的能力。
3. re**viv**e 的意思是「使復甦、復活」，這個單詞源自拉丁語 *revivere*，它是由 *re-*（意為「再次」）和 *vivere*（意為「活著」）組合而成。因此，revive 字面上的意思是「再次活著」（live again），在英語中用來描述使某物或某人重新獲得生命力、活力或效力的過程。

名字裡的世界：字源探索之旅

Sophia（蘇菲亞）、Sophie（蘇菲）

名字的歷史和文化意蘊

Sophia（蘇菲亞）源自希臘語的 *sophia*，其含義為「智慧」。這可能是一位聖人的名字，傳說她在羅馬帝國哈德良統治時期因為她的三個女兒被殉道而悲傷至死。Sophia 這個名字在中世紀的歐洲大陸皇室中很常見。18 世紀，當德國的漢諾威王朝繼承了英國王位時，這個名字便在英國流傳開來。在美國，這個名字直到 1990 年代才開始變得普及，最終在 2011 年到 2013 年間成為女孩最受歡迎的名字之一。Sophie 則是 Sophia 的法文形式，《蘇菲的世界》（*Sophie's World*）主角即名叫蘇菲（Sophie），小說描述她和一位叫亞伯特·諾克斯（Alberto Knox）的神祕角色之間的對話，以淺顯易懂的方式介紹西方哲學。

英語詞彙探幽

Sophie 和 Sophia 字裡頭藏著字根 *soph*（智慧）。以 *soph* 為基礎，我們可以學到一系列單字：

1. philo**soph**y 是由 *phil*（意為「愛」、「喜愛」）、*soph*（意為「智慧」）、*-y*（名詞字尾）三個詞素組合而成，字面上的意思是「愛智之學」。這個詞反映了對知識和真理追求的熱愛和尊重，是對宇宙、存在、知識、價值、理性、心靈和語言等根本問題的研究。

2. **soph**omore 是由 *sophumer* 變化而來的，字面意思是「爭辯者」。但根據通俗詞源，sophomore 是由 *sopho*（意為「智慧」）和 *more*（意為「愚蠢的」）兩個詞素組合而成，原意可能指的是「有一點智慧但仍然愚蠢的人」。在現代，sophomore 通常用來指「第二年的學生」，特別是在高中或大學的第二年學生，象徵著他們在學習和成長過程的中間階段。

附錄

- 歷屆試題雲端題庫解答
- 同源字表
- 全書單字索引

附錄

歷屆試題雲端題庫解答

歷屆試題看這裡！掃 QR Cord 立即練習！
https://video.morningstar.com.tw/0170005/0170005-test.html

1-1 單字對單字

1.（C）2.（B）3.（D）

1-2 單字對字根首尾

Part 1

1.（A）2.（B）3.（C）4.（D）5.（C）6.（A）7.（A）8.（A）9.（C）10.（A）
11.（C）12.（D）13.（A）14.（A）15.（A）16.（B）17.（C）18.（C）

Part 2

19.（B）20.（B）21.（A）22.（B）23.（A）24.（D）25.（A）26.（A）27.（B）28.（B）
29.（C）30.（C）31.（A）32.（D）33.（C）34.（A）35.（C）36.（D）

1-3 字根首尾對字根首尾

1.（A）2.（D）3.（C）4.（A）

2-1 單字對單字

1.（C）

2-2 單字對字根首尾

Part 1

1.（D）2.（C）3.（B）4.（C）5.（B）6.（B）7.（D）8.（D）9.（B）10.（D）
11.（D）12.（D）

Part 2

13.（A）14.（C）15.（C）16.（C）17.（D）18.（B）19.（B）20.（C）21.（A）22.（D）

Part 3

23.（B）24.（D）25.（B）26.（D）27.（A）28.（B）29.（B）30.（D）31.（C）32.（C）

Part 4

33.（D）34.（D）35.（D）36.（C）37.（C）38.（C）39.（D）40.（C）41.（C）42.（D）

Part 5

43.（A）44.（A）45.（A）46.（D）47.（A）48.（D）49.（A）50.（D）51.（B）52.（A）

2-3 字根首尾對字根首尾

Part 1

1.（D）2.（A）3.（C）4.（C）5.（A）6.（D）7.（C）8.（C）9.（A）10.（B）11.（C）

Part 2

12.（B）13.（A）14.（C）15.（B）16.（B）17.（B）18.（B）19.（B）20.（B）21.（B）22.（D）

Part 3

23.（D）24.（D）25.（A）26.（A）27.（B）28.（A）29.（B）30.（A）31.（C）32.（D）33.（D）

Part 4

34.（D）35.（A）36.（A）37.（B）38.（D）39.（D）40.（D）41.（D）42.（D）43.（D）44.（A）

Part 5

45.（A）46.（C）47.（D）48.（C）49.（C）50.（C）51.（C）52.（C）53.（A）54.（B）55.（D）

Part 6

56.（B）57.（C）58.（C）59.（A）60.（C）61.（C）62.（C）63.（D）64.（A）65.（C）66.（A）

Part 7

67.（A）68.（D）69.（B）70.（D）71.（A）72.（C）73.（B）74.（C）75.（B）

附錄

3-1 單字對單字
1.（A） 2.（A） 3.（A）

3-2 單字對字根首尾
Part 1
1.（A） 2.（B） 3.（A） 4.（C） 5.（B） 6.（C） 7.（C） 8.（C） 9.（A） 10.（B） 11.（A）

Part 2
12.（B） 13.（B） 14.（C） 15.（D） 16.（C） 17.（A） 18.（A） 19.（A） 20.（D） 21.（D）

Part 3
22.（B） 23.（D） 24.（C） 25.（B） 26.（C） 27.（C） 28.（C） 29.（C） 30.（C） 31.（B）

Part 4
32.（A） 33.（D） 34.（B） 35.（A） 36.（D） 37.（A） 38.（A） 39.（A） 40.（C） 41.（D）

Part 5
42.（B） 43.（A） 44.（A） 45.（A） 46.（A） 47.（B） 48.（B） 49.（A） 50.（C） 51.（D）

3-3 字根首尾對字根首尾
1.（A） 2.（D） 3.（D） 4.（C） 5.（B） 6.（D） 7.（D） 8.（B） 9.（B）

4-1 單字對單字
1.（A） 2.（D） 3.（C） 4.（A）

4-2 單字對字根首尾
1.（C） 2.（D） 3.（D） 4.（A） 5.（D） 6.（D） 7.（B） 8.（D） 9.（C）

4-3 字根首尾對字根首尾
1.（C） 2.（A） 3.（D）

5-3 字根首尾對字根首尾
1.（A） 2.（C） 3.（C） 4.（D） 5.（B） 6.（B）

6-1 單字對單字

1.（C）2.（D）3.（C）4.（D）5.（C）6.（D）7.（D）8.（C）9.（A）10.（D）
11.（D）12.（A）13.（C）

6-2 單字對字根首尾

Part 1
1.（C）2.（A）3.（B）4.（C）5.（B）6.（A）7.（B）8.（B）9.（B）10.（B）

Part 2
11.（C）12.（C）13.（D）14.（A）15.（B）16.（A）17.（A）18.（C）19.（D）20.（C）

Part 3
21.（B）22.（D）23.（D）24.（D）25.（D）26.（A）27.（D）28.（A）29.（C）30.（D）

Part 4
31.（A）32.（A）33.（D）34.（C）35.（C）36.（B）37.（B）38.（A）39.（D）40.（A）

Part 5
41.（B）42.（B）43.（A）44.（B）45.（A）46.（D）47.（A）48.（B）49.（D）50.（C）

Part 6
51.（D）52.（A）53.（D）54.（C）55.（C）56.（D）57.（A）58.（B）59.（B）

6-3 字根首尾對字根首尾

Part 1
1.（D）2.（D）3.（C）4.（C）5.（B）6.（A）7.（C）8.（D）9.（C）10.（A）

Part 2
11.（B）12.（A）13.（D）14.（B）15.（C）16.（B）17.（D）18.（C）19.（A）20.（B）

Part 3
21.（B）22.（A）23.（B）24.（C）25.（C）26.（A）27.（B）28.（C）29.（D）30.（C）

Part 4
31.（D）32.（B）33.（A）34.（A）35.（B）36.（B）37.（B）38.（D）

同源字表

1. acre, agriculture
2. afraid, Friday, free, friend
3. air, malaria, artery
4. ankle, angle
5. athlete, athletic, biathlon, triathlon, pentathlon
6. August, augment, auction
7. ball, balloon, ballot, belly, bulk
8. ball, ballet, ballad
9. bank, bench, banquet
10. base, bass, basis, basic
11. batch, bake
12. bead, bid
13. bear, birth, burden
14. beard, barber, barbershop
15. beat, bat, battle, combat, debate
16. beef, buffalo
17. beer, beverage, poison, poisonous
18. believe, belief, love, beloved
19. bind, bound, bandage, bond
20. bite, bait, bitter, abet
21. black, flame
22. blood, bleed, bless
23. blow, flute, inflate, deflate
24. board, border
25. bomb, bombard, boom
26. bore, interfere
27. bottom, fund, found, foundation, profound
28. break, fraction, fracture, fragile, fragment, frail
29. breath, breathe
30. breed, brood
31. brother, fraternal, fraternity
32. cake, cookie
33. call, challenge
34. camera, chamber
35. camp, campus, campaign, champion, championship, champagne
36. canal, channel
37. card, cartoon, carton, chart
38. caress, charity, cherish
39. cast, broadcast, forecast
40. cat, kitten, caterpillar
41. cell, hell, conceal
42. cent, century, hundred
43. chicken, chick, cock, peacock

44. **chor**us, **car**ol, **choir**
45. **clear**, **clar**ity, **clar**ify, de**clare**
46. **coffee**, **café**, **cafe**teria
47. **cold**, **cool**, **chill**, **jell**y, **gel**
48. **common**, **commun**ity, **commun**icate, **commun**ism
49. **cook**, **kitch**en, **cuis**ine
50. **corn**, **grain**, **gran**ary
51. **corn**, **horn**
52. **custom**, **costum**e
53. **council**, re**concile**
54. **cosme**tic, **cosme**tics, **cosmo**s, **cosmo**politan
55. **crust**, **cryst**al
56. **custom**, **costume**
57. **day**, **daw**n, **dai**ly, **di**ary
58. **dec**ade, **Dec**ember, **ten**, **teen**
59. **die**, **dea**d, **dea**th, **dy**ing
60. **dig**, **ditch**
61. **dip**, **deep**, **dep**th, **dive**
62. **disk**, **desk**
63. **do**, **deed**, **deem**, **doom**, **theme**, hypo**thes**ize, syn**thes**ize
64. **dou**ble, **dou**bt, **two**, **twi**ce, **twin**
65. **drink**, **drunk**, **drunk**ard, **drown**
66. **drip**, **drop**, **dri**zzle
67. **drive**, **dri**ft
68. **dry**, **drain**, **drou**ght
69. **eat**, **ed**ible
70. **esteem**, **estim**ate
71. **face**, sur**face**, super**fic**ial
72. **fail**, **fal**se, **faul**t
73. **famili**ar, **family**
74. **father**, **pater**nal, **patr**iot, **patr**on
75. **fauc**et, suf**foc**ate
76. **feast**, **fest**ival, **fest**ivity
77. **feather**, **pen**, **pin**, ap**pet**ite, com**pet**e, re**peat**
78. **fill**, **full**, **fulfill**, **plen**ty, **plent**iful, com**plet**e, com**pli**ment, accom**pli**sh
79. **flat**, **plat**e, **plat**form
80. **fling**, **plague**
81. **flower**, **flour**, **bloo**m, **bloss**om

82. fluid, flush, fluency, fluent, influence, influenza, affluent
83. fly, flee, flight
84. food, feed
85. foot, pedestrian, centipede, octopus, platypus
86. fraud, frustrate, frustration, frustrated, frustrating, defraud
87. freeze, frozen, frost
88. fun, funny, fond
89. garden, yard, orchard, horticulture, cohort, kindergarten
90. gather, together
91. give, gift
92. glad, glee, glass, glide, glib, glow, glisten, gleam, glimmer, glint, glitter, gloss, glance, glare, glimpse, glower, gloat
93. god, goddess, gossip
94. gospel, spell
95. great, grand
96. grief, grieve, grave, gravity
97. grow, green, grass, graze
98. grope, gripe
99. guest, host, hostile, hospital, hospitable, hostage
100. hack, haggle
101. hair, horror, horrible, horrify
102. harbor, bury
103. harvest, carp
104. hat, hood, heed
105. head, cap, cape
106. heal, health, healthy, healthful, hail, Halloween, holiday, holy, whole
107. heart, cordial, accord, concord, discord, cardiac, cardiology, core, encourage, discourage
108. hide, house, hose, husband
109. hold, halt
110. hot, heat
111. image, imagine, imaginary, imaginable, imagination, imaginative, imitate
112. join, joint
113. joy, jewel, jewelry, enjoy, rejoice
114. just, jury
115. lack, leak, lake

116. language, tongue, linguist, monolingual, bilingual
117. lame, lumber
118. laundry, lavatory, lava
119. lay, lie, low
120. lead, lad, load
121. leaf, library
122. lean, ladder
123. leap, gallop
124. lift, loft
125. light, lighten, lucid, Lucy, illustrate, illustration, lunar
126. light, lighten, lever, alleviate, elevate, relieve, relevant
127. lime, lemon
128. line, linen
129. lion, leopard, Leo
130. loan, lend
131. loose, analyze, paralyze
132. long, linger
133. marine, maritime, mermaid
134. mask, mascot, mascara
135. mental, mind
136. metal, medal
137. meter, measure
138. mild, melt
139. mingle, among
140. mortal, murder
141. mother, matter, maternal
142. navy, naval, navigate, nausea, astronaut
143. net, connect
144. new, now, novel, novice, innovate, renovate
145. November, noon, nine
146. nude, naked
147. nun, nanny
148. octopus, October, eight
149. oil, gasoline, petroleum, cholesterol
150. order, ordinary, extraordinary
151. off, ebb, apology
152. ozone, odor
153. page, pact
154. pain, punish, penalty, repent
155. paint, picture, depict
156. par, pair, peer, umpire, compare
157. paste, pasta
158. people, popular, population, public, publish
159. perfume, fume, typhoon
160. pick, peck
161. Pisces, fish
162. plus, surplus, plural

163. point, punctual, punctuality
164. polish, polite
165. politics, political, politician, police, policy
166. power, potential, possible, possess
167. price, praise, prize, precious, appraise, appreciate
168. purse, reimburse
169. quality, qualify, quantity, quote, quotation, quota, what, how
170. quiet, quit, acquit, tranquil
171. red, ruby, rust
172. reef, rib
173. ride, road
174. ripe, reap
175. rise, raise, arise
176. river, arrive
177. rob, bankrupt, interrupt, corrupt, erupt, disrupt, abrupt
178. root, radish, radical, eradicate
179. run, rival, Rhine, derive
180. safe, save
181. salt, salad, salary, sauce, sausage
182. scatter, shatter
183. school, scholar, scholarship
184. see, sight
185. seed, sow, season
186. sell, sale
187. September, seven
188. several, separate, prepare, parade, apparatus, repair
189. severe, severity, persevere
190. shade, shady, shadow
191. sheep, shepherd
192. shell, shelter, shelf, shield
193. shoot, shot, shout
194. sing, song
195. sip, soup, supper
196. sit, seat, saddle, sedan, set, president, resident, dissident
197. site, situation, situated
198. slide, sled
199. sneak, snake
200. sorry, sore, sorrow
201. sparse, disperse
202. speak, speech
203. spider, spin

204. **stand**, **sta**tion, **sta**te, **sta**ble, **stea**dy, **sta**ge, **sta**tue, **sta**tus, **stay**, **ste**m
205. **sting**, **sting**y
206. **stress**, **strict**, **strain**
207. **stud**y, **stud**ent, **stud**io, **stud**ious
208. **suck**, **soak**
209. **sun**, **sol**ar
210. **swear**, an**swer**
211. **tame**, **dom**e, **dom**estic
212. **thir**d, **three**
213. **thumb**, **tum**or
214. **thun**der, as**ton**ish, s**tun**
215. **tooth**, **dent**ist, **dent**al
216. **travel**, **travail**
217. **triumph**, **triumph**ant, **trump**et, **Trump**
218. **troub**le, dis**turb**
219. **tut**or, **tuit**ion, in**tuit**ion
220. **umbre**lla, s**ombre**
221. **vague**, extra**vag**ant
222. **veil**, un**veil**, re**veal**
223. **vote**, **vow**, de**vote**
224. **wag**on, **veh**icle
225. **wake**, **watch**, **witch**, **vig**or, **veg**etable
226. **war**, **war**rior, **war**fare
227. **water**, **wet**, **wash**, **winter**
228. **way**, **via**
229. **will**, **volunt**ary, **volunt**eer
230. **wine**, **vine**, **vine**gar
231. **wing**, **wind**, **wind**ow, **weath**er, **vent**
232. **wither**, **weather**

附錄

全書單字索引

單字	單元	頁碼	單字	單元	頁碼	單字	單元	頁碼
abbreviate	1-2	031	acquire	2-3	094	aggression	2-2	070
abbreviation	1-2	031	acquisition	2-3	094	aggressive	2-2	070
abdomen	6-2	238	acre	3-2	108	agony	3-2	110
ability	3-2	129	across	6-2	209	agree	6-1	199
able	3-2	129	act	3-2	110	agricultural	3-2	108
abolish	6-2	223	action	3-2	110	agriculture	3-2	108
abound	4-2	149	active	3-2	110	ahead	3-2	125
above	1-3	038	activist	3-2	110	air	6-1	183
abridge	1-2	031	activity	3-2	110	airline	6-1	188
abrupt	1-2	035	actor	3-2	110	airway	4-2	146
absence	2-3	095	actress	3-2	110	alert	3-3	133
absent	2-3	095	actual	3-2	110	alien	2-2	067
absentminded	2-2	049	acute	3-1	104	alienate	2-2	067
absolute	4-3	153	adapt	6-3	242	allergic	3-2	127
abstract	2-2	051	adaptation	6-3	242	allergy	3-2	127
abstraction	2-2	051	add	2-3	087	ally	6-2	215
abundance	4-2	149	addict	6-1	176	alternate	2-2	067
abundant	4-2	149	addition	2-3	087	alternative	2-2	067
abuse	2-3	092	address	3-3	133	altitude	6-2	223
accent	3-2	127	adept	6-3	242	altogether	6-1	189
accept	3-2	123	admission	2-3	089	always	4-2	146
acceptable	3-2	123	admit	2-3	089	am	2-3	095
acceptance	3-2	123	adolescence	6-2	223	ambassador	6-1	191
access	2-3	076	adolescent	6-2	223	amid	6-2	218
accessible	2-3	076	adult	6-2	223	amidst	6-2	218
accessory	2-3	076	adulthood	6-2	223	among	6-1	172
accident	2-3	081	adverb	4-2	148	amplify	6-2	238
accidental	2-3	081	advertise	2-3	080	analogy	3-3	137
accompany	1-2	023	advertiser	2-3	080	analysis	6-2	216
accomplishment	1-2	029	advice	2-3	078	analyst	6-2	216
accord	3-2	116	advise	2-3	078	analyze	6-2	216
accordance	3-2	116	adviser	2-3	078	ancestor	6-3	243
according	3-2	116	advisor	2-3	078	anchor	3-2	128
accordingly	3-2	116	affair	6-2	238	ancient	6-3	243
accusation	6-2	206	affect	6-2	235	anecdote	2-3	087
accuse	6-2	206	affection	6-2	235	angle	3-2	128
accustom	6-1	193	affectionate	6-2	235	ankle	3-2	128
achieve	3-2	126	afford	6-3	251	anniversary	2-3	080
achievement	3-2	126	after	1-1	021	anniversary	6-3	246
acid	3-1	104	afternoon	1-1	021	announcement	6-3	245
acknowledge	3-2	109	afterward	1-1	021	annual	6-3	246
acknowledgement	3-2	109	agency	3-2	110	anonymous	6-2	219
acne	3-1	104	agenda	3-2	110	answer	6-1	164
acquaint	3-2	109	agent	3-2	110	antibiotic	6-3	243

單字	單元	頁碼	單字	單元	頁碼	單字	單元	頁碼
antibody	6-3	243	astonish	2-1	047	barbershop	6-1	166
anticipate	6-3	243	astonishment	2-1	047	barefoot	1-2	025
anticipation	6-3	243	astronaut	4-3	152	bargain	6-1	198
antique	6-3	243	astronaut	6-2	227	barometer	2-2	066
antonym	6-3	243	astronomer	6-2	227	base	6-1	173
anyway	4-2	146	astronomy	6-2	227	baseball	6-1	173
apart	6-1	188	attach	3-3	137	basement	6-1	173
apartment	6-1	188	attack	3-3	137	basic	6-1	173
apologize	1-1	021	attend	2-2	054	basis	6-1	173
apology	1-1	021	attendance	2-2	054	bass	6-1	173
apparent	6-3	256	attendant	2-2	054	batch	3-1	104
appeal	6-3	252	attention	2-2	054	bath	3-1	104
appear	6-3	256	attract	2-2	050	bathe	3-1	104
appearance	6-3	256	attraction	2-2	050	batter	6-2	204
appetite	1-2	034	attractive	2-2	050	battery	6-2	204
applaud	2-3	084	auction	3-1	103	battle	6-2	204
applause	2-3	084	August	3-1	103	bazaar	6-1	199
appliance	1-2	033	author	3-1	103	bead	6-1	196
applicable	1-2	033	authority	3-1	103	beard	6-1	165
applicant	1-2	033	authorize	3-1	103	beautify	6-2	237
application	1-2	033	autobiography	3-2	119	because	6-2	205
apply	1-2	033	autograph	3-2	119	beef	6-1	173
appoint	6-2	233	automatic	2-2	050	before	6-3	251
appointment	6-2	233	automobile	1-2	028	belief	1-1	018
appreciate	6-2	224	auxiliary	3-1	103	believe	1-1	018
appreciation	6-2	224	aviation	4-3	151	belly	6-1	174
apprentice	3-2	118	avoid	2-2	073	beloved	1-1	018
approach	6-3	251	award	4-1	141	bench	3-1	101
appropriate	6-3	251	aware	4-1	141	bend	6-2	205
approve	6-3	251	away	4-2	146	beneficial	6-2	238
approximate	6-3	251	awkward	1-1	021	benefit	6-2	238
apt	6-3	241	baby-sit	2-2	062	benefit	6-3	253
aptitude	6-3	242	babysitter	2-2	062	besiege	2-2	062
arise	6-1	190	bait	6-1	165	betray	2-3	087
arithmetic	2-2	072	bake	3-1	104	beware	4-1	141
arrogant	3-3	133	bakery	6-3	247	bicycle	6-1	199
artery	6-1	183	balance	2-2	058	bid	6-1	196
artifact	6-2	234	ball	6-1	174	biennial	6-3	246
artificial	6-2	236	balloon	6-1	174	bill	6-1	174
ascend	2-3	084	ballot	6-1	174	bind	6-2	205
aspect	6-3	241	bandage	6-2	205	binoculars	2-2	058
assault	6-3	248	bank	3-1	101	biography	3-2	119
assemble	6-2	229	banker	3-1	101	biological	3-3	136
assembly	6-2	229	bankrupt	1-2	035	biology	3-3	136
assessment	2-2	062	banquet	3-1	101	birth	1-2	027
assume	1-3	038	barber	6-1	166	biscuit	6-1	175

271

附錄

單字	單元	頁碼	單字	單元	頁碼	單字	單元	頁碼
bite	6-1	164	briefcase	1-2	031	capture	3-2	123
bitter	6-1	165	broil	6-1	177	card	6-1	167
black	3-1	105	broke	1-2	026	cardboard	6-1	167
blank	3-1	105	brood	6-1	177	career	3-2	121
blanket	3-1	105	broth	6-1	177	caress	3-1	105
blaze	3-1	105	bucket	6-1	174	cargo	3-2	121
bleach	3-1	105	budget	6-1	174	carol	6-1	203
bleak	3-1	105	buffalo	6-1	173	carp	3-1	098
blend	3-1	105	bulge	6-1	174	carriage	3-2	121
blind	3-1	105	bulk	6-1	174	carrier	3-2	121
blink	3-1	105	bulky	6-1	174	carrot	3-2	111
blond	3-1	105	bull	6-1	174	carry	3-2	121
bloom	6-2	211	bulletin	6-1	174	carton	6-1	168
blossom	6-2	211	burden	1-2	027	cartoon	6-1	167
blue	3-1	105	bury	6-1	198	carve	3-2	119
blunder	3-1	105	byte	6-1	165	case	3-2	125
blunt	3-1	105	cabbage	3-2	126	case	2-3	082
blush	3-1	105	cable	3-2	125	cash	3-2	125
boast	6-1	174	café	6-1	166	cashier	3-2	125
boat	6-1	165	cafeteria	6-1	166	cassette	3-2	125
bodyguard	4-1	141	caffeine	6-1	166	casual	2-3	082
bomb	6-1	165	calcium	3-1	102	casualty	2-3	082
bombard	6-1	165	calculate	3-1	102	cat	6-1	180
bonus	6-3	253	calculation	3-1	102	catalogue/catalog	3-3	137
bookcase	3-2	125	calculator	3-1	102	catch	3-2	125
boom	6-1	165	calendar	6-1	202	cater	3-2	125
bore	1-1	018	call	3-1	101	cathedral	5-1	158
borrow	6-1	198	calligraphy	3-2	119	cattle	3-2	126
boulevard	3-2	127	camera	3-2	126	cause	6-2	205
bound	6-2	205	camp	3-1	100	cease	2-3	077
bowl	6-1	174	campaign	3-1	100	ceiling	3-1	103
brace	2-1	045	campus	3-1	100	cell	3-1	103
bracelet	2-1	045	can	3-2	109	cellar	3-1	103
brake	1-2	026	canal	3-1	098	cemetery	6-3	247
brassiere	2-1	045	capability	3-2	123	cent	3-2	115
bread	6-1	177	capable	3-2	123	centigrade	2-2	070
breakdown	1-2	026	capacity	3-2	123	centimeter	3-2	115
breakfast	1-2	026	cape	3-2	126	central	3-2	117
breakthrough	1-2	026	capital	3-2	125	cereal	2-3	088
breakup	1-2	026	capitalism	3-2	125	certain	2-3	092
breath	6-1	184	capitalist	3-2	125	certainty	2-3	092
breathe	6-1	184	capsule	3-2	125	certificate	2-3	092
breed	6-1	177	captain	3-2	125	certificate	6-2	237
brew	6-1	177	caption	3-2	123	certification	2-3	092
brick	1-2	026	captive	3-2	122	certify	2-3	092
briefcase	3-2	125	captivity	3-2	122	certify	6-2	237

全書單字索引

單字	單元	頁碼	單字	單元	頁碼	單字	單元	頁碼
chalk	3-1	102	close	2-2	063	compel	6-3	252
challenge	3-1	101	closet	2-2	063	compensate	2-3	083
chamber	3-2	126	coastline	6-1	188	compensation	2-3	083
champagne	3-1	100	cock	6-1	175	compete	1-2	034
champion	3-1	100	coffee	6-1	166	competent	1-2	034
championship	3-1	100	coincide	2-3	082	complain	1-1	019
chance	2-3	082	coincidence	2-3	082	complement	1-2	029
channel	3-1	098	collar	6-1	199	complete	1-2	029
chant	3-2	127	colleague	3-3	134	complex	1-2	032
chapter	3-2	126	collect	3-3	133	complexion	1-2	032
charge	3-2	122	collection	3-3	133	complexity	1-2	032
chariot	3-2	122	collective	3-3	133	complicate	1-2	032
charitable	3-1	105	collector	3-3	133	complication	1-2	032
charity	3-1	105	college	3-3	134	compliment	1-2	029
chart	6-1	168	colonial	6-1	199	comprehend	3-2	118
charter	6-1	168	colony	6-1	199	comprehension	3-2	118
chase	3-2	125	color	3-1	103	comprehensive	3-2	118
cheat	2-3	082	colorful	3-1	103	comprise	3-2	118
cheer	3-2	111	column	3-2	117	compromise	2-3	089
chef	3-2	126	combat	6-2	204	conceal	3-1	103
cherish	3-1	105	combination	2-2	058	concede	2-3	077
chick	6-1	175	combine	2-2	058	conceit	3-2	124
chicken	6-1	175	command	6-3	255	conceive	3-2	124
chief	3-2	126	commemorate	6-2	226	concentrate	3-2	118
chill	3-2	128	comment	2-2	050	concept	3-2	124
chilly	3-2	128	commentary	2-2	050	conception	3-2	124
choir	6-1	203	commentator	2-2	050	concern	2-3	093
cholesterol	6-1	185	commerce	6-2	217	concerning	2-3	093
chorus	6-1	203	commercial	6-2	217	concert	2-3	092
citizen	6-2	210	commission	2-3	089	concession	2-3	077
city	6-2	210	commit	2-3	089	concise	2-3	085
civic	6-2	210	commitment	2-3	089	conclude	2-2	063
civil	6-2	210	committee	2-3	089	conclusion	2-2	063
civilian	6-2	210	common	6-2	206	condemn	6-3	245
civilization	6-2	210	commonplace	6-2	206	condition	6-1	176
civilize	6-2	210	communicate	6-2	206	conduct	2-2	061
claim	6-1	202	communication	6-2	206	conductor	2-2	061
clarify	6-2	207	communicative	6-2	206	confer	1-2	026
clarity	6-2	207	communism	6-2	206	conference	1-2	026
class	6-1	202	communist	6-2	206	confidence	2-2	069
classify	6-2	237	community	6-2	206	confident	2-2	069
clause	2-2	063	companion	1-2	023	confidential	2-2	069
clear	6-2	207	company	1-2	023	congratulate	6-1	199
clearance	6-2	207	comparable	6-1	192	congratulation	6-1	199
climate	6-2	217	compare	6-1	192	congress	2-2	070
climax	6-2	217	comparison	6-1	192	congressman	2-2	070

273

附錄

單字	單元	頁碼	單字	單元	頁碼	單字	單元	頁碼
congresswoman	2-2	070	corrupt	1-2	035	damage	6-3	245
conjunction	6-2	213	corruption	1-2	035	data	2-3	087
conquer	2-3	094	cosmetic	6-1	200	date	2-3	087
conquest	2-3	094	cosmetics	6-1	200	dawn	6-1	193
consensus	2-3	090	cosmopolitan	2-3	091	day	6-1	193
consent	2-3	090	cosmopolitan	6-1	200	daybreak	1-2	026
consonant	6-2	228	costume	6-1	193	dead	6-1	190
construct	6-2	230	could	3-2	109	deadline	6-1	188
construction	6-2	230	council	6-1	202	death	6-1	190
constructive	6-2	230	counter	6-2	208	debate	6-2	204
contact	3-3	138	counterclockwise	6-2	208	debt	3-2	129
contagious	3-3	138	counterpart	6-2	208	decade	2-2	058
contain	6-3	253	courage	3-2	116	decay	2-3	082
container	6-3	253	courageous	3-2	116	deceive	3-2	124
contend	2-2	054	course	3-2	121	December	2-2	058
content	2-2	054	cow	6-1	173	decide	2-3	085
continent	6-3	254	cowboy	6-1	173	decision	2-3	085
continental	6-3	254	create	2-3	087	decisive	2-3	085
continual	6-3	254	creation	2-3	087	declaration	6-2	207
continue	6-3	254	creature	2-3	087	declare	6-2	207
continuity	6-3	254	crew	2-3	088	decline	6-2	217
continuous	6-3	254	crime	2-3	093	decrease	2-3	088
contract	2-2	051	criminal	2-3	093	dedicate	6-1	176
contractor	2-2	051	crisis	2-3	093	deed	6-2	238
contradict	6-1	176	criterion	2-3	093	deem	6-2	238
contrary	6-2	208	critic	2-3	093	deep	6-1	175
contrast	6-2	209	critical	2-3	093	defect	6-2	235
contribute	2-2	052	criticism	2-3	093	defend	2-2	071
contribution	2-2	052	criticize	2-3	093	defensible	2-2	071
control	6-2	209	cross	6-2	209	defensive	2-2	071
controversial	2-3	081	crossing	6-2	209	defiance	2-2	069
controversy	2-3	081	crucial	6-2	209	deficiency	6-2	236
conversation	2-3	080	cruise	6-2	209	deficient	6-2	236
converse	2-3	080	cruiser	6-2	209	deflation	1-2	028
convert	2-3	080	crust	6-1	167	defy	2-2	069
convey	4-2	146	crystal	6-1	167	degrade	2-2	070
cook	6-1	174	cuisine	6-1	175	degree	2-2	071
cooker	6-1	174	cultivate	6-1	199	delegate	3-3	136
cool	3-2	128	culture	6-1	199	delegation	3-3	136
coordinate	6-2	222	cunning	3-2	109	deliberate	1-1	020
cordial	3-2	116	currency	3-2	122	demand	6-3	255
core	3-2	116	current	3-2	122	demonstrate	2-2	050
corn	3-1	106	curriculum	3-2	122	denounce	6-3	245
corner	3-2	111	custom	6-1	193	dental	2-2	059
correct	3-3	132	cycle	6-1	199	dentist	2-2	059
correspondence	2-3	084	daily	6-1	193	depart	6-1	188

單字	單元	頁碼	單字	單元	頁碼	單字	單元	頁碼
department	6-1	188	diploma	1-2	033	distress	6-2	231
deprive	6-3	251	diploma	2-2	057	distribute	2-2	052
descend	2-3	085	diplomacy	2-2	057	distribution	2-2	052
descendant	2-3	085	diplomat	2-2	057	district	6-2	230
descent	2-3	085	diplomatic	2-2	057	ditch	3-1	099
describe	1-3	039	direct	3-3	133	diverse	2-3	080
description	1-3	039	direction	3-3	133	diversify	2-3	080
descriptive	1-3	039	director	3-3	133	diversify	6-2	238
desk	6-1	176	directory	3-3	133	diversion	2-3	080
despise	6-3	241	disable	3-2	129	diversity	2-3	080
despite	6-3	241	disappear	6-3	256	divert	2-3	079
destroy	6-2	231	disappoint	6-2	233	divide	2-2	069
destruction	6-2	231	disappointment	6-2	233	division	2-2	069
destructive	6-2	231	disapprove	6-3	251	divorce	2-3	081
detain	6-3	253	disaster	6-2	227	dock	2-2	061
diabetes	2-2	058	disastrous	6-2	227	dome	2-2	059
diagnose	3-2	109	disbelief	1-1	018	domestic	2-2	059
diagnosis	3-2	109	discard	6-1	167	dominant	2-2	059
diagram	2-2	058	discharge	3-2	122	dominate	2-2	059
dialect	2-2	058	disciple	3-2	124	donate	2-3	086
dialect	3-3	135	disciplinary	3-2	124	donation	2-3	086
dialogue	2-2	058	discipline	3-2	124	donor	2-3	086
dialogue	3-3	136	disclose	2-2	063	doorway	4-2	146
diameter	2-2	058	disclosure	2-2	063	dormitory	6-3	246
diamond	2-2	059	discouragement	3-2	116	dosage	2-3	087
diaper	2-2	058	discreet	2-3	093	dose	2-3	087
dictate	6-1	176	discriminate	2-3	093	double	2-2	057
dictation	6-1	176	disgrace	6-1	199	doubt	2-2	057
dictator	6-1	176	disgraceful	6-1	199	doubtful	2-2	057
dictionary	6-1	176	dish	6-1	176	dozen	2-2	058
die	2-3	087	disk	6-1	176	draft	2-2	051
die	6-1	190	dismiss	2-3	088	drag	2-2	050
differ	1-2	027	disorder	6-2	222	drain	6-1	178
difference	1-2	027	dispensable	2-3	083	draw	2-2	051
different	1-2	027	dispense	2-3	083	drawback	2-2	051
differentiate	1-2	027	disperse	6-2	231	drawer	2-2	051
difficult	6-2	236	display	1-2	033	drawing	2-2	051
difficulty	6-2	236	displease	6-1	170	dread	2-2	072
dig	3-1	099	dissident	2-2	062	dreadful	2-2	072
digit	6-1	176	dissolve	4-3	153	dress	3-3	133
digital video disk（DVD）	2-3	079	dissuade	4-2	147	dresser	3-3	133
diligence	3-3	135	distinct	3-1	101	dressing	3-3	133
diligent	3-3	135	distinguish	3-1	102	drift	6-1	177
dimension	2-2	066	distort	2-2	064	drip	6-1	176
dip	6-1	175	distract	2-2	050	drive	6-1	177
			distraction	2-2	050	driver	6-1	177

附錄

單字	單元	頁碼	單字	單元	頁碼	單字	單元	頁碼
driveway	4-2	146	enable	3-2	129	excessive	2-3	076
driveway	6-1	177	enclose	2-2	063	exclaim	6-1	202
drizzle	6-1	176	encounter	6-2	208	exclaim	6-1	202
drop	6-1	176	encouragement	3-2	116	exclude	2-2	063
drought	6-1	178	encyclopedia	6-1	199	exclusive	2-2	063
dry	6-1	178	end	6-3	243	excuse	6-2	206
dual	2-2	057	endeavor	3-2	129	exhibit	3-2	129
dubious	2-2	057	ending	6-3	243	exhibition	3-2	129
due	3-2	129	energetic	3-2	127	expect	6-3	241
duty	3-2	129	energy	3-2	127	expectation	6-3	241
dying	6-1	190	enhance	6-2	223	expedition	1-2	025
eager	3-1	104	enrollment	2-2	066	expel	6-3	252
eat	2-2	065	enterprise	3-2	118	expense	2-3	083
ebb	1-1	021	entertainment	6-3	254	expensive	2-3	083
eccentric	3-2	118	envious	2-3	079	experience	1-2	034
ecology	3-3	136	envy	2-3	079	experiment	1-2	033
edge	3-1	104	erase	2-3	086	explicit	1-2	033
edible	2-2	065	eraser	2-3	086	explode	2-3	083
edit	2-3	087	erect	3-3	132	exploit	1-2	033
edition	2-3	087	erode	2-2	065	explosion	2-3	083
editor	2-3	087	erupt	1-2	035	explosive	2-3	083
editorial	2-3	087	eruption	1-2	035	exquisite	2-3	094
educate	2-2	061	escape	3-2	126	extend	2-2	053
educational	2-2	061	especially	6-3	241	extension	2-2	053
effect	6-2	235	essay	3-2	110	extensive	2-2	053
effective	6-2	235	essence	2-3	095	extent	2-2	053
efficiency	6-2	235	essential	2-3	095	extract	2-2	051
efficient	6-2	235	esteem	6-1	191	extracurricular	3-2	122
elder	6-2	223	estimate	6-1	191	extraordinary	6-2	222
elderly	6-2	223	evacuate	2-2	073	extrude	2-2	055
eldest	6-2	223	evergreen	2-1	047	face	6-2	212
elect	3-3	133	evidence	2-3	079	facilitate	6-2	234
election	3-3	133	evident	2-3	079	facility	6-2	234
elegant	3-3	134	evolution	4-3	154	fact	6-2	234
eligible	3-3	134	evolve	4-3	154	faction	6-2	238
eliminate	2-2	074	exact	3-2	110	factor	6-2	234
elite	3-3	137	examine	3-2	110	factory	6-2	238
else	2-2	067	exceed	2-3	076	factory	6-3	246
embassy	6-1	191	excellence	3-2	117	faculty	6-2	235
embrace	2-1	045	excellent	3-2	117	fail	6-1	178
emotion	1-2	028	except	3-2	123	failure	6-1	178
emotional	1-2	028	excepting	3-2	123	faith	2-2	068
emperor	6-1	168	exception	3-2	123	faithful	2-2	068
empire	6-1	168	exceptional	3-2	123	faithfully	2-2	068
employ	1-2	033	excerpt	3-1	098	false	6-1	178
emulate	6-1	169	excess	2-3	076	far	6-3	251

單字	單元	頁碼	單字	單元	頁碼	單字	單元	頁碼
faucet	6-1	179	fortunate	1-2	027	give	3-2	129
fault	6-1	178	fortune	1-2	027	glacier	3-2	128
feasible	6-2	238	found	1-2	030	god	2-1	046
feast	6-1	169	foundation	1-2	030	goddess	2-1	046
feature	6-2	238	founder	1-2	030	gospel	6-1	198
federal	2-2	069	fowl	6-1	192	gossip	2-1	046
federation	2-2	069	fraction	1-2	025	grace	6-1	199
feed	1-2	023	fracture	1-2	025	gracious	6-1	199
feedback	1-2	023	fragile	1-2	025	grade	2-2	070
fellow	6-1	200	fragment	1-2	026	gradual	2-2	070
fence	2-2	071	freeway	4-2	146	graduate	2-2	070
fertile	1-2	027	freeze	2-1	043	graduation	2-2	070
fertility	1-2	027	fret	2-2	065	grain	3-1	106
fertilizer	1-2	027	from	6-3	251	gram	3-2	120
festival	6-1	169	frost	2-1	043	grammar	3-2	120
fidelity	2-2	068	fulfill	1-2	030	grammatical	3-2	120
fireproof	6-3	251	fulfillment	1-2	030	grandmother	6-1	184
first	6-3	251	fun	6-1	194	graph	3-2	119
fishery	6-3	247	fundamental	1-2	030	graphic	3-2	119
flame	3-1	105	funny	6-1	194	grass	2-1	047
flee	6-1	192	furnish	6-3	251	grateful	6-1	199
fleet	6-1	192	furniture	6-3	251	gratitude	6-1	199
flight	6-1	192	further	6-3	251	grave	1-1	020
fling	1-1	019	gallop	6-1	181	gravity	1-1	020
float	6-1	192	gasoline	6-1	185	graze	2-1	047
flood	6-1	192	gather	6-1	189	green	2-1	047
flora	6-2	211	gathering	6-1	189	grief	1-1	019
flour	6-2	211	gene	3-2	111	grieve	1-1	020
flourish	6-2	211	general	3-2	112	gripe	6-1	194
flow	6-1	192	generalize	3-2	112	grocery	6-3	247
flower	6-2	211	generate	3-2	113	grope	6-1	194
fluent	6-1	174	generation	3-2	112	grow	2-1	047
fluid	6-1	174	generator	3-2	113	guarantee	4-1	140
flush	6-1	174	generosity	3-2	112	guard	4-1	141
flute	1-2	028	generous	3-2	112	guest	3-2	114
flutter	6-1	192	genetic	3-2	111	habit	3-2	129
fly	6-1	192	genetics	3-2	111	habitat	3-2	129
fond	6-1	194	genius	3-2	112	habitual	3-2	129
food	1-2	023	gentle	3-2	111	hack	3-1	100
fool	6-1	174	gentleman	3-2	111	haggle	3-1	100
for	6-3	251	genuine	3-2	112	hair	6-1	180
forehead	3-2	125	geographical	3-2	120	hairdresser	3-3	133
forgive	3-2	129	geography	3-2	120	hall	3-1	103
former	6-3	251	geometry	2-2	066	hallway	3-1	103
forth	6-3	251	germ	3-2	113	hallway	4-2	146
fortify	6-2	238	gift	3-2	129	halt	2-1	045

277

附錄

單字	單元	頁碼
hammer	3-1	104
handkerchief	3-2	126
harbor	6-1	198
hardware	4-1	141
harvest	3-1	098
hat	6-1	194
hawk	3-2	125
head	3-2	125
headline	3-2	125
headline	6-1	188
headphone	3-2	125
heal	6-1	181
health	6-1	181
healthful	6-1	181
healthy	6-1	181
heart	3-2	115
hearty	3-2	115
heat	6-1	179
heater	6-1	179
heave	3-2	125
heed	6-1	195
heir	6-2	213
helicopter	1-2	034
hell	3-1	103
hemisphere	5-3	161
hen	3-2	127
hereafter	1-1	021
heritage	6-2	213
hide	2-1	045
hill	3-2	117
hippopotamus	1-2	034
hold	2-1	044
hole	3-1	103
holiday	6-1	193
hollow	3-1	103
homosexual	5-2	159
hood	6-1	195
horn	3-2	111
horrible	6-1	180
horrify	6-1	180
horror	6-1	180
hose	2-1	045
hospitable	3-2	114
hospital	3-2	114
hospitality	3-2	114
hospitalize	3-2	114

單字	單元	頁碼
hostage	3-2	114
hostel	3-2	114
hostess	3-2	114
hostile	3-2	114
hostility	3-2	114
hot	6-1	179
house	2-1	045
household	2-1	045
housekeeper	2-1	045
housewife	2-1	045
housing	2-1	045
hover	3-2	125
hub	3-2	117
hundred	3-2	115
husband	6-2	205
hydrogen	3-2	113
hypersonic	5-3	161
hypocrite	1-3	038
identification	6-2	237
identify	6-2	237
ignorance	3-2	109
ignorant	3-2	109
ignore	3-2	109
image	6-1	169
imaginable	6-1	169
imaginary	6-1	169
imagination	6-1	169
imaginative	6-1	169
imagine	6-1	169
imitate	6-1	169
imitation	6-1	169
immediate	6-2	219
immense	2-2	066
immortal	2-1	046
imperative	6-1	168
imperial	6-1	168
implement	1-2	030
implication	1-2	033
implicit	1-2	032
imply	1-2	033
imprison	3-2	118
impulse	6-3	252
inaugurate	4-3	151
incentive	3-2	127
incident	2-3	081
incidental	2-3	081

單字	單元	頁碼
incline	6-2	217
include	2-2	063
including	2-2	063
inclusive	2-2	063
increase	2-3	087
indeed	6-2	238
index	6-1	176
indicate	6-1	176
indifference	1-2	027
indifferent	1-2	027
indispensable	2-3	083
individual	2-2	069
induce	2-2	060
industrial	6-2	231
industrialize	6-2	231
industry	6-2	231
infect	6-2	235
infection	6-2	235
infectious	6-2	235
infer	1-2	027
inference	1-2	027
inflation	1-2	028
influence	6-1	174
ingenious	3-2	112
ingenuity	3-2	112
ingredient	2-2	071
inhabit	3-2	129
inherit	6-2	213
injury	2-3	093
injustice	2-3	093
innovation	4-2	145
innovative	4-2	145
innumerable	6-2	220
inquire	2-3	094
inquiry	2-3	094
inquisitive	2-3	094
insect	3-3	131
inspect	6-3	240
inspection	6-3	240
inspector	6-3	240
instruct	6-2	231
instruction	6-2	231
instructor	6-2	231
instrument	6-2	231
insult	6-3	248
intact	3-3	138

單字	單元	頁碼	單字	單元	頁碼	單字	單元	頁碼
integrate	3-3	138	justice	2-3	093	legislation	3-3	135
integration	3-3	138	justify	2-3	093	legislative	3-3	135
integrity	3-3	138	justify	6-2	238	legislator	3-3	135
intellect	3-3	134	juvenile	3-2	130	legislature	3-3	135
intellectual	3-3	134	keen	3-2	109	legitimate	3-3	135
intelligence	3-3	134	kernel	3-1	106	lemonade	6-1	181
intelligent	3-3	134	kilogram	3-2	120	lend	6-1	182
intend	2-2	054	kilometer	2-2	066	leopard	6-1	182
intense	2-2	053	kind	3-2	111	lesson	3-3	137
intensify	2-2	053	kindergarten	3-2	113	letter	6-2	214
intensify	6-2	237	king	3-2	113	level	1-1	020
intensity	2-2	053	kingdom	3-2	113	liable	6-2	215
intensive	2-2	053	kitchen	6-1	175	librarian	1-2	035
intent	2-2	054	kitten	6-1	180	library	1-2	035
intention	2-2	054	know	3-2	109	lid	6-1	201
interact	3-2	110	knowledge	3-2	109	lie	6-1	200
interaction	3-2	110	laboratory	6-3	246	lifeguard	4-1	141
interest	2-3	095	lack	6-1	201	lift	6-1	197
interfere	1-1	019	lad	6-1	197	lime	6-1	181
interference	1-1	019	ladder	6-1	201	limit	2-2	074
intermediate	6-2	219	lake	6-1	201	limitation	2-2	074
interrupt	1-2	035	lame	6-1	197	line	6-1	188
interruption	1-2	035	landmark	3-1	106	linen	6-1	189
intersection	3-3	131	landslide	6-1	186	liner	6-1	188
interview	2-3	079	language	6-2	214	linger	6-1	170
intonation	6-2	233	laundry	4-3	152	linguist	6-2	214
introduce	2-2	060	lava	4-3	151	lion	6-1	182
introduction	2-2	060	law	6-1	200	literacy	6-2	215
intrude	2-2	055	lawful	6-1	200	literal	6-2	214
intruder	2-2	055	lawless	6-1	200	literary	6-2	215
inuential	6-1	174	lawyer	6-1	200	literate	6-2	215
invade	4-2	149	lay	6-1	200	literature	6-2	215
invasion	4-2	149	lead	6-1	196	litter	6-1	200
inventory	6-3	247	leader	6-1	196	load	6-1	197
involuntary	4-2	143	leadership	6-1	196	loan	6-1	182
involve	4-3	154	leaf	1-2	034	locomotive	1-2	028
involvement	4-3	154	league	6-2	215	loft	6-1	197
is	2-3	095	leak	6-1	201	logic	3-3	136
jelly	3-2	128	lean	6-1	201	logical	3-3	136
join	6-2	213	lean	6-2	217	logo	3-3	137
joint	6-2	213	leap	6-1	180	long	6-1	170
judge	6-1	176	lecture	3-3	135	loose	6-2	216
June	3-2	130	lecturer	3-3	135	lord	4-1	141
junior	3-2	130	legal	3-3	135	love	1-1	018
jury	2-3	093	legend	3-3	135	low	6-1	200
just	2-3	093	legendary	3-3	135	lumber	6-1	197

附錄

單字	單元	頁碼	單字	單元	頁碼	單字	單元	頁碼
magnificent	6-1	183	mediate	6-2	219	monument	2-2	050
magnificent	6-2	237	medieval	6-2	219	mortal	2-1	046
magnify	6-1	183	meditate	2-2	050	motel	1-2	028
magnify	6-2	237	medium	6-2	218	mother	6-1	184
magnitude	6-1	183	melt	2-1	044	motherhood	6-1	184
maintain	6-3	244	memorable	6-2	226	motion	1-2	028
maintenance	6-3	244	memorial	6-2	226	motivate	1-2	028
majesty	6-1	183	memorize	6-2	226	motivation	1-2	028
major	6-1	183	memory	6-2	226	motive	1-2	028
majority	6-1	183	mental	2-2	049	motor	1-2	028
malaria	6-1	183	mentality	2-2	049	motorcycle	1-2	028
manage	6-3	244	mention	2-2	050	movie television	2-3	077
manageable	6-3	244	merchandise	6-2	218	much	6-1	183
management	6-3	244	merchant	6-2	218	multiply	1-2	033
manager	6-3	244	mercy	6-2	218	municipal	3-2	124
mandarin	2-2	050	mess	2-3	089	murder	2-1	046
maniac	2-2	050	message	2-3	089	muse	2-2	050
manifest	6-3	244	messenger	2-3	089	museum	2-2	050
manipulate	6-3	244	metal	2-1	042	music	2-2	050
mankind	3-2	111	metaphor	1-2	027	mythology	3-3	136
manner	6-3	244	meter	2-2	066	nanny	6-1	195
manners	6-3	244	metropolitan	6-1	184	narrate	3-2	109
manual	6-3	244	metropolitan	2-3	091	narrator	3-2	109
manufacture	6-2	234	middle	6-2	218	naval	4-3	152
manufacture	6-3	244	midst	6-2	218	navigate	4-3	152
manufacturer	6-2	234	mild	2-1	044	navigation	4-3	152
manufacturer	6-3	244	mildly	2-1	044	navy	4-3	152
manuscript	6-3	244	mind	2-2	049	necessary	2-3	077
margin	3-1	106	mingle	6-1	172	necessity	2-3	077
marginal	3-1	106	mischief	3-2	126	negative	6-2	221
mark	3-1	106	mischievous	3-2	126	neglect	3-3	134
market	6-2	217	mislead	6-1	196	neglect	6-2	221
master	6-1	183	missile	2-3	088	negotiate	6-2	221
masterpiece	6-1	183	mission	2-3	088	negotiation	6-2	221
mastery	6-1	183	missionary	2-3	088	neither	2-1	042
material	6-1	184	mister	6-1	183	neon	4-2	145
materialism	6-1	184	mistress	6-1	183	neutral	2-1	042
matter	6-1	184	misuse	2-3	092	new	4-2	144
maximum	6-1	183	mobile	1-2	028	newlywed	4-2	145
May	6-1	183	mobilize	1-2	028	news	4-2	144
mayor	6-1	183	modify	6-2	238	newscast	4-2	144
measurable	2-2	066	money	2-2	050	newscaster	4-2	144
measure	2-2	066	monitor	2-2	050	newspaper	4-2	144
measurement	2-2	066	monotonous	6-2	232	noble	3-2	109
medal	2-1	042	monotony	6-2	232	nominate	6-2	219
media	6-2	218	monster	2-2	050	nomination	6-2	219

單字	單元	頁碼	單字	單元	頁碼	單字	單元	頁碼
nominee	6-2	219	oil	6-1	185	parallel	2-2	067
nonsense	2-3	090	omit	2-3	089	paralysis	6-2	216
nose	6-2	220	order	6-2	222	paralyze	6-2	216
nostril	6-2	220	orderly	6-2	222	parcel	6-1	188
notice	3-2	109	ordinary	6-2	222	pardon	2-3	086
notify	3-2	109	organ	3-2	127	part	6-1	188
notify	6-2	238	organic	3-2	127	partial	6-1	188
notion	3-2	109	organism	3-2	127	participant	3-2	124
notorious	3-2	109	organization	3-2	127	participate	3-2	124
novel	4-2	145	organize	3-2	127	participate	6-1	188
novelist	4-2	145	ornament	6-2	222	participation	3-2	124
November	6-2	221	outbreak	1-2	026	participation	6-1	188
novice	4-2	145	outlaw	6-1	200	participle	3-2	124
number	6-2	220	outline	6-1	188	particular	6-1	188
numerous	6-2	220	outnumber	6-2	220	partly	6-1	188
nun	6-1	195	outrage	2-2	067	partner	6-1	188
nursery	6-3	247	outrageous	2-2	067	partnership	6-1	188
nurture	6-3	255	outset	2-2	062	party	6-1	188
nutrition	6-3	255	over	5-3	161	pasta	6-1	171
nutritious	6-3	255	overall	5-3	161	paste	6-1	171
obligation	6-2	215	overcoat	5-3	161	pastry	6-1	171
oblige	6-2	215	overcome	5-3	161	patriot	1-2	024
obstruct	6-2	231	overdo	5-3	161	patriotic	1-2	024
obstruction	6-2	231	overeat	2-2	065	patron	1-2	024
obtain	6-3	254	overeat	5-3	161	peace	6-2	223
obvious	4-2	146	overflow	5-3	161	peacock	6-1	175
occasion	2-3	082	overhead	3-2	125	peak	6-1	196
occasional	2-3	082	overhear	5-3	161	peck	6-1	196
occupation	3-2	125	overlap	5-3	161	pedal	1-2	024
occupy	3-2	125	overlook	5-3	161	pedestrian	1-2	025
occur	3-2	121	overnight	5-3	161	peer	6-1	192
occurrence	3-2	121	overpass	5-3	161	pen	1-2	034
October	6-2	211	overseas	5-3	161	penalty	6-2	225
octopus	1-2	025	oversleep	5-3	161	pension	2-3	083
octopus	6-2	210	overtake	5-3	161	people	6-2	224
odor	2-1	043	overthrow	5-3	161	perceive	3-2	124
of	1-1	021	overturn	5-3	161	percent	3-2	115
off	1-1	021	overwhelm	5-3	161	percentage	3-2	115
offend	2-2	071	overwork	5-3	161	perception	3-2	124
offense	2-2	071	oxygen	3-1	104	perfect	6-2	235
offensive	2-2	071	oxygen	3-2	113	perfection	6-2	235
offer	1-2	027	ozone	2-1	043	perform	6-3	251
offering	1-2	027	pacific	6-2	223	perfume	6-3	251
office	6-2	236	pain	6-2	225	perhaps	6-3	251
officer	6-2	236	paradise	6-3	251	peril	1-2	033
official	6-2	236	paragraph	3-2	120	perish	6-3	251

附錄

單字	單元	頁碼	單字	單元	頁碼	單字	單元	頁碼
permanent	6-3	251	populate	6-2	225	prestigious	6-3	251
permissible	2-3	089	population	6-2	225	presume	6-3	251
permission	2-3	089	portion	6-1	188	pretend	2-2	054
permit	2-3	089	portray	6-3	251	prevail	6-3	250
perplexed	1-2	033	possess	2-2	062	prevent	6-3	250
persevere	6-3	251	possession	2-2	062	prevention	6-3	250
perspective	6-3	241	postcard	6-1	167	preventive	6-3	250
persuade	4-2	147	potential	2-2	072	preview	2-3	079
persuasion	4-2	147	power	2-2	072	price	6-2	224
persuasive	4-2	147	preach	6-1	176	priceless	6-2	224
pesticide	2-3	085	preach	6-3	250	priest	6-3	251
petroleum	6-1	185	precede	2-3	076	primary	6-3	251
photograph	3-2	120	precedent	2-3	076	prime	6-3	251
photographer	3-2	120	precious	6-2	224	primitive	6-3	251
photographic	3-2	120	precise	2-3	085	prince	3-2	125
photography	3-2	120	precision	2-3	085	prince	6-3	251
pick	6-1	195	predecessor	2-3	076	principal	3-2	125
pierce	6-3	251	predict	6-1	176	principal	6-3	251
pilgrim	3-2	108	prefer	1-2	026	principle	3-2	125
pin	1-2	034	preferable	1-2	026	principle	6-3	251
pipeline	6-1	188	preferably	1-2	026	prior	6-3	251
pirate	1-2	034	preference	1-2	026	prison	3-2	118
plague	1-1	019	pregnancy	6-3	250	prisoner	3-2	118
plain	1-2	024	pregnant	6-3	250	private	6-3	251
plate	1-2	023	prehistoric	6-3	250	privilege	6-3	251
platform	1-2	024	prejudice	2-3	093	prize	6-2	224
plea	6-1	170	prejudice	6-1	176	probable	6-3	251
plead	6-1	170	preliminary	2-2	074	probably	6-3	251
pleasant	6-1	170	premier	6-3	251	problem	6-3	249
please	6-1	170	preparation	6-3	250	procedure	2-3	076
pleasure	6-1	170	prepare	6-3	250	proceed	2-3	076
plentiful	1-2	029	preposition	6-3	251	process	2-3	076
plenty	1-2	029	prescribe	1-3	039	procession	2-3	076
plural	2-2	068	prescription	1-3	039	produce	2-2	060
plus	2-2	068	presence	2-3	095	producer	2-2	060
pneumonia	6-1	192	presence	6-3	251	product	2-2	060
point	6-2	233	present	6-3	251	production	2-2	060
pole	6-1	199	present	2-3	095	productive	2-2	060
policy	2-3	091	presentation	6-3	251	productivity	2-2	060
political	2-3	091	preservation	6-3	251	profession	6-3	248
politician	2-3	091	preserve	6-3	251	professional	6-3	248
politics	2-3	091	preside	2-2	061	professor	6-3	248
ponder	2-3	083	presidency	2-2	061	proficiency	6-2	236
popcorn	3-1	106	president	2-2	061	profile	6-3	249
popular	6-2	224	presidential	2-2	061	profit	6-2	238
popularity	6-2	224	prestige	6-3	251	profitable	6-2	238

單字	單元	頁碼	單字	單元	頁碼	單字	單元	頁碼
profound	1-2	030	punish	6-2	225	reconcile	6-1	202
program	3-2	120	punishment	6-2	225	record	3-2	116
progress	2-2	070	purchase	3-2	125	recorder	3-2	116
progressive	2-2	070	purify	6-2	238	recover	3-2	125
prohibit	3-2	129	qualification	6-2	237	recovery	3-2	125
prohibition	3-2	129	qualify	6-2	237	recreation	2-3	087
promise	2-3	089	query	2-3	094	recruit	2-3	088
promising	2-3	089	question	2-3	094	rectangle	3-2	128
promote	1-2	028	questionnaire	2-3	094	rectangle	3-3	132
promotion	1-2	028	quiet	6-1	185	recur	3-2	121
prompt	6-3	249	rack	3-3	133	red	6-1	171
prone	6-3	251	radiant	6-2	226	reddish	6-1	171
pronoun	6-3	249	radiate	6-2	226	reduce	2-2	060
pronounce	6-3	245	radiation	6-2	226	reduction	2-2	060
pronunciation	6-3	245	radiator	6-2	226	redundant	4-2	149
proof	6-3	251	radical	2-2	064	reef	1-1	021
propaganda	6-3	250	radio	6-2	226	refer	1-2	026
propel	6-3	252	radish	2-2	064	referee	1-2	026
propeller	6-3	252	radius	6-2	227	reference	1-2	026
proper	6-3	251	rail	3-3	133	regard	4-1	141
property	6-3	251	raise	6-1	190	regardless	4-1	141
prophet	6-3	249	rally	6-2	215	regime	3-3	133
proportion	6-3	249	rat	2-2	065	region	3-3	132
prose	6-3	251	rate	2-2	072	regional	3-3	132
prospect	6-3	241	ration	2-2	072	regular	3-3	132
prospective	6-3	241	rational	2-2	072	regulate	3-3	132
protect	6-3	251	ray	6-2	226	regulation	3-3	132
protein	6-3	251	razor	2-3	086	reign	3-3	133
protest	6-3	249	react	3-2	110	religion	6-2	215
proud	6-3	251	reaction	3-2	110	religious	6-2	215
proverb	4-2	148	read	2-2	072	rely	6-2	215
provide	2-3	078	realm	3-3	133	remark	3-1	106
province	6-3	250	reap	6-1	189	remarkable	3-1	106
provincial	6-3	250	reason	2-2	072	remember	6-2	226
provoke	6-3	249	receipt	3-2	123	remind	2-2	049
psychological	3-3	136	receive	3-2	123	reminder	2-2	049
psychologist	3-3	136	receiver	3-2	123	remote	1-2	028
psychology	3-3	136	reception	3-2	123	remove	1-2	028
public	6-2	225	recession	2-3	077	render	2-3	087
publication	6-2	225	recipe	3-2	123	renew	4-2	144
publicity	6-2	225	recipient	3-2	123	renowned	6-2	220
publish	6-2	225	reckless	3-3	133	rent	2-3	087
publisher	6-2	225	reckon	3-3	133	repeat	1-2	034
pulse	6-3	252	recognition	3-2	109	reply	1-2	032
punch	6-2	233	recognize	3-2	109	represent	2-3	095
punctual	6-2	233	recommend	6-3	255	representative	2-3	095

附錄

單字	單元	頁碼	單字	單元	頁碼	單字	單元	頁碼
reproduce	2-2	060	rhyme	2-2	072	selection	3-3	133
republic	6-2	225	rib	1-1	021	selective	3-3	133
request	2-3	094	ribbon	6-2	205	self	6-2	228
require	2-3	094	rich	3-3	133	semiconductor	5-3	161
resemblance	6-2	230	riddle	2-2	072	seminar	6-2	228
resemble	6-2	230	right	3-3	133	send	2-3	090
resent	2-3	090	ripe	6-1	189	sensation	2-3	090
reside	2-2	062	rise	6-1	190	sense	2-3	090
residence	2-2	062	rite	2-2	072	sensible	2-3	090
resident	2-2	062	ritual	2-2	072	sensitive	2-3	090
residential	2-2	062	rob	1-2	035	sensitivity	2-3	090
resolute	4-3	153	robber	1-2	035	sentence	2-3	090
resolution	4-3	153	roll	2-2	066	sentiment	2-3	090
resolve	4-3	153	rotate	2-2	066	sentimental	2-3	090
respect	6-3	241	rotation	2-2	066	September	1-2	031
respectable	6-3	241	royal	3-3	133	session	2-2	062
respectful	6-3	241	ruby	6-1	171	set	2-2	062
respective	6-3	241	rule	3-3	133	setback	2-2	062
respond	2-3	084	sacrifice	6-2	236	setting	2-2	062
response	2-3	084	saddle	2-2	062	settle	2-2	062
responsibility	2-3	085	safeguard	4-1	141	settlement	2-2	062
responsible	2-3	084	salad	6-1	203	settler	2-2	062
restrain	6-2	231	salary	6-1	203	seventeen	1-2	031
restraint	6-2	231	salt	6-1	203	seventy	1-2	031
restrict	6-2	230	salty	6-1	203	shade	6-1	172
restriction	6-2	230	same	5-2	159	shadow	6-1	173
result	6-3	248	same	6-2	229	shady	6-1	172
retain	6-3	254	satisfaction	6-2	236	shatter	3-1	099
retire	2-2	051	satisfy	6-2	236	sheet	6-1	202
retirement	2-2	051	scarce	3-1	098	shelf	6-1	172
retort	2-2	064	scatter	3-1	099	shell	6-1	172
retreat	2-2	051	school	6-1	172	shelter	6-1	172
reunion	4-2	150	scientific	6-2	238	shield	6-1	172
revenge	6-1	176	scissors	2-3	085	shoot	6-1	202
reverse	2-3	080	scout	6-1	202	shot	6-1	202
review	2-3	079	script	1-3	039	shout	6-1	202
revise	2-3	078	seat	2-2	062	shut	6-1	202
revision	2-3	078	secret	2-3	093	shuttle	6-1	202
revival	6-3	256	secretary	2-3	093	siege	2-2	062
revive	6-3	256	section	3-3	131	significant	6-2	236
revolt	4-3	154	sector	3-3	131	signify	6-2	236
revolution	4-3	153	seduce	2-2	060	similar	6-2	229
revolutionary	4-3	153	seed	6-2	228	similarity	6-2	229
revolve	4-3	153	seem	6-2	230	simple	6-2	229
reward	4-1	141	segment	3-3	131	simplicity	6-2	229
rhinoceros	3-2	111	select	3-3	133	simplify	6-2	229

全書單字索引

單字	單元	頁碼	單字	單元	頁碼	單字	單元	頁碼
simply	6-2	229	spin	2-1	044	sunny	2-2	051
simultaneous	6-2	229	sponsor	2-3	084	superb	5-3	161
simultaneously	6-2	229	spouse	2-3	084	superficial	6-2	212
sin	2-3	095	spy	6-3	241	superior	5-3	160
sincere	2-3	088	stake	3-3	137	superiority	5-3	160
sincere	6-2	230	stepmother	6-1	184	supermarket	5-3	160
sincerely	6-2	230	steward	4-1	141	supersonic	5-3	160
sincerity	6-2	230	strain	6-2	231	superstition	5-3	160
single	6-2	230	strategy	3-2	110	superstitious	5-3	160
singular	6-2	230	strategy	6-2	231	supervise	2-3	078
sip	6-1	187	stray	6-2	231	supervision	2-3	078
sled	6-1	186	stress	6-2	231	supervisor	2-3	078
slide	6-1	186	strict	6-2	230	supper	6-1	187
snake	6-1	186	structural	6-2	230	supplement	1-2	030
sneak	6-1	186	structure	6-2	230	supply	1-2	030
sneakers	6-1	186	stun	2-1	047	support	1-3	038
soak	6-1	187	submarine	1-3	037	suppose	1-3	038
sociology	3-3	136	submit	2-3	089	supposedly	1-3	038
software	4-1	141	subordinate	6-2	222	suppress	1-3	038
solar	2-2	051	subscribe	1-3	039	supreme	5-3	161
solution	4-3	153	subscription	1-3	039	surface	6-2	212
solve	4-3	153	subsequent	1-3	037	surge	3-3	133
sound	6-2	228	subtle	1-3	038	surgeon	3-2	127
soup	6-1	187	subtract	2-2	051	surgery	3-2	127
source	3-3	133	suburb	1-3	037	surpass	5-3	161
souvenir	1-3	038	suburban	1-3	037	surplus	2-2	068
span	2-3	083	subway	4-2	146	surprise	3-2	118
sparse	6-2	231	succeed	2-3	077	surprising	3-2	118
special	6-3	241	success	2-3	077	surprisingly	3-2	118
specialist	6-3	241	successful	2-3	077	surrender	2-3	087
specialize	6-3	241	succession	2-3	077	surround	5-3	161
specialty	6-3	241	successive	2-3	077	surround	4-2	149
species	6-3	241	successor	2-3	077	survey	2-3	079
specific	6-3	241	suck	6-1	187	survival	6-3	257
specify	6-3	241	sudden	1-3	038	survive	6-3	257
specimen	6-3	241	sufciency	6-2	235	survivor	6-3	257
spectacle	6-3	240	suffer	1-2	027	suspect	6-3	241
spectacular	6-3	240	sufficient	6-2	235	suspense	2-3	082
spectator	6-3	240	suffocate	6-1	179	suspension	2-3	082
spectrum	6-3	241	suggest	1-3	038	suspicion	6-3	241
speculate	6-3	240	suggestion	1-3	038	suspicious	6-3	241
spell	6-1	198	suicide	6-2	229	sustain	1-3	038
spelling	6-1	198	suitcase	3-2	125	sustain	6-3	254
spice	6-3	241	summon	2-2	050	swear	6-1	164
spider	2-1	044	sun	2-2	051	sweet	4-2	147
spin	2-3	083	Sunday	2-2	051	symmetry	2-2	066

285

附錄

單字	單元	頁碼	單字	單元	頁碼	單字	單元	頁碼
synonym	6-2	220	tranquilizer	6-1	185	upbringing	1-3	038
tactics	3-3	138	transcript	1-3	039	update	1-3	038
tame	2-2	059	transfer	1-2	027	upgrade	2-2	070
teach	6-1	176	transmission	2-3	088	uphold	1-3	038
technological	3-3	137	transmit	2-3	088	uphold	2-1	045
technology	3-3	137	transparent	6-3	256	upload	1-3	038
teenage	2-2	058	treat	2-2	051	upon	1-3	038
telegram	3-2	120	treaty	2-2	051	upper	1-3	038
telegraph	3-2	120	trek	2-2	051	upright	1-3	038
television	2-3	077	triangle	2-2	052	upset	2-2	062
tend	2-2	053	triangle	3-2	128	upstairs	1-3	038
tendency	2-2	053	tribal	2-2	052	upward	1-3	038
tender	2-2	053	tribute	2-2	052	usage	2-3	092
tense	2-2	053	triple	1-2	032	use	2-3	092
tension	2-2	053	triple	2-2	052	utensil	2-3	092
terrific	6-2	237	trivial	4-2	146	utility	2-3	092
terrify	6-2	237	tumor	2-2	055	utilize	2-3	092
territory	6-3	247	turn	6-2	232	vacancy	2-2	073
theme	6-2	238	twelve	2-2	056	vacant	2-2	073
thermometer	2-2	066	twenty	2-2	056	vacation	2-2	073
threat	2-2	055	twice	2-2	056	vacuum	2-2	073
threshold	2-1	045	twig	2-2	058	vain	2-2	073
thrust	2-2	055	twilight	2-2	056	vanish	2-2	073
thumb	2-2	055	twin	2-2	056	vanity	2-2	073
thunder	2-1	047	twist	2-2	056	vegetable	4-2	148
thwart	2-2	064	ultimate	2-2	067	vegetarian	4-2	148
today	6-1	193	umpire	6-1	192	vegetation	4-2	148
toe	6-1	176	undergraduate	2-2	070	vehicle	4-1	140
together	6-1	189	underline	6-1	188	vend	2-3	087
token	6-1	176	undoubtedly	2-2	057	verbal	4-2	148
tone	6-2	232	unemployment	1-2	033	verge	2-3	081
tongue	6-2	214	unexpected	6-3	241	versatile	2-3	081
tortoise	2-2	064	unexpectedly	6-3	241	verse	2-3	081
torture	2-2	064	unfold	1-2	033	version	2-3	081
tourism	6-2	232	uniform	4-2	150	versus	2-3	081
tourist	6-2	232	unify	4-2	150	vertical	2-3	081
tournament	6-2	232	union	4-2	150	via	4-2	146
trace	2-2	051	unique	4-2	150	vice-president	2-2	061
track	2-2	051	unit	4-2	155	video	2-3	079
trademark	3-1	106	unite	4-2	150	videotape	2-3	079
tradition	2-3	087	unity	4-2	150	view	2-3	079
traditional	2-3	087	universal	2-3	080	viewer	2-3	079
trail	2-2	051	universe	2-3	080	vigor	4-2	147
train	2-2	051	university	2-3	080	vigorous	4-2	147
traitor	2-3	087	unpleasant	6-1	170	vine	4-2	144
tranquil	6-1	185	up	1-3	038	vinegar	3-1	104

單字	單元	頁碼
vinegar	4-2	144
vineyard	4-2	144
visa	2-3	078
visible	2-3	078
vision	2-3	077
visit	2-3	078
visitor	2-3	078
visual	2-3	078
visualize	2-3	078
vital	6-3	256
vitality	6-3	256
vitamin	6-3	256
vivid	6-3	257
vividly	6-3	257
volume	4-3	154
voluntary	4-2	143
volunteer	4-2	143
voyage	4-2	146
wade	4-2	148
wag	4-2	146
wagon	4-1	140
waist	3-1	103
wake	4-2	147
ward	4-1	141
wardrobe	4-1	141

單字	單元	頁碼
ware	4-1	141
warehouse	4-1	141
warranty	4-1	140
wary	4-1	141
waterproof	6-3	251
wax	3-1	103
way	4-2	146
weather	6-1	188
weigh	4-2	146
weight	4-2	146
wheel	6-1	199
widow	2-2	069
willing	4-2	143
wisdom	2-3	079
wise	2-3	079
wit	2-3	079
wither	6-1	187
wizard	2-3	079
woodpecker	6-1	196
work	3-2	127
worker	3-2	127
workshop	3-2	127
world	6-2	223
yes	2-3	095
young	3-2	130

國家圖書館出版品預行編目（CIP）資料

格林法則單字記憶法【修訂版】：音相近、義相連，用轉音六大模式快速提升6000單字學習力/忻愛莉, 楊智民, 蘇秦作. -- 二版. -- 臺中市：晨星出版有限公司, 2024.10
　　288面；16.5×22.5公分. -- (語言學習；5)
ISBN 978-626-320-866-7(平裝)

1.CST: 英語 2.CST: 詞彙

805.12　　　　　　　　　　　　　　113007571

語言學習 05

格林法則單字記憶法【修訂版】
音相近、義相連，用轉音六大模式快速提升6000單字學習力

作者	忻愛莉、楊智民、蘇秦
編輯	余順琪、鄒易儒
封面設計	耶麗米工作室
美術編輯	林姿秀、李京蓉
影片錄製	Jessie 張凱喬
創辦人	陳銘民
發行所	晨星出版有限公司 407台中市西屯區工業30路1號1樓 TEL：04-23595820　FAX：04-23550581 E-mail：service-taipei@morningstar.com.tw http://star.morningstar.com.tw 行政院新聞局局版台業字第2500號
法律顧問	陳思成律師
初版	西元2019年07月15日
二版	西元2024年10月15日
讀者專線	TEL：02-23672044／04-23595819#212 FAX：02-23635741／04-23595493 service@morningstar.com.tw
網路書店	http://www.morningstar.com.tw
郵政劃撥	15060393（知己圖書股份有限公司）
印刷	上好印刷股份有限公司

線上讀者回函

定價 399 元
（如書籍有缺頁或破損，請寄回更換）
ISBN：978-626-320-866-7

Published by Morning Star Publishing Inc.
Printed in Taiwan
All rights reserved.
版權所有・翻印必究